I0831865

LA FUGA

ELIAS HASBUN M.D.

Scripta Humanistica® 170

LA FUGA

A LA MEMORIA DE MI MADRE

A JENNY

SCRIPTA HUMANISTICA®

Directed by
Bruno M. Damiani
The Catholic University of America

LA FUGA

ELIAS HASBUN M.D.

Scripta Humanistica® 170

Publisher and Distributor
SCRIPTA HUMANISTICA®
1383 Kersey Lane
Potomac, Maryland 20854 USA
Tel. (301) 294-7949
Fax. (301) 424-9584
Internet:
www.scriptahumanistica.com
E-mail:
info@scriptahumanistica.com

S.H. #170
I.S.B.N. 1-882528-61-1
Price: $49.95

Printed in the United States of America
2013

INDICE

CAPITULO I

PEPE

La fiesta había salido a pedir de boca: Los nuevos uniformes de gala les quedaron pintados, las reinas de la primavera estuvieron de lo más lindas, los halagos les habían llovido y por dejar en alto el nombre del colegio, el coronel director los premió con un viaje a la playa de Huanchaco. Mientras esperaban que el ómnibus arrancara, los cadetes metían chacota.

En eso, un suboficial, bajo y fornido, subió al ómnibus y a un grito de atención los cadetes callaron y se cuadraron en su sitio. Señalando la toalla que uno de los muchachos llevaba enroscada en el cuello, el suboficial dijo: - Ya no las necesitarán, cadetes. El coronel acaba de cancelar el paseo.

- No, mi suboficial - lamentaron varias voces.

- No me lloriqueen que estoy tan ensartado como ustedes - hizo una pausa, abarcó con la mirada a los cadetes, caminó lento, se paró ante José Hermosa y le ordenó imperativo - ¡Cadete! ¡Preséntese ante el coronel de inmediato!

-¿Ante el coronel mi suboficial?

-¿Acaso no hablo castellano, carajo?

- Sí, mi suboficial - saludó Hermosa llevándose la mano derecha, palma al piso, hacia la sien.

- Y mejor mueva el culo que el coronel está que no aguanta pulgas.

Hermosa salió apurado y el suboficial lo siguió con la vista. - ¡Y ustedes, afuera! - ordenó a los demás - ¡Esperen en esa esquina y cuidado con hacer pendejadas que embarren el nombre del colegio!

Mientras cruzaba la Plaza de Armas, rumbo al Hotel de Turistas de Trujillo, José Hermosa respiró hondo y levantó la vista al cielo azul tan diferente al grisáceo triste de Lima. No tenía la menor idea porqué el coronel quería verlo. Debía ser algo gordo para que cancelara el paseo. ¿Quejas sobre la fiesta? Imposible. Todo había salido a las mil maravillas. ¿Malas noticias? ¿De Panamá? No. Por un problema personal no dejaría a todo el mundo con los rulos hechos. Y yo no he hecho nada acá, ni en Lima. Tranquilo, tranquilo no más- se dijo secándose el sudor de la frente. Cruzó la puerta del hotel con su dintel labrado en piedra viva y se forzó a mantener los hombros erguidos, el mentón elevado y la mirada al frente al entrar en la sala de recepción. Los arcos color terracota y el par de palmeras que adornaban la piscina que se abría al fondo, aunado a un olor a café fresco, le dieron la sensación de estar en el Caribe. Tres años eran un montón de tiempo de estar tan lejos de su querida tierra y aunque ya se había acostumbrado al Perú, detestaba la humedad melancólica y gris de Lima que se le metía hasta en los huesos y estaba tan harto del arroz con frejoles con un pedazo de carne nadando en grasa - menú diario del colegio - que hasta el bonito frito que les sirvieron la noche anterior le pareció un manjar. Y para coronar estaba la mierda del coronel Arroyo con su mano de hierro estrujándolo todo.

Subió las gradas al segundo piso y se anunció ante un suboficial que hacía guardia ante una puerta. El suboficial contestó el saludo llevando la mano hacia la sien y señalando una silla le ordenó que se sentara. Al momento salió el cadete Alberto Ledesma. Sus ojos verdosos - enmarcados por unas cejas pobladas y oscuras que se unían en el entrecejo- le revolvieron la bilis.

Ledesma, al verlo, soltó un gruñido de satisfacción y Pepe murmuró para adentro - Lémur de mierda.

-¡Que pase Hermosa!- la voz del coronel lo hizo saltar.

- ¡A sus órdenes, mi coronel! - Pepe se llevó la mano derecha a la sien e hizo sonar sus tacones.

La cama doble cubierta con una colcha verde oscuro estaba a medio tender y del ventanal posterior se veía el cielo trujillano y parte de la Plaza de Armas. Una foto aérea, en colores, de una ruina mochica adornaba una de las paredes. El coronel - sentado ante un escritorio lleno de papeles, una taza de café en un costado y un teléfono en el otro - no despegó los ojos de un expediente que leía. La calva colorada por el sol trujillano y el pelo cenizo, corto y brillante - bordeando la cabeza en una tonsura natural- lo asemejaban a un apacible abuelo; pero cuando levantó la cabeza y le clavó una mirada de aguilucho hambriento, Pepe tembló.

- ¿Sabe por qué quiero verlo, cadete?- su voz gangosa seseó al escapar por entre sus dientes de conejo.

- No, mi coronel.

- Mejor refresque la memoria- el coronel se levantó, cruzó las manos detrás de la espalda y con deliberada calma se le acercó y cerró la puerta. Una sonrisa forzada resaltaba sus delgados labios en que los dos dientes del medio sobresalían. Mientras repasaba su lista de pecadillos, Pepe fijó la vista en la camisa amarilla adornada con palmeras que seguían la curva de su prominente abdomen, ¿Sería la cristina que le robó a Cárdenas? ¿O sus escapadas del colegio? ¿O los cigarrillos que había pasado de contrabando? No. Nada de eso. Mejor mantenía la boca cerrada en vez de denunciar faltas ya olvidadas.

-¿No sabe? ¡Entonces déjeme ayudarlo! - su aliento tabacoso le pegó la cara - ¿Sabe dónde están sus amigos?

- En la plaza, mi coronel.

- No se haga el vivo, que le va a costar caro. Bien sabe que no me refiero a ellos- le clavó una mirada inquisitiva y con pausada furia demandó que le dijera dónde estaba el brigadier general Esteban Cándamo.

- En Lima, mi coronel.

- ¿Y Juan Cosme?- el tono burlón contrastaba con la furia de sus ojos.

- También, mi coronel - No entendía el porqué de semejantes preguntas, pero cuando el coronel demandó por el paradero de Gustavo Gonzales, supo que algo serio había ocurrido y perdiendo su tranquilidad, con voz temblorosa tartamudeó- Tam... también, mi coronel.

- ¡Estaban, cadete! - las venas de su cuello reventaban hinchadas de furia- ¡Mejor me dice todo! ¿Entiende? ¡Todo! ¡Acuérdese que los encubridores también son culpables!

Lo inesperado del ataque de su superior multiplicó su miedo. Pepe repasaba en su mente los últimos momentos que pasó con sus amigos en Lima mientras el coronel, en una rabieta seguía demandando que le dijera por qué se habían escapado.

- ¿Del colegio? - preguntó asombrado.

- ¡Y de sus casas! Como ve, la situación es seria. Mejor confiese todo o le va a pesar.

- Yo no sé nada, mi coronel... tartamudeó meneando la cabeza de un lado a otro.

- ¡No mueva la cabeza como una puta, cadete!- escupió las palabras por entre los dientes -¡Confiese todo! ¿Por qué se han escapado?

Aturdido, no podía creer lo que escuchaba y ante la insistencia de su superior contestó lo primero que se le vino en mente - Seguro para para hacer causa común. Nuestro brigadier general ya estaba con las maletas hechas para venir a Trujillo cuando recibió la noticia de que...

Por ser brigadier general, Cándamo tenía el derecho de asistir a la fiesta de la primavera sin previa selección. El coronel lo había ignorado escogiendo a Alberto Ledesma simplemente, se sospechaba, porque tenía los ojos verdes y la piel lechosa, sin importar que fuera un enano que a las justas llegara al pecho de las reinas y ocupara solamente el tercer puesto en el cuadro de mérito.

- Cojudeces - el coronel lo cortó en seco y achinando los ojos preguntó - ¿Usted los ayudó a escribir la carta?

- ¿Carta? . . . ¿Qué carta?

El militar volvió al escritorio, abrió el expediente, sacó una hoja de papel, ordenó que Pepe se acercara y se la puso ante las narices - ¡La que dejaron! ¡Léala! ¡Tal vez le refresque la memoria!

Leyó con avidez, saltando apurado de línea a línea. No reconoció la letra pero sí su lenguaje.

- ¿Y ahora qué me dice?

- No es la letra de ninguno de ellos.

- Por supuesto que no. Es la mía. Es una transcripción de la que el comandante me acaba de leer por teléfono. ¿Qué me dice ahora? ¿Adónde se fueron?

- Le juro que no sé, mi coronel.

- Tengo entendido que usted es muy amigo del cadete Cosme. ¿A qué se dedicaban cuando se metían en el club de periodismo? ¿A leer manuales subversivos? ¡Dígame!

- ¿Manuales subversivos? ¡Nunca, mi coronel!- Pepe sintió desplomarse. ¿De dónde el coronel sacaba semejante cosa? Recién entendió claramente que, sin saber cómo, estaba metido en una grande- Más bien hablábamos de paz y de amor, de la necesidad de buscar la luz...

-¿Cree que me chupo el dedo, cadete? -¡¿Entonces por qué carajo llevan machetes?! - explotó - ¡Confiese que se han ido a unir a las guerrillas!

- ¿Machetes? ¿Guerrillas? ¡Imposible! - Tragó saliva - Debe haber alguna confusión mayúscula, mi coronel.

- ¡Sólo la que usted está creando al encubrirlos! ¡Dígame ¿son comunistas o no?!

- ¡No, mi coronel!- su tono de voz fue firme, sin dejar lugar a duda.

-¿Y entonces qué me dice de sus escritos?

Le molestó que les hubiesen rebuscado los roperos en Lima y odió al coronel mientras le informaba que el comandante le había leído algunos por teléfono - ¿Cree que porque meten el amor y la hermandad hasta en la sopa, van a engañarme?

- No engañamos a nadie. Realmente creemos en el amor y la hermandad...

- No me venga con niñerías. ¿Por qué entonces leían al incendiario comunista de Vallejo? Vamos, diga la verdad.

Le juró nuevamente que decía la verdad. Ellos no eran comunistas y menos guerrilleros. Vallejo era el mejor poeta del Perú y les gustaba que hablara de amor y hermandad. Ellos estaban interesados en buscar la luz para que los hombres por fin pudieran aplicar las enseñanzas que por tantos siglos adoraban en las iglesias. Sintió los resoplidos del militar cuando se le acercó y agitando el puño en el aire le dijo - Cadete, recuerde que no está usted en un colegio de curas. Por su propio bien le recomiendo que cante todo, porque si me está ocultando algo la va a pagar muy caro, se lo aseguro. ¿Adónde se están yendo?

- Cómo lo voy a saber si ni sabía que se habían fugado, mi coronel. Le juro que lo único que quieren es hacerse médicos para poner una clínica en la selva.

- ¿En la selva?

- Sí, cerca de un río.

- ¿Qué río?

- Cualquiera.

- ¡Cojonudo! No olvide que usted es extranjero. Está de huésped en el Perú y el colegio lo ha acogido como a un hijo. Pague usted con la misma moneda. No manche su futuro por un grupo de revoltosos que no tienen decencia ni lealtad. Acá hablan los hechos. Estos señores no han pensado ni en sus padres, ni el colegio, ni el país, y por último, ni en usted. No tiene por qué encubrirlos. Piénselo, cadete. Usted tiene futuro, no sólo le ayuda su inteligencia sino su muy buena presencia. Ayer mismo me dejó usted muy orgulloso por la forma tan varonil con que trató a su reina. Las chicas se lo comían con los ojos. No sea tonto. Tengo muy buenos reportes suyos, pero todo puede borrarse en un momento. ¿Entiende?

- Sí, mi coronel, pero le juro...

- No jure, cadete. No quiero escuchar más mentiras. No diga que no le he dado amplia oportunidad de decir la verdad. Usted escoja. Retírese y no discuta esto con nadie. Si cambia de opinión y quiere confesar todo, no tiene más que decirlo y lo veré de inmediato.

Salió cabizbajo. Una presión en el pecho le impedía respirar. No podía pensar con claridad. La mañana luminosa y soleada se había tornado lóbrega. Al llegar a la Plaza de Armas, los compañeros se le arremolinaron y preguntaron por qué les habían cancelado el paseo.

- ¡Tengo órdenes de no abrir la boca!- respondió con brusquedad y se sentó en una de las bancas de la plaza. Hubiese creído cualquier cosa pero nunca que se escaparan y menos de sus casas, faltando sólo tres meses para que terminara el año escolar y se graduaran con honores. Odió al coronel. No sólo era desalmado sino también manipulador, sin el sentido de justicia que tanto mencionaba en sus discursos. ¿Acaso le dejó hablar siquiera de lo que pensaban, de lo que hacían? Si le interesaba la verdad hubiese estado pregunte que te pregunte y no lo hubiese callado cada vez que abría la boca, presionándolo para que dijera las cosas que quería escuchar. ¿Y por qué había llamado al enano Ledesma? Lo buscó con la vista. Unos cadetes lo rodeaban y él parecía gozar de la atención. Era evidente que su entrevista había sido diferente. Su sonrisa era la prueba.

Un suboficial les ordenó preparar sus cosas y abordar el ómnibus de inmediato. Tenían órdenes de volver a Lima.

* * *

Por primera vez agradeció que el miedo forzara a los cadetes a cumplir la orden de silencio a la perfección. No tenía gana alguna de enfrentar sus preguntas. Estaba confuso. Podía entender la incredulidad del coronel para aceptar el motivo de la fuga. Nadie se escapaba de un colegio militar para "buscar la luz", como ellos habían puesto en esa carta, pero no se le ocurría de dónde el coronel había sacado que fueran comunistas. ¿Tendría pruebas? Imposible. ¿Y lo de los machetes? ¿Sería una invención del coronel? Ansiaba llegar a Lima para hablar con los del grupo. ¿Por qué no los habrían detenido? "Mala suerte que me tocara venir a Trujillo. Yo sí que los hubiese parado", pensó.

Los arenales ocres se sucedían monótonos por la ventana. Se acomodó en el asiento. Miró a Ledesma que parecía relamerse de gusto, sus cejas negras enmarcando los ojillos vivaces. Si Esteban Cándamo no volvía, su sueño de ser brigadier general tenía un chance de hacerse realidad.

El paisaje, monótono y árido, más el ruido del motor realzado por el silencio, terminaron por adormecerlo. Soñó que sus amigos, vestidos con túnica larga, barbas de profetas de antiguo testamento y cayado en mano, caminaban por un descampado cuando de pronto el coronel se les aparecía y blandiendo un machete en mano les gritaba "¡comunistas!". Despertó angustiado. El ómnibus seguía rodando, pero ahora el mundo era húmedo y neblinoso y chozas de esteras se alzaban al costado de la carretera. Olía a moho. Ya llegaban a Lima.

CAPITULO II

EN EL CAMPO DE FUTBOL

El ómnibus estacionó al costado de la guardia de prevención y mochilas al hombro los cadetes fueron a sus cuadras, acomodaron sus vituallas y se asearon. Eran ya las cinco y media de la tarde cuando fueron a esperar en el patio la corneta del rancho. No habían probado bocado desde el desayuno en Trujillo.

- Cadete Hermosa, mejor cuide el culo. Hay orden de no quitarle el ojo - un suboficial detuvo a Pepe, quien asfixiado por la voz aguardentosa y las sempiternas nubes grises de La Perla, quiso mandarlo al carajo pero se contuvo y cuadrándose marcialmente pidió permiso para retirarse. El militar asentó con un gesto de cabeza y una risilla burlona.

Divisó a sus amigos conversando en una esquina. Al verlo, Antonio se llevó el índice a la boca y meneó un no con disimulo. Pepe no se les acercó.

Al repiqueteo de la corneta corrió a todo dar. Ahora más que nunca no quería ganarse una papeleta de castigo. A codazos se abrió puesto en la formación y respiró aliviado al comprobar que no estaba dentro de los tres últimos. Cinco puntos más los diez que ya tenía lo dejaban sin salida todo el fin de semana. El capitán jefe de quinto dio un grito de atención y los cadetes callaron. Esteban brillaba por su ausencia.

- ¡Monitor, mándele cinco puntos a Hermosa, para que aprenda a cuadrarse como un cadete! - Tuvo la seguridad que el capitán se estaba vengando pues él estaba tieso como una tabla. Se alegró de la que le caería cuando Arroyo lo confrontara. Merecido te lo tienes, por marica, murmuró a entre dientes.

En el comedor, camino a su mesa, se le acercó a Raúl- Cita esta noche, a las tres de la madrugada, en el campo de fútbol - le susurró con disimulo y luego fue a cuadrarse frente a su sitio. A un silbato largo, en un movimiento sincopado y preciso, retiró su silla hacia atrás. A una segunda pitada, esta vez corta y seca, se sentó, como lo hicieron todos los otros cadetes y el comedor explotó en una algarabía.

- Vamos, panameño, cuenta qué pasó- Pepe esquivó la miga de pan que le tiró el cadete y burlón contestó - Mas bien te cuento cuantos culos te perdiste en Trujillo por ser tan feo.

- ¿Y tú, qué te crees? ¿Un bacán de película? Pero ya estás jodido, el coronel te va a obligar a cantar todo, hasta lo de los fusiles de la octava.

Pepe paró las orejas y quiso preguntar qué es lo que quería decir pero un tercer cadete vino a su rescate - Eso es pura volada. Los han contado y recontado y los fusiles están cabales.

- Eso no borra que son unos comunistas.

- ¿Comunistas? Ni en sueños. Si hasta curas parecían.

- Tal vez Cosme y Cándamo, ¿pero qué dices del virolo Gonzales? Es íntimo del rojo Lozano. Vamos, panameño, di la verdad, ¿se han ido a las guerrillas?

- ¡No, carajo, no! - Pepe estalló exasperado.

- Te vas a ir al infierno, por mentiroso.

- Y tú, a la mierda, por marica.

- Ya cadetes, no peleen como putas - medió un suboficial mirándolos con severidad - si quieren sacarse la mierda, háganlo como hombres, en el malacate y a puño limpio- luego paseó la vista sobre los diez de la mesa y gruñó - Y ya no hablen tanto, carajo. Y usted Hermosa mejor cuídese si no quiere quedar encerrado hasta las navidades.

Guardaron silencio hasta que el suboficial se perdió de vista. Pese al hambre que llevaba, Pepe perdió el apetito. Tenía ganas de fumarse unos cigarrillos a solas y mandar todo a rodar. Envidió el valor de sus amigos para romper sus ataduras y volar como águilas y resintió que le hubieran ocultado sus planes. Tal vez él también se hubiese ido.

- Ay mira la hembrita, ya está por llorar - se burló un cadete al verlo cabizbajo.

Ignorando la provocación, Pepe señaló su pedazo de carne - cambio mi carne por cinco cigarrillos.

- Por esa cagada de sebo te doy tres.

- Cuatro y trato hecho - negoció Pepe y el otro aceptó, trinchó el pedazo de carne y lo transfirió a su plato.

Sonó el silbato anunciando el final de la comida. Los cadetes se cuadraron en atención y a otro silbato abandonaron el comedor.

En vez de asistir a formación para estudio obligatorio, Pepe se escondió detrás de un matorral. El eco del batallón marchando a las aulas le martilló los oídos. Salió de su escondite cuando los grillos saturaban la noche y entre las sombras, se fue a su cuadra. Buscó sus escritos - Los han confiscado, carajo - murmuró para sí al no encontrarlos. Sacó una aspirina, se sobó las sienes y fue al baño. El olor a orina seca le perforó el cerebro. Tragó la aspirina. -¿Me habrán engañado? - se preguntó a sí mismo mojándose la cara y el pelo con el agua fría. Juan y Esteban no mienten, pero Gustavo es íntimo de Lozano, un "rabanito" abierto. Tuvo miedo de que se hubiesen ido a unir a las guerrillas, como acusaban el coronel y algunos cadetes y que él, inocente de todo, estuviera metido en una grande. Al volver a la cuadra se echó en la cama y dormitó unos minutos. Despertó sobresaltado y entre las sombras atravesó el colegio, pero en vez de las aulas para el estudio obligatorio se fue al club de periodismo, un cuarto con las ventanas rotas por donde el viento marino congelaba. Estaba vacío. Se sentó en un pupitre y a oscuras trató de poner orden en todo el desbarajuste que vivía. Recuerdos, posibles explicaciones, ansiedades y miedos se despeñaban por su cabeza.

El toque de silencio lo hizo

saltar de su escondite. Volvió a la cuadra. Cobró los cigarrillos y los escondió en el pliegue de la cristina. Se metió en la cama pero, sin poder dormir, se tapó la cabeza con la sábana. A eso de las dos de la madrugada se vistió y arropándose con su sacón de paño azul burló al imaginaria que dormitaba en la puerta y salió al patio. Para evitar la ronda bordeó las paredes de los edificios y en el campo de fútbol la brisa le trajo el olor salobre del Pacífico junto con el rugido de las olas que se rompían abajo, en el acantilado. Un motor zumbó por la avenida La Paz y una luz lo obligó a tirarse al pasto, barriga al suelo. Sin importarle el frío pegajoso se echó de espaldas, usando el sacón de colchón, encendió un cigarrillo y miró el cielo. Ni luna ni estrellas, sólo las eternas nubes reflejando el débil resplandor de las luces de la ciudad. Cerca de las tres de la madrugada dos figuras cruzaron el horizonte. Les hizo señas y al rato se encontró con Enrique y Antonio.

- Estamos jodidos- Enrique Lozano se acomodó y prendió un cigarrillo- Nos han rebuscado hasta los calzoncillos y están pregunta que te pregunta.

- ¡¿Por qué mierda no los detuvieron?! - Pepe explotó furioso.

- No sabíamos nada - replicó Antonio Yamada mientras se acomodaba en el pasto.

- ¿Nada? - Entendió porque sus compañeros en el comedor dudaron su veracidad. El mismo dudaba de la de sus amigos.

- Te juro que no. Yo recién me enteré el lunes. Imagínate la que se armó cuando no se presentaron. Creímos que habían tenido un accidente.

- ¿Estás seguro que tu amigo no les llenó la cabeza de mierda? - Pepe encaró a Enrique Lozano y con una pitada, larga y profunda, encandeció el cigarrillo.

- Gustavo no es comunista- Lozano respondió con sequedad - Y no caldees tanto el pucho - le arranchó el cigarrillo.

- ¿Y lo de la fuga? ¿Cuándo y cómo se enteraron?

- Recién el lunes Raúl nos contó todo. Dice que casi se va con ellos - dijo Antonio.

Otra sombra cruzó el campo. Le hicieron señas. Era Raúl. Se echó en el pasto junto a ellos.

- ¡Mejor suelta todo!- Pepe lo enfrentó- Estos dicen que tú los ayudaste a irse.

- Estuve con ellos cuando lo decidieron- Raúl no levantó los ojos de la yerba.

- Y también el sábado en la mañana, después de la campaña, cuando los ayudaste a quemar los libros - acusó Antonio.

- ¿A qué? - Pepe prendió el encendedor e iluminó la cara de Raúl - Ellos nunca quemarían libros.

- Pues los quemaron- Raúl apagó la llama de un soplido - Decían que iban a una nueva vida. Casi me convencieron, hasta en un momento quise irme con ellos, pero me dijeron que iba a ser más importante acá, para que explicara.

- Entonces explica, carajo - resopló Pepe y sin darle tiempo a contestar, excitado, lo ametralló a preguntas - ¿Te das cuenta de lo que han hecho? ¿En la que estamos metidos? ¿Qué clase de amigo eres? ¿Cómo fue que te convencieron? ¿No se te ocurrió llamar a sus padres? ¿Voltearles el pastel?

- Le conté todo a la dueña de la pensión de Gustavo. Ella llamó a la policía para que no los dejaran embarcar, pero ni caso le hicieron.

- ¿Hablaron de unirse a las guerrillas?

- Bien sabes que ni hemos pensado en eso.

- Quiero estar seguro. ¿Sabes algo de una carta?

- ¿Y cómo sabes de las cartas? -

Raúl se sorprendió.

- El coronel me la hizo leer en Trujillo. Una transcripción de la que el comandante le leyó por teléfono. ¿Dijiste cartas? - Pepe recién notó que su amigo usó el plural.

- Sí, cuatro. Para el coronel, para el papá de Esteban, para la mamá de Juan y la última para el batallón de cadetes. Me las encargaron el mismo domingo que se fueron.

- ¿Ya te han interrogado?

- Ayer. El comandante. Me preguntó sobre el grupo de los panes. También mandaron llamar a García. Ya te imaginas lo que les dijo esa mierda.

- Dar de comer al hambriento no es pecado alguno - interrumpió Lozano.

- ¿No te das cuenta que por eso mismo piensan que somos comunistas? Y también me preguntaron sobre el lío de Gustavo con Ahumada.

- ¿Y?

- Nosotros sabremos que sólo estaban estudiando, pero el comandante insistía en que le confesara que Gustavo no sólo era rojo sino también marica. Hasta me leyó el parte que el suboficial le levantó cuando lo encontraron junto con Ahumada. Ya se imaginan lo que la mierda del "Lobo" había puesto. Si los encubre, usted también es culpable, me dijo. ¿Crees que me expulsen?

- Nos quieren asustar. El coronel me amenazó con lo mismo.

- Tal vez, pero tú sabes que el coronel no anda con vainas y...

- Por eso mismo, si quieres salvar el culo mejor cuenta todo- lo cortó Pepe. Lozano exhaló y la luz del poste, al pasar por la espiral de humo, rompió en diminutos arco iris.

- El viernes - comenzó Raúl - la puesta del sol fue magnífica y Esteban, inspirado, escribió una poesía. Estaban seguros de que algo especial les iba a suceder y en vez de quedarse en el auditorio a ver "De aquí a la eternidad" se fueron a meditar. Después de la película fui a buscarlos al aula de la séptima. Los encontré emocionados, como si una mano del más allá los hubiese tocado. Gustavo estaba con ellos. Aseguraban que una fuerza común los había guiado al aula y que les había pasado un milagro.

- ¿Un milagro? No metas paja.

- Les juro. Decían que en plena meditación la Mula Cabrera y los de su collera golpearon la puerta y como ellos no hicieron caso comenzaron a patearla, pero ni con esas lograron abrirla.

- Seguro que estaba trancada, como lo hacemos cuando nos encerramos a hablar.

- Sí. Los dos pupitres de siempre. Pero el hecho es que poco después de la pateadura yo la abrí de un empujoncito - Es una señal de Dios- Esteban dijo emocionado al verme entrar y todo excitado me contó que mientras pateaban la puerta con furia, ellos tres, en oración silenciosa, pidieron que no se invadiera su soledad. Eso es lo que justamente sucedió. Es un milagro. ¿Acaso no está claro? - ¿Estás cojudo? - le contesté. - Hace miles de años Dios hablaría a sus profetas pero últimamente se ha quedado mudo. No blasfemes - se enojó Esteban. - Hay muchas maneras de hablar. No ha permitido que Cabrera invada nuestra comunión. Yo sugerí que tal vez hicieron más ruido que otra cosa... Gustavo me miró saltón - Ya vas a ver - me dijo y salió cerrando la puerta tras él y, desde afuera, ordenó que la atrancáramos con los pupitres, exactamente como estaban. - Esto es para demostrar a los que dudan - gritó y le aventó un patadón. Los pupitres salieron volando y la puerta se abrió de par en par. ¿Ya ves? - dije yo- una sola patada y mira... Esteban me cortó - ¿Es que no entiendes? Ese es justamente el punto, los otros le dieron como diez y nada. ¿Te das cuenta? Dios no permitió que la abrieran.

Ahora Cabrera está arrepentido - intervino Lozano - cree que un ángel atajaba la puerta.

- Pendejos. Sigue- ordenó Pepe.

- Esteban dijo que estaba harto de tener que pasar el tiempo estudiando cosas insulsas, que ahora que los exámenes del tercer bimestre se acercaban iba a morir, porque eso era justamente pasar el tiempo sin buscar la verdad. Mejor nos vamos cuanto antes a despertar al dios dormido.

- ¿Al dios dormido?

- Es lo que dijo. Se debían ir de inmediato.

- ¿Y Juan y Gustavo?

- Lo secundaron. Traté de convencerlos de que sería mejor seguir nuestra resolución de primero hacernos médicos y después irnos a la selva.

- Hermano, me dijo Esteban, hemos descubierto que el alma necesita más cura que el cuerpo. Hace como tres semanas decidimos que en vez de poner la clínica esperaríamos el fin de año para irnos a meditar a la selva y descubrir la verdad. Lo de la puerta sólo acelera nuestra decisión. Nos iremos mañana.

- ¿Qué decía la poesía de Esteban?

- No me la leyeron. Pero acá está la carta que dejaron al batallón de cadetes - Raúl sacó un sobre de su casaca.

Pepe la leyó bajo la luz del encendedor - Es la letra de Esteban y dice lo mismo que la del coronel. Nadie les va a creer que se están yendo a buscar la luz. ¿Y cómo se escaparon a ojos vistas de todo el mundo?

- Después de quemar los libros salimos con uniforme de salida junto con los demás cadetes. Gustavo se quedó para embalar las cosas que iban a llevar. Nos esperaría con los bultos listos en el techo de los malacates, en el muro que da a la Avenida La Paz. A eso de las tres tomamos un taxi y al ver a Gustavo en el techo le pedimos que estacionara ahí mismo. Gustavo tiró los bultos y saltó detrás. El taxista pensó que era un robo, pero le aseguramos que eran nuestras pertenencias y con diez soles extras se calló la boca. De allí nos fuimos a la estación de La Central, sólo para encontrarnos con que el último ómnibus a Jauja ya había partido. Compraron pasajes para el único que salía el domingo, a las tres de tarde.

- ¿Y ahora? - lamentó Esteban - ¿dónde pasaremos la noche? - Habían mentido a sus familias que aprovechando que el lunes era feriado - día de la Merced- se iban invitados a la hacienda de un amigo hasta el lunes por la tarde. Sus familias ya los tenían en la hacienda.

- Quédense a dormir en mi pensión - La vieja es media loca y me cree todo- sugirió Gustavo.

La señora Elvira, que así se llama la dueña, nos recibió contenta, feliz de que por fin su Gustavo trajera amigos. Hasta nos convidó unas salteñas tan buenas que hasta ahora se me hace agua la boca. Me despedí de ellos con la esperanza de que tal vez una buena noche de sueño les devolviera la razón. La señora me invitó a almorzar y cuando volví el domingo, los encontré aún más decididos. Hablaban como si ya no estuvieran en este mundo sino en el mismo reino de los cielos. Durante el almuerzo, la señora Elvira, ya media sospechosa, estaba pregunte que te pregunte, pero ellos no le daban cara. Fue sólo cuando los vio salir con tres maletas que los confrontó diciéndoles que no entendía por qué tanto equipaje para un par de días. Gustavo le mintió que pertenecía al papá del amigo dueño de la hacienda quien había comprado muchas cosas en Lima hacía un par de semanas y les había pedido que se las llevaran. La vieja no tragó el anzuelo y cuando ellos fueron al dormitorio a arreglar los últimos detalles, me metió a un cuarto y me hizo confesar todo. Ahí mismo llamó a la policía;

pero no quiso que los detuvieran en su casa, solamente les dio la dirección de la Central y los nombres supuestos con los que viajaban. Me aseguró que la policía los estaría esperando en la estación.

- ¿Y?

- Arrepentido por traicionarlos les conté que la vieja me había sonsacado la verdad, que había llamado a la policía, que no les dejarían abordar el ómnibus, pero cuando llegamos a la Central los cachacos ni nos miraron y ellos terminaron por convencerse de que Dios los protegía.

- Va a ser difícil que los encuentren. Llevan muchos días de ventaja - comentó Pepe.

- Solo uno. Me dieron las cartas justo antes de que el ómnibus arrancara para que las entregara el lunes por la noche, así, me dijeron, ganarían un par de días. Pero me entró miedo y esa misma tarde se las di a mi padre, el mismo domingo, a las pocas horas que se fueron, pero me quedé con la que dejaron al batallón general. De inmediato, mi padre contactó a la madre de Juan y esa misma noche fuimos a su casa y allí decidieron que el suboficial Cándamo los seguiría. Tomó el mismo ómnibus, el lunes a las tres.

- Si el suboficial los está siguiendo tan de cerca, tal vez los encuentre pronto.

- Hay algo más. La madre de Juan y la de Esteban se entrevistaron con el comandante el martes por la mañana. Fue por eso que el comandante me mandó a llamar a la dirección.

- ¿Y? -Los otros tres saltaron.

- Dije lo mismo que les estoy contando. Pero lo importante es que cuando salía escuché que las señoras rogaban que el comandante diera permiso por los días que sus hijos estaban faltando. Después de todo no se habían escapado del colegio sino de sus casas.

- Claro - exclamó Pepe- un permiso lo arregla todo. ¿Y se los dio?

- No lo sé. Pero después me mandó a llamar de nuevo. Quería saber más del grupo, de nuestros escritos, de los panes, de Ahumada, de por qué leíamos a Vallejo. Lo más importante fue lo de los panes y lo de Ahumada.

- ¿Le contaste lo de los machetes?

- ¿Machetes? ¿De dónde sacaste eso? - Raúl se sorprendió.

- Es lo que el coronel dijo en Trujillo. Que llevan machetes.

- El viejo de mierda está mintiendo. No tenían machetes.

- ¿Y por qué mentiría?

- Yo que sé. Pero te juro que no llevaban machetes.

- ¿Y se fueron a Jauja?

- Claro.

- ¿Y por qué a Jauja?

- Cuando los trataba de convencer que se quedaran, les pregunté si al menos sabían adonde irían. Adónde se nos guíe, me contestó Gustavo. ¿Por qué no se van a Jauja? les sugerí en son de burla; pero Esteban lo tomó como si fuera otra señal y allí mismo decidieron irse a Jauja. Esperanzado que al día siguiente olvidaran todo, volví a la cuadra, pero, después de la campaña del sábado, los tres me contaron que se habían bautizado en la gruta de la Virgen para comenzar sus nuevas vidas y me pidieron que los ayudara a quemar sus libros para despedirse del colegio. Dijeron que ellos nacían a una nueva vida.

- ¿No mencionaron Satipo? El coronel dice que van allá.

- Viejo mentiroso. Se fueron a Jauja. Yo mismo vi cuando compraban los pasajes.

- ¿Por qué no llamaste a Antonio o a Enrique? Ellos los habrían parado.

- Qué buena concha - Raúl perdió la paciencia - Mientras acá sudábamos la gota gorda, tú te las pasabas acariciando a las reinas y ¿todavía reclamas?

- ¿Y qué quieres? ¿Qué te aplauda?

- Tú tienes más culpa ¿Acaso no te las dabas de importante,

estimulándolos a que siguieran pensando en sus pendejadas? Y eso que no quiero meterme con los poemas, porque ¿Quién era el que comparaba, quién el que competía? ¿Yo, acaso?

- Vas a salir con la jeta rota- Pepe se levantó amenazante.

- Puta que están por colgarnos y ustedes peleándose como rosquetes. Mejor decidamos qué hacer con esta carta - Antonio se interpuso entre ellos.

- Hay que quemarla- Pepe recobró la calma.

La entregaron a la llama del encendedor.

- Hace unos días estábamos hablando de la hermandad universal y del amor y ahora todo se desvanece como el humo de esta carta. Todo ceniza, todo pura mierda. Lo que debemos quemar es el egoísmo- dijo Raúl mirando como el fuego lamía la hoja de papel que por los últimos tres días había guardado con celo.

El toque de diana saludó a las primeras luces del alba y ellos se apuraron en volver a las cuadras. Al verlos los cadetes dejaron de tender sus camas y les hicieron ruedo, acosándolos con preguntas.

-¿Adónde se han metido? Les he tenido que cubrir el culo con el suboficial de ronda- se quejó el imaginaria.

- Para eso son los amigos, pezuñita- Pepe le palmoteó el hombro - Ya te pagaremos el favor.

- ¿Es verdad que se llevaron un par de fusiles? Ahora dicen que en la séptima faltan dos.

- ¿Quién mierda está sacando tantas voladas?

El suboficial de guardia asomó a la puerta por unos segundos y todos volvieron a sus quehaceres. Nadie quería ser castigado por llegar último a formación y pasar el fin de semana encerrado en el colegio así que el apuro cotidiano los volvió a poseer.

El capitán del año comandó al batallón como si la ausencia del brigadier general, Esteban Cándamo, fuera inconsecuente. El parte del día no mencionó la fuga. Oficialmente nada había pasado cuando el batallón marchó a los comedores para el desayuno. Olía a pan recién horneado.

CAPITULO III

EN EL MANTARO

- Los cachacos esperan a tres, así que yo entraré primero. Ustedes esperen aquí - Gustavo achinó los ojos y escrudiñó la estación de "La Central" llena ya de pasajeros- Será fácil perdernos entre el gentío- descargó la mochila del hombro y se la dio a Raúl - Ojo con ella.

Después de unos minutos salió sonriente- Hay sólo dos policías que ni bola me dieron. Ahora tú - señaló a Raúl- entra con una maleta y después Esteban te seguirá con otra. Juan y yo entraremos al final. Mochilas en mano, como si fueran bolsas.

Ya en la cola Raúl consideró denunciarlos a uno de los policías y tentó un paso afuera. Sintió la mano de Gustavo en el hombro y su voz lo remeció - ¿Adónde vas?

- A tomar agua.

- La sed puede esperar. Quédate en fila - y le ordenó sentarse sobre una de las maletas.

Juan con el pelo castaño, la piel blanca y los labios carnosos y hasta sensuales que contrastaban con sus ojos grises y soñadores, salía como un lunar entre tanto mestizo peleando por avanzar su equipaje. La ausencia de cuello, la frente amplia y abultada y los ojos grandes y tristes le daban a Esteban un aire de orfandad que lo asemejaba a golondrina en invierno. Incómodo ante la mirada insistente de un pasajero comentó que mejor hubiese sido vestir de civil para no llamar tanto la atención.

- No sabes lo que dices - saltó Gustavo - Sin botines nos astillaremos las patas y las tripas se nos secarán sin la cantimplora. Además, si nos creen soldados será más fácil pasar las garitas de inspección- La barba tupida azulando sus mejillas le añadía años y los músculos de las mandíbulas se tensaban mientras recitaba las razones con que los había convencido para vestir así.

- Podrían haberse cambiado en Jauja - sugirió Raúl. Un olor a sudor los invadió cuando un pasajero levantó un bulto.

- Mejor cierra la bocaza que ya mucho la has abierto- Gustavo lo calló.

Ya en el mostrador la empleada

preguntó - ¿Las mochilas van con las maletas? Tienen derecho a dos bultos por cabeza.

- No - contestó Gustavo - son equipaje de mano.

- Caben de sobra en el compartimiento de valijas. Buen viaje caballeros- le sonrió a Juan al darle el recibo de equipaje.

Esperando que llamaran abordo, se retiraron a una esquina donde se embarcaron en una de sus utopías. Raúl les suplicó que se quedaran. ¿No será que están malentendiendo todo? Tal vez el mensaje es que se queden. Después de todo, puerta cerrada quiere decir quedarse adentro, ¿no creen? - insistió, pero sus palabras cayeron a oídos sordos. Los tres estaban elevándose a alturas que a él ya comenzaban a darle vértigo. Cuando escuchó a Gustavo decir con arrogancia - encontraremos la verdad y entonces volveremos para difundirla - se desesperó - Todavía están a tiempo de evitar una burrada - les dijo.

- ¿Buscar la luz una burrada? - Esteban murmuró dolido.

- No quise decir eso... Raúl le puso la mano al hombro- tú mismo me has dicho que el reino se encuentra en cada uno de nosotros.

- Pero el bullicio del mundo nos impide verlo. En la soledad lo encontraremos - aclaró Esteban.

- Se va a armar una grande. ¿Qué van a decir en sus casas? ¿Y el coronel? Seguro me va a destripar.

- Esto no es para miedosos - Gustavo lo increpó.

- ¿Miedo? ¿Yo? Si no me hubieran confiado las cartas ya estaría mochila al hombro.

- ¿Ya ves? Ya ni hablar se puede que todo te lo tomas a pecho. Aunque quisieras tú no puedes ir. No estuviste ahí cuando sucedió el milagro. Tenemos que cumplir lo prometido.

- Entonces tengan cuidado en los descampados, las serpientes...

- ¡Ni que fueras nuestra mamá!

- ¿Y acaso porque eres Gustavo González, Diosito mismo te va a cuidar? - Raúl apuntó con el índice hacia arriba.

En eso dieron la última llamada de abordo. Entraron al ómnibus mochilas en mano. Atravesaron el pasadizo capeando a los pasajeros empeñados en acomodar sus bultos. Al llegar a sus sitios pusieron las mochilas en los compartimientos de cabeza. Juan y Esteban se sentaron en asientos contiguos y Gustavo una fila más atrás al lado de la ventana. De pronto un hombre sin consideración alguna tiró al suelo la mochila de Juan y puso unos paquetes en su lugar.

- ¡Esa mochila es de mi amigo!- Gustavo señaló a Juan - ¡Y ese es su espacio!

El hombre, ignorándolo, siguió acomodando sus cosas.

- ¡Le he dicho que está poniendo sus paquetes en el espacio de mi amigo! - Gustavo se paró y señaló el compartimiento.

- Esto estaba vacío.

- ¡No sea cínico! ¡Acaba usted de tirar la mochila! - Gustavo gritó con rabia, señalándola.

- No se peleen- medió Juan recogiéndola del pasadizo y metiéndola debajo de su asiento - Puede usted usar mi espacio. No hay problema alguno.

- ¿Y quién te crees tú? ¿Santa Rosa de Lima?

- ¡Deje de joder! - saltó Gustavo.

- "*Si te piden la camisa, dales también el pantalón*" - Juan parafraseó el evangelio.

- No sé si eres cura o maricón - respondió el hombre. Su pecho ancho y fornido contrastaba con lo corto de sus brazos y lo arqueado de sus piernas.

- ¿Importa? - replicó Juan.

- Puta que eres raro. ¿Y tú?- confrontó a Gustavo - ¿Todavía gallo?

- Ya ha escuchado a mi amigo. ¿Qué

más quiere?

- Sólo que respete mis derechos - el hombre dijo con desconcertante frescura y al terminar de acomodar sus cosas se sentó junto a Gustavo.

- No nos crea cobardes. Sino creyéramos en el amor hubiese usted salido con los dientes rotos.

- ¿Yo con los dientes rotos? No me haga reír- el hombre prendió un cigarrillo y le dio una pitada exhalando el humo con satisfacción - Una pregunta ¿Si creen en el amor porque qué diablos visten de soldados?

- Es que vamos a buscar el reino.

- ¿El reino? - lo miró sorprendido.

Por el altoparlante anunciaron la partida.

Esteban le dio cuatro sobres - No los entregues antes del lunes por la noche. Así tendremos al menos dos días de ventaja y con suerte, hasta más - Raúl los guardó en el bolsillo de su casaca y se despidió dándoles un abrazo a cada uno. De unas cuantas zancadas llegó a la puerta donde volteó a mirarlos y a entre dientes les suplicó que se bajaran, que todavía estaban a tiempo, sabiendo que ellos ya no lo podían o querían escuchar.

*   *   *

Al abandonar la ciudad los arenales reemplazaron a los edificios y el ómnibus, liberado del tráfico limeño, corrió hasta llegar a un cielo clareado.

- No más nubes- exclamó Gustavo mirando el paisaje a través de la ventana.

- Así es. En nuestra sierra hay sol todos los días- concurrió el pasajero que había arrojado la mochila. Se acomodó una chalina para protegerse del aire frío y seco.

- Y un cielo azul- Esteban hizo eco.

Juan miró por la ventana las arcillosas aguas del río Rímac y dijo - Y ríos de aguas claras- recordando el recodo de aguas límpidas donde de niño se bañaba los sábados en la tarde. Un sembrío de papas lo separaba del cementerio del pueblo. Después de visitar la tumba de su padre y de explorar un mausoleo donde ataúdes viejos de tiempo y de muerte exponían la soledad blancuzca de los huesos, lo atravesaba a toda carrera dejando que el aire frío le cortara la cara. Le rechinaban los dientes, los vellos se le erguían y sus músculos temblaban cuando desnudo se zambullía en el remanso helado - Cuando lleguemos viviremos junto a un río- añadió.

- Y escucharemos sus enseñanzas- Gustavo le hizo eco.

- Ustedes sí que son curiosos- comentó el pasajero - ¿Y qué harán cuando encuentren ese reino?

Gustavo lo miró extrañado, como si la pregunta estuviese fuera de foco - ¿Qué haremos? Expandirlo por el mundo entero.

El hombre meneó la cabeza, esbozó una sonrisa y arropándose, cerró los ojos. Gustavo pegó la cara a la ventana y se perdió en el paisaje delineado con tersura por el aire enrarecido. Mientras el ómnibus seguía ascendiendo austeras montañas rocosas, penetrando las rojizas entrañas de la tierra, atravesando puentes sobre quebradas profundas, él se maravillaba del poco entendimiento de la gente; por eso el mundo está como está, pensaba, porque nadie considera que todo es un milagro, que la vida misma es un milagro que desperdiciamos en tonterías, al punto que alguien se sorprende de que queramos encontrar el reino. Miró a los pasajeros adormilados y se sintió superior. La altura le aligeraba la cabeza y volvía laboriosa su respiración.

Ya era noche cuando pararon en una garita policial.

Un policía entró en el ómnibus y una ráfaga helada se llevó los olores de seis horas de viaje. El policía alumbró el pasadizo con una linterna, pidiendo papeles. Gustavo se sobresaltó cuando el chorro de luz le cayó encima y entre dientes murmuró - Raúl de mierda.

- ¡Documentos!- demandó el guardia.

Miró rápidamente a sus dos amigos. Buscó en su billetera y sacó un carnet de identidad. El policía lo estudió con detenimiento y luego alumbró a Juan y a Esteban.

- ¿Y por qué los uniformes? - preguntó sospechoso.

- Somos cadetes del colegio militar.

- ¿Del colegio militar?- los miró desconfiado - Y también menores de edad. ¿Adónde van?

- A Jauja. Nuestros padres nos esperan por el día de la Virgen de las Mercedes. Como mañana es feriado, queremos aprovechar para visitar nuestro pueblo- mintió Gustavo.

- Menores no pasan. Por acá hay muchos subversivos.

- ¿Subversivos? ¿Cómo se le ocurre, jefe? - los defendió el pasajero de la mochila - Este gringuito ni en sueños sería guerrillero - palmoteó el hombro de

Juan - Si hasta enantes estaba dándome un sermón. Y su amigo, mírele no más esa frente; el cerebro se le rebalsa de puro inteligente, porque por lo que me cuenta este muchacho que no le tiene miedo a nada ni a nadie -volteó y miró a Gustavo- el cabezoncito es un genio. Vamos, jefe. Serán menores, pero tienen sus carnets, ¿no es cierto? No les malogre la vida y déjelos pasar nomás. Son buena gente.

- Los rojos son maestros del engaño y el mejor disfraz es el más obvio- el cabo parecía repetir una consigna mientras miraba con detenimiento a Juan que lucía extranjero y bien podía ser un infiltrado; pero pronto descartó sus sospechas. Más parecía un incauto que un guerrillero, se dijo a sí mismo. Y el otro, el cabezón, le cayó bien. Se parecía a un amigo de su pueblo. Alumbró luego a Gustavo. Chispeaba rabia y una barba naciente le azulaba la cara. Unos días más y luciría como uno de esos cubanos que estaban jodiendo todo. No le gustó. Tal vez debía detenerlos.

- ¿Comunistas? ¿Nosotros? ¡Nunca, jefecito! - saltó Esteban - Mire, acá está nuestra Biblia - le alcanzó una de tapa azul. Vamos a la procesión de la virgencita.

- ¿Leen la Biblia? ¿Acaso son protestantes? - el policía lo alumbró en la cara.

- No, jefe. Los protestantes no creen en la virgencita y nosotros, además de ir a ver a nuestras familias, vamos a su procesión- explicó Juan.

- Somos bien devotos de la patrona - insistió Esteban haciendo una visera con la mano. El policía no le retiró la linterna.

- ¡Déjelos pasar nomás, jefe! ¡Que sea su buena acción por el día de las Mercedes!- gritó una voz del fondo.

- Éste me da mala espina- desvío la linterna y el chorro de luz bañó a Gustavo.

- Pero jefecito, todo el viaje me la he pasado conversando con el joven. Estudia en el Perú, en el colegio militar, pero es de Bolivia. ¿No me va a decir ahora que cadetitos del colegio son comunistas?

- ¿Y cómo sabe si son cadetes del colegio militar?

- Eso es lo que dicen los carnets. ¿No es cierto?

- Eso, si es que no son falsos.

- ¿Cómo se le ocurre, jefe? Nosotros somos cadetes. Si quiere le cantamos el himno del colegio - ofreció Esteban entonando las primeras notas.

- No es necesario. Ningún civil se mocharía la melena - dijo el cabo.

- Claro, jefe - Esteban se llevó la mano por el pelo, que evidenciaba un corte militar - Y también explica por qué viajamos con uniforme- se envalentonó - Cuando uno es de provincias, no tiene un ropero tan lleno. Se viaja con lo que se tiene.

El policía sonrió. Le preguntó algo al chofer, éste asintió. - Los dejaré pasar en honor a la santa patrona. Tengo la corazonada que ustedes no mienten. ¿Cierto?

- Cierto- contestaron los tres.

- Porque si no, para eso está el teléfono.

- Claro, jefe. En Jauja los puede localizar con sólo llamar a la jefatura - medió el hombre. El policía dio el visto bueno y el ómnibus reinició camino.

- También yo puedo ser buena gente- comentó el hombre cuando el ómnibus partió. Los amigos le dieron las gracias.

Al momento pararon en un restaurante pero ellos, por medir su poco dinero, no entraron. Ligeros de estómago y elevados de espíritu caminaron hasta un arroyuelo que por ahí corría, orinaron a su vera y se sentaron en una piedra sobresaliente. Las estrellas parecían clavos de plata sujetando el terciopelo de la noche cuando sumergieron los pies en el agua helada, emitiendo unos "omms" prolongados y profundos hasta que la voz del chofer, llamando a que abordaran el ómnibus, los sacó de su ensueño.

Se arroparon y dormitaron hasta las tres de la mañana del lunes, cuando llegaron a Jauja. Cayeron en un hotel cercano a la estación, donde la conserje, de bigotillos ralos y carnes que rebasaban su vestido floreado, los miró con sospecha y les pidió veinte soles por una habitación para los tres.

Ya en sus camas hicieron un recuento del día y planearon el siguiente. Hablaban con la convicción de los que están al borde de un gran descubrimiento, convencidos de que la rutinaria apariencia del mundo se transformaría pronto en el milagro que explicara todo misterio. Entonces todo brillaría con nuevo fulgor.

Eran las nueve cuando el sol de la mañana cayó sobre sus caras. Esteban tiritó al salir de la cama. Gustavo sugirió llevar sólo lo indispensable en las mochilas, tal como si estuvieran en campaña y el resto lo acomodaron en las maletas. Ataviados con sus uniformes y botines y con sus mochilas al hombro, terminaron de despertar las sospechas de la conserje, quién ordenó a un mensajero que notificara al capitán Carreño de que habían llegado unos limeños sospechosos.

Las montañas con retazos de amarillos y verdes en sus faldas, rodeaban la ciudad con sus techos de tejas rojas y sus calles empedradas. El aire prístino olía a retama y el cielo despejado y azul los embelesó. Los tres miraban todo embobados, cualquier cosa les sacaba una sonrisa, derrochaban saludos como si hubiesen vivido en el pueblo por años y no las pocas horas que estaban. Perros callejeros husmeaban los desperdicios en el mercado, donde alabaron el tamaño de las naranjas y la fragancia de las manzanas. Compraron lo suficiente para dos días y como desayuno cada uno devoró una manzana y una naranja. Luego escogieron un machete. Después de probarle el filo, Gustavo lo blandió por el aire.

- ¿Cuánto cuesta?

- Cien soles.

Solo tenían noventa y el tendero se los vendió por esa cantidad. Se quedaron sin un centavo. Volvieron al hotel por su equipaje y al salir de la ciudad la gente los miraba más abiertamente, fijándose en sus caras, cuchicheando a su paso; pero ellos, sin darse por enterados, seguían sonriendo, cargando sus maletas con dificultad.

Colmaron su felicidad al llegar a campo abierto, en las afueras del pueblo, donde se abría el valle. Hicieron una camilla de ramas para llevar las maletas y tiraron suerte para ver quién las cargaba. Les tocó a Juan y a Esteban. Caminaron hasta encontrar un río ancho y limpio, con una corriente transparente. Era el Mantaro fecundando la ocre aridez de la tierra en verdes victoriosos e imponentes.

Antes de proseguir su peregrinaje se sentaron a descansar en la orilla escuchando el canturrear del agua que se arremolinaba contra las piedras. Trigales, árboles frutales y maizales se esparcían por el valle, subiendo hasta la ladera de los cerros.

- Estamos cerca del reino- dijo Gustavo cortando una rama y aspirando la fragancia que coloreaba el ambiente de memorias vegetales.

* * *

Ingresaban a un mundo donde los dolores y las tribulaciones de cada día se perdían en el recuerdo. Una nueva libertad alimentaba sus bríos y la inminencia de un nuevo nacimiento los alentaba. Absortos por la belleza del paisaje vagaron por cerca de una hora, al cabo de la cual descansaron en la orilla arrullados por el rumor de las aguas. Finalmente Esteban preguntó:

- ¿Y ahora? ¿Adónde vamos?

- ¿Por qué no encontramos el nacimiento de este río? Si vamos a contracorriente, seguro llegaremos al pico de alguna montaña- dijo Juan.

- ¿Y la señal? Hay que quedarnos aquí hasta tenerla- Gustavo buscó en el horizonte, como si esperara verla en ese instante.

- Tal vez a veces sea necesario decidir al azar - aventuró Esteban.

- ¡Imposible! ¡Hay que tener fe en la promesa! - Gustavo levantó la vista al cielo, buscó por las nubes y al cabo de un tiempo señaló con el índice:

- ¡Miren! ¡Allí está!

- Cierto- Esteban siguió la mira del dedo- y mientras más te fijas, más clara es.

- Yo no la veo. ¿Dime adónde?- preguntó Juan.

- Más a la derecha- Gustavo le movió la cabeza.

- ¿Esa nube que parece una flecha?

- Es el dedo de Dios mostrándonos el camino. Y señala río abajo - Gustavo apuntó con el machete hacia el sur- justo lo opuesto a lo que tú decías.

Acomodaron las maletas en la camilla e iniciaron camino. Bordeaban la orilla con la agilidad que da todo comienzo y el convencimiento de ser parte de una empresa suprema. Soportaban sin quejarse la fuerza que despedía el mediodía serrano con su sol que quemaba sin calentar y que ya comenzaba a irritar sus pieles. Los troncos burdos de la camilla astillaban sus manos pero ellos ignoraban toda molestia, imbuidos de la claridad del cielo y de la bondad del valle que desparramaba sus verdes. Todo les infundía nueva vida. Caminaban ensimismados, reverentes, en una adoración continua a la obra que los rodeaba.

De pronto Gustavo se detuvo, dio la media vuelta y encaró a sus amigos. Su rostro sumido en profundidades interiores brillaba y sus ojos destellaban como carbones encendidos. Dijo que un poema se le acababa de ocurrir. Juan y Esteban acomodaron la camilla en el suelo y se sentaron en una prominencia del terreno. Gustavo declamó un poema que hablaba de que pese a que habían transcurrido veinte siglos desde que habían levantado a Jesús en la cruz y de que aunque Su voz, como silbante látigo amargo, aún hacia vibrar las conciencias, otros veinte habrían de pasar para que los hombres siguieran Su doctrina y aprendieran a amarse sin el temor de los infiernos del más allá. También decía que hasta ahora el hombre había hecho Su reino en la tierra, opuesto a la verdad que Él predicó. Concluía con un verso que decía:

Y si volvieras
A abrir Tu boca
En nuevo intento
De salvación
Y ellos de nuevo,
Te levantaran
En igual cruz
Que la de ayer
No los juzgara
Mi corazón
Porque son niños
Que han de crecer.

- Me ha estremecido- lo alabó Juan- ¿De verdad que se te acaba de ocurrir?

- ¿Crees que miento?

- No. Pero es tan bonito y cierto que...

- A eso se le llama inspiración - Gustavo dijo chúcaro.

- Dejen de pelear- intervino Esteban - Lo importante es lo que dice. Yo nunca me hubiese atrevido a compadecer a Jesús porque se le haya hecho Dios; pero es verdad, lo mismo hicieron con Buda. El hombre diviniza a todo aquél que entiende algo del misterio.

- ¿No les parece pretencioso?- preguntó Gustavo.

- ¿Pretencioso? ¿Por qué?

- Porque en vez de son, debí poner somos. Después de todo yo también soy un niño.

- Me gusta como está. Escríbelo para que no se te olvide- sugirió Juan.

- Algún día- Esteban parecía hablar consigo mismo - cuando por fin se borren diferencias, la agonía de la cruz se convertirá en gloria.

- Y nadie te llamará cholo sólo por tener la piel cobriza; o a Juan, gringo, porque la tiene como la de un tomate- bromeó Gustavo.

- O a ti virolo, por tener los ojos cruzados- adicionó Esteban.

Caminaron luego por un par de horas, con el corazón ligero,

maravillándose de todo lo que encontraban. Todo era milagro. Todo nuevo y bello. Metamorfoseado en sus espíritus el mundo respiraba viviente y palpitante, susurrándoles historias milenarias. El cansancio, la sed y el hambre se dejaban sentir, sin embargo ellos se negaban a aceptar que las necesidades de sus cuerpos se estuviesen haciendo más grandes que el sueño de sus espíritus y por varias horas ignoraron sus molestias. Pero ya a la media tarde Esteban no pudo aguantar más. Las manos le ardían de cargar la camilla y la espalda se le quebraba. Propuso descansar.

- Ofrece tus molestias en sacrificio- le dijo Gustavo.

- Fácil para ti decirlo. Sólo llevas el machete.

Juan se unió a Esteban y ambos dejaron caer la camilla, se frotaron las manos y se echaron en el pasto.
- No hubiésemos traído tanto. Pesa mucho- se quejó Esteban.

Ignorándolo, Gustavo se inclinó ante la corriente y sorbió agua del hueco de sus manos. Juan tomó de su cantimplora y luego se la ofreció a Esteban quien bebió con gusto y al terminar la llenó con el agua del río.

En ese momento, como si hubiese salido de la nada, se les acercó un indio de andar cansino. Pelos ralos y blanquecinos poblaban su mentón y las profundas arrugas que surcaban su piel cobriza resaltaban el casi juvenil brillo de sus ojos. Un bulto sujeto con varias vueltas de soga de esparto le encorvaba la espalda.

- ¿Adónde van?- les preguntó con un dejo que ellos no pudieron localizar.

Gustavo cruzó miradas con sus amigos y respondió que no sabían todavía.

- Un baño en el Mantaro les caería bien. Pero no acá- acomodó el bulto con un movimiento de hombros- a no más de veinte minutos rio abajo, darán con un remanso que corta una arboleda. Por allí el agua se empoza y apenas si la corriente se siente.

- Gracias, señor- Juan le hizo una venia.

El hombre respondió con otra venia, dio media vuelta y se perdió de vista.

- Es un hombre santo. Nos ha dado otra señal- Gustavo elevó la cara al cielo.

Con nuevas energías reanudaron la marcha, cantando llenos de emoción: *Pongámonos de pie, que a la vida vamos ya,* usando la música de la canción de año nuevo, famosa en Norteamérica, que les gustaba tanto como para hacerla el himno de su viaje.

Reconocieron el remanso. Un par de

sauces llorones inclinaban sus copas y algunas de las hojas rozaban la corriente. Las montañas se alzaban majestuosas y unas cuantas nubes peregrinas surcaban el cielo.

- ¡Sauces llorones!- Juan se contentó al ver su árbol preferido.

- Y mira esa roca allá- Esteban señaló un inmenso peñasco, junto a la orilla- parece un trono.

- Lo podríamos usar de trampolín- Gustavo apuntó con el machete. Apuraron el paso felices de sentirse guiados, tan ligeros que en ese momento olvidaron que tenían cuerpos.

- Acá vive el espíritu- murmuró Esteban.

Y Gustavo anunció:- Estamos entrando al reino.

Juan y Esteban dejaron caer la camilla y acomodaron las maletas en un hato. Dieron los últimos pasos con las mochilas todavía al hombro, en silencio, reverentes, como si entraran al santuario de una divinidad viviente.

Y al llegar al remanso, los tres se hincaron a besar la tierra.

CAPITULO IV

EL GRUPO

A los pocos meses del ingreso al colegio militar, Juan Cosme ya tenía la reputación de ser un cobarde y cualquiera se sentía con el derecho a fastidiarlo. Esteban, que estaba en la misma sección, fue testigo del estoicismo con que soportaba las burlas e ignominias que sufría por negarse a una buena pelea. Aunque lo atraía por su amplia cultura - hablaba de cosas peculiares y profundas - resistía hacerse su amigo por temor a terminar como él, blanco de los demás.

Pero cuando en los exámenes del primer bimestre Juan salió tercero entre los cuatrocientos cincuenta cadetes del batallón de tercer año y Esteban, que había ingresado en el primer puesto, lo mantuvo y fue nombrado brigadier general de su año, las cosas cambiaron. Un aura de superioridad y credibilidad ante los suboficiales los protegía y Esteban no temió establecer una comunicación más cercana. En poco tiempo se hicieron amigos a tal punto que un día se atrevió a sugerirle que al próximo que lo fastidiara le plantara un buen puñete. Era la única forma en que lo dejarían en paz.

- No creo en la violencia - le respondió Juan.

Aunque sospechó que sus negativas no se debían a su pacifismo sino más bien al miedo - que él también tenía- a que un buen puñetazo le destrozara la cara, quiso creerle. Juan lo embrujó con su verbo y terminaron siendo íntimos. Diariamente, durante las horas del estudio voluntario, de nueve a once de la noche, se encerraban en un aula y leían, escribían, meditaban y compartían inquietudes. El mundo se abría nuevo a sus mentes y ante la luz del despertar juzgaban la vida con inocente frescura, desterrando las excusas dadas por la rutina y la complacencia. El que por más de dos mil años la humanidad todavía no hubiese implementado la sabiduría de sus maestros morales, había convencido a Juan de que la verdad tenía que ser redescubierta en cada uno para poder implementarla.

Esteban terminó comparando a su amigo con una isla en medio de un mar lleno de tiburones; incapaz de sobrevivir una confrontación con la realidad. Las cosas eran diferentes a como su amigo las concebía. No sólo era ceguera. Había algo más básico que impedía que el amor floreciera en toda su pureza; y es que en el hombre había mala levadura y más podían los celos y la envidia que el amor y la bondad. Pero pese a su desconfianza, al final, terminó por sucumbir a la belleza de un mundo en donde los corazones latían anhelantes para identificarse con la divinidad viviente que pulsaba en el universo.

Pepe se les unió después.

Conoció a Juan cuando lo vio en el tranvía de la avenida Brasil en la primera salida que tuvieron del colegio militar. Ese día Pepe inflaba el pecho para lucir mejor las filas de botones dorados sobre la chaqueta de paño azul. Llevaba el quepí blanco-con la sigla del colegio en metal dorado refulgiendo en un fondo negro-bajo el brazo. Pese a haber sitios vacíos iba parado, para mostrarse ante las chicas que le pegaban miradas codiciosas, seguro pensando qué lindo el cadetito. Imaginaba un "plancito" con una peruanita, ¿serían tan calientes como eran de bonitas? Sus cinturitas quebradas y su salero lo atraían y recibió embelesado la sonrisa de una muchacha que lo miraba coqueta. Si le daba otra sonrisa la seguiría cuando bajara y de allí...

- "Chocolatero"- escuchó de pronto.

Con la sangre hirviendo buscó con la vista al que lanzó el insulto con que los civiles los fastidiaban y fue cuando encontró a Cosme sentado unas filas más atrás. Llevaba los hombros caídos y el pecho hundido, una sonrisa de eterno buena gente y el quepí que parecía hundirse en su cabeza. Le dio ganas de darle un remezón por restarle orgullo al uniforme. Cuando ambos bajaron en el mismo paradero caminó rápido, con la intención de alejarse de él, pero Cosme lo alcanzó: ¿Vives por acá? le preguntó. Sí, a unas cuantas cuadras, contestó, tratando de zafarse, pero el otro persistió, ¿Eres panameño, no? ¿Extrañas tu país? Seguro ya estás cansado de tanto arroz con frijoles. Vamos, te invito a mi casa, debe haber algo rico para el almuerzo. Aceptó.

Comieron churrasco con huevos fritos y arroz. En casa todos estuvieron encantados con él. ¿Y te gusta Lima? Que no sabía todavía, recién la iba a conocer pero que sí, que lo que había visto era bonito. Ni tanto, nosotros somos de la sierra y allí sí que es lindo, con sol todo el día, con un cielo azul que da envidia y mejor no recordemos la santa tierra porque dan ganas de llorar; porque a decir verdad no más ¿Quién diablos puede acostumbrarse al cielo blanquizco y tristón de Lima? ¿Y a su garúa que nunca deja en paz? ¿Y al olor de harina de pescado? Si hasta los pollos saben a ella porque comen eso nomás. En fin, una porquería. Razón tienen de llamarla ciudad de tísicos porque hasta cierra el pecho. Claro que hay cosas bonitas, la madre de Juan lo miraba complacida, Juanito puede llevarte a los cines y al centro, y al zoológico de Barranco con su lago para remar. Y bienvenido a la casa, porque seguro que en Panamá tu mamá hubiera recibido igual a mi Juan.

Y las chicas de la casa comentaban entre ellas: Qué chico más simpático. ¿Viste sus ojos? Mismas almendras. ¿Y su pelo tan fino y rubiecito? ¿Y su piel trigueña? Ay, pero lo que más me gusta son sus dientes tan blancos y perfectos. A mí su sonrisa. A mí todo él. Parece el Libertador Bolívar. Tienes razón, si fuera más flaquito sería igualito, hasta el pelo le cae en la frente con ese roba corazones tan natural que dan ganas de tocárselo.

Pepe, feliz de tanta amabilidad, se sintió mal por haber juzgado a su nuevo amigo tan rápido y desde ese día intimó más con él.

Poco después descubrieron que ambos escribían poesías y Pepe le declamó una al cerro Ancón que evocaba paisajes marinos y tropicales, con palmeras que se mecían en playas de mares transparentes y azules, diferentes al mar tan gris que bordeaba a Lima. Las poesías de Juan le parecieron tristes, metafísicas, pero estuvo contento de encontrar en su nuevo amigo una sensibilidad desarrollada y un público apreciativo para sus creaciones.

Pepe los introdujo a César Vallejo y convenció tanto a Juan como a Esteban para que se unieran al club de periodismo. Allí leían, conversaban y escribían. Como fuentes de agua viva brotaban de sus almas poemas en los que descubrían las joyas que escondían sus cofres recién abiertos.

Gustavo, con sus mandíbulas tan tensas como cables acerados y ojos negros y bizcos que parecían rotar en sus órbitas, despertaba antipatía. No se metía con sus compañeros, aún con sus compatriotas. Asistía también al club de periodismo donde se sentaba en un pupitre en una de las esquina, dando cara a la pared. Contestaba con brusquedad al que se atreviera a interrumpirlo. Queriendo practicar lo que creían, Juan y Esteban pasaban por alto su rudeza y rompieron la barrera en que se aislaba cuando descubrieron que también escribía. Repetía la frase del autor boliviano, Franz Tamayo: "*La Esperanza, ¿conoces la esperanza? ¿La dea misteriosa que emerge de las ruinas y de agonías vive?* Decía que era de su obra maestra, "*La Prometeida*". A las semanas se hicieron tan amigos que pasaban juntos todo momento libre que tenían. Gustavo luchó por el liderazgo del grupo. Juan y Esteban, imbuidos del espíritu del amor y de la comprensión, no le opusieron batalla.

Los tres formaron un núcleo íntimo. El resto se les unió la noche en que Juan habló.

* * *

Era la hora del estudio obligatorio y los cadetes se contaban chistes, peleaban y correteaban por entre los pupitres sin respetar las órdenes que daba Juan. Un sonoro ¡Atención! dirigió las miradas hacia la puerta, donde el suboficial "Lobo" esparcía miedo con sus ojillos furiosos. Los cadetes se cuadraron al costado de sus pupitres. Golpeando el aire con un puntero mientras caminaba por entre las filas, el suboficial bramó -¡Milagro! ¿Se quedaron mudos, cadetes? ¿Pueden decirme quién estaba haciendo tanta bulla? ¿Creen que acá pueden hacer las mismas huevadas que hacen en la calle? ¡Se equivocan, carajo! ¡Éste es un colegio de mi-li-ta-res! ¡Acá no hay maricas civiles que le andan aguantando el salto a todo! Ahora ustedes son cadetes del quinto año, unas señoras vacas. ¿Acaso ya se han olvidado?

-¡No, mi suboficial! - contestaron a coro.

- Los voy a perdonar porque soy buena gente. Pero si escucho el menor ruido, ¿entienden? entonces la cosa será diferente y usted, monitor -señaló a Juan que lo miraba petrificado- me dará tres nombres para dejarlos sin salida este fin de semana.

Cuando el suboficial se fue, volvió el bullicio. Mientras mayores eran los esfuerzos de Juan para acallarlos más crecían la bulla, el desorden y el caos. No pasaron ni dos minutos cuando el suboficial reapareció y desde la puerta, contemplando el jolgorio, gritó - ¿Qué cosa se han creído ustedes? ¿Que soy un imbécil? Los cadetes volaron a sus sitios. El suboficial resollaba al pasearse lentamente entre ellos, hasta que finalmente, se paró frente a Juan.

- ¡A ver monitor Cosme, deme usted las papeletas!

Juan no movió un músculo.

- ¡¿No ha escuchado, cadete?! ¡Deme las papeletas y no me mire como un cojudo!

- ¡No tengo ninguna, mi suboficial!

- ¿Y las tres que le pedí?- chasqueó el puntero en el aire.

- ¡No vi a nadie, mi suboficial!

El suboficial en un gesto peyorativo movió las manos de arriba a abajo, varias veces, y pronunciando cada sílaba agresivamente dijo - ¡Déjese de cojudeces que hasta yo sé quiénes han metido burdel! ¿No cadete Iriarte? Aún desde afuera he escuchado su voz de coyote. ¿Y usted, Cosme, me va a decir que ni a él lo ha escuchado?

Juan permaneció en silencio.

-¡Conteste, carajo! - El suboficial demandó a todo pulmón.

En ese momento, arrepentido de todas las pataditas que le había dado, de todas las burlas que le había hecho, de todas las lágrimas que seguro le había arrancado, Raúl trató una excusa que sacara a Juan del aprieto, pero el suboficial lo calló - ¡No me venga con pendejadas, cadete

Iriarte, que no soy ningún idiota! - y clavándole los ojos rabiosos le dijo a Juan - ¡Si no quiere que le rompa el culo apunte a Iriarte y a otros dos, carajo!

Juan permaneció mudo. Su barbilla temblaba pero ni hizo el intento de escribir la papeleta.

En un tono controlado el suboficial le dijo. - Como usted no ha visto ni escuchado a nadie y como yo los he pillado armando semejante burdel, uno de los dos acá es sordo y ciego o sino mentiroso. ¿Es usted sordo y ciego, cadete? No, por lo visto que no, se contestó a sí mismo con una voz que se levantó furiosa al preguntar:

- ¿O sea que yo soy mentiroso?

- No, mi suboficial.

-¡Entonces deme los nombres, mierda!

Mordiéndose el labio inferior Juan permaneció en atención. El suboficial bajó la voz y con ira ordenó: ¡Póngase tres papeletas de cinco puntos cada una y cancele su salida este fin de semana por encubridor! ¡Así aprenderá a obedecer! - y salió del aula advirtiéndoles que si escuchaba el menor ruido toda la clase quedaría sin salida.

Cuando el suboficial despareció un cadete gritó - ¡Ya te quedaste sin salida, por cojudo!

Iriarte amenazó al que se burlaba y luego le agradeció a Juan que no lo hubiese delatado.

- Ay, miren los amiguitos, sólo les falta un besito - se burló otro cadete con inflexión afeminada y la clase soltó una carcajada. Fue entonces cuando Raúl le tiró un puñetazo en el pecho al payaso, advirtiendo que no hicieran chacota de Juan, que se callaran la boca y lo obedecieran.

- ¡Ni siquiera saben a quién están molestando!- dijo Esteban, apoyando a Raúl.

-¡Ay, seguro que al mismo Jesús!- se burlaron de atrás.

-¡Háblales, hermano! - estimuló Esteban- ¡Háblales cómo nos hablas a nosotros!

- ¡Calla, huevón! - gritó alguien, pero un coro se alzó repitiendo en crescendo: ¡Que hable... que hable... que hable!

Y Juan comenzó a hablar.

Los cadetes guardaron silencio más que nada por curiosidad, pero de pronto la catarata de palabras con que Juan se desató terminó por conquistarlos. Escucharon su verbo apasionado, siguiendo hipnotizados las inflexiones de su voz, respetando los silencios, ansiosos de recibir las palabras que brotaban de su boca. Juan les habló de Cristo, Buda, Confucio y Lao Tsé. Mencionó a Vallejo con su triste melancolía y a Einstein con sus tiempos distensibles. Habló de muertes y nacimientos, de ciclos y reencarnaciones, de comienzos y finales; de la riqueza de no tener y la fuerza de doblegarse, del poder de la no acción y la virtud de la simpleza. Habló de historias circulares y tiempos repetitivos. De Nirvanas y de la nada. Predijo un destino triunfal a la aventura humana si sólo el hombre se atreviese a intoxicarse de amor y a exorcizar el odio que era parido del miedo. Ensalzó las doctrinas iluminadas, especialmente la del sermón del monte, que elevaban al hombre del lodo y le prestaban alas.

Cuando sonó la corneta indicando el fin del estudio obligatorio, los cadetes permanecieron silenciosos y fue necesario que Juan los arreara para formación donde, en grupos, discutieron las ideas expuestas. Al llegar a la cuadra varios de ellos se acurrucaron en la cama de Juan, que ya parecía hamaca por lo hundida, para continuar el diálogo. A eso de la medianoche el suboficial de guardia los encontró y como castigo ordenó que pasaran dos horas afuera, en el patio, en formación de atención, soportando la fina llovizna que caía esa noche sobre La Perla.

Y siguieron hablando durante esas horas de castigo, y lo mismo al día siguiente y los que siguieron. El calor de la llama que allí había nacido reveló caminos hacia jardines interiores donde pasiones juveniles reinventaban al mundo y lo añoraban perfecto.

Cuando la corneta llamaba al descanso con las notas del silencio, un sortilegio de preguntas se filtraba de nuevo en sus conciencias y desde el rincón testigo de sus sueños se levantaban visiones de un mundo nuevo donde la justicia y el amor reinaban. Los pechos se expandían en una unidad mística, donde todo el universo palpitaba como si recién hubiese nacido, como si ellos fueran las conciencias primeras, las iniciales, las responsables de que el mundo creciera en los caminos que llevan a la luz y destierran las tinieblas, el odio y las envidias, la maldad.

Desde esa noche apodaron a Juan "profeta" y fue protegido de los embates y burlas de los demás por el muro amistoso con que sus amigos, con celo de convertidos, le brindaban. Del grupo inicial sólo habían quedado Esteban, Gustavo, Raúl, Pepe, Enrique y Antonio. El resto volvió a su rutina después que la curiosidad desapareció. Y mientras los otros aprendían a bailar y se ponían al día con los artistas de moda para poder conquistar a alguna chica bonita, ellos se la pasaban meditando y tratando de vencer al cuerpo, con la esperanza de obtener el entendimiento de esa noche que hizo que el fuego que ardía en sus altarcitos íntimos y puros se desbordara en un volcán de poder arrollador.

Y así fue que se embarcaron en un viaje cuyo objetivo era ayudar al prójimo y cuyo mayor exponente fue el proyecto de los panes.

* * *

La noche envolvía al mar y las olas se rompían contra la playa pedregosa. Ante la entrada principal Juan contemplaba las luces de la Perla titilando hacia el norte cuando tras la reja una niña de mirada asustada, blusa vieja y sucia y pelo enmarañado, le alargó las manos en limosna y, señalando a un par de panes que sobresalían de sus bolsillos, le pidió que se los convidara. Juan los pensaba acompañar con unas sardinas enlatadas en el medio de su ronda de imaginaria, esa noche, de una a tres de la madrugada.

Excepto por el que daba al acantilado, alrededor de los muros del colegio se extendían unas casuchas destartaladas; y, los sábados al mediodía, cuando el ómnibus del colegio los llevaba al paradero de San Miguel, chiquillos haraposos paraban sus juegos para hacerles adiós con la mano y al volver los domingos por la noche, pintados en la oscuridad los cuadraditos amarillentos de las ventanas titilaban como si fueran velas las que los alumbraban. Eran imágenes de rutina y no había pensado mucho en ellas, pero los ojos de la criatura clavados en los panes lo hicieron consciente de todo el dolor y penuria que esas viviendas escondían. Cuando la muchacha guardó un pan en el bolsillo de su falda y mordisqueó el otro, Juan sintió que también le mordía el corazón.

- Mañana te daré más- le dijo.

Una ira irreprimible nació en su pecho. Ira contra él mismo por no haber pensado en las penurias del prójimo, ira contra el sistema que así los subyugaba, contra el mar que seguía con su melodía de siglos sin detenerse un segundo a consolar tanto dolor, ira contra la misma noche.

Ignorando la corneta para estudio obligatorio y amparado por la oscuridad, se fue bordeando el edificio de la imprenta hacia las aulas del quinto año. Vallejo resonaba dentro de él: "*Y pienso que si yo no hubiese nacido, otro pobre tomara éste café, yo soy un mal ladrón, ¿adónde iré?*" Culpable, su corazón se contrajo, sus ojos se humedecieron y fue ahí que se le ocurrió la idea de formar un grupo que repartiera panes todas las noches. Aceleró el paso hasta llegar al club de periodismo donde sus amigos lo esperaban.

Todos estuvieron de acuerdo con la idea y pasaron la noche exaltados, leyendo sus poemas preferidos; se detuvieron más de una vez ante la línea de Vallejo que dice "*Y hacer pedacitos de pan fresco, aquí en el horno de mi corazón*", y abonaron la buena voluntad y el amor de esa noche con el fuego de su pasión. A la noche siguiente fueron a la reja y después de entregarle panes a la chiquilla le pidieron que avisara a sus amiguitos y vecinos que comenzando al día siguiente repartirían panes todas las noches.

El movimiento creció. Muchos cadetes comenzaron a donar también fruta cuando había y algunos se prestaron de voluntarios para ayudar en la distribución. Todo andaba viento en popa hasta que García fue descubierto pegado a la reja y con el miembro afuera, mientras una niña lo masturbaba. El parte que lo acusaba, leía: "Mientras su miembro era masajeado por una mocosa descarada, un hilillo de saliva escapaba por la boca entreabierta del cadete García que...

- Ni cuenta me di que el conchesumadre de Calambre estaba a mis espaldas- confesó García-. Hasta esperó que regara mi "lechada" antes de ponerme la manaza en el hombro. Se me subieron las bolas al cogote cuando me agarró con las manos en la masa.

- Dirás en la verga- aclaró Raúl.

- En lo que sea, pero no me vengan con que ustedes lo estaban haciendo por amor. Yo no soy ningún cojudo.

Bajo pena de expulsión el mayor jefe de batallón les prohibió acercarse al enrejado para repartir panes o cualquier otro artículo. A García lo castigaron con diez puntos y la suspensión de una salida de fin de semana.

- Está saliendo de ésta sin un rasguño; saquémosle el ancho a puñetazo limpio- reclamó Pepe, pero Juan les recordó que había que saber dar la otra mejilla.

- Ésta no es tu mejilla si no la de los chicos que se han quedado hambrientos- saltó Gustavo. Juan persistió en que no debían acudir a la venganza y Gustavo se burló - No todos tienen alas en las paletillas. Algunos somos de barro todavía.

El resto del grupo estuvo de acuerdo con Gustavo y esa noche junto con Pepe y Antonio esperaron a García en los malacates, que así llamaban a los baños. Temblaba como un cobarde entre puñete y puñete y cuando terminaron, García lloriqueando les dijo que él no era el único, sólo el más franco; después de todo, Esteban y Juan se abonaban en el Joselito cada sábado y duraban más que Supermán.

Juan y Esteban habían levantado sospechas entre los muchachos que frecuentaban el burdel del Joselito. Antonio tuvo que presionarlos para que confiaran su secreto, prometiéndoles que no lo divulgaría a nadie. Sólo él, sus amigos y las chicas del Joselito sabrían la verdad.

* * *

- Cuidado que me vengas con pendejadas, después de todo estás usando mi tiempo - exclamó la mujer exigiendo su tarifa de antemano - ¿O es que no se te para? - preguntó con mañosería - Dime la verdad, porque con una chupadita, claro que por más plata, yo he hecho más milagros que San Martín con todas sus escobitas. ¿O quieres que me corra la paja delante de ti? Tal vez eres uno de esos que sólo quieren mirar- la mujer dijo finalmente, sin poder explicar la conducta de su cliente que permanecía parado, sin quitarse la ropa y sin intención alguna de hacer lo que había ido a hacer.

- Esto debe ser bien difícil, ¿no? - Juan miró las paredes alumbradas por la luz rojiza, el velador con una jarra desportillada, el reloj despertador, el rollo de papel higiénico. El perfume penetrante de la mujer se mezclaba con un olor a sudor, incienso y sexo.

- ¿Oye, no serás uno de esos evangelistas que...?

- No, no soy evangelista. Sólo quiero ayudar.

- Aquí nadie ayuda a nadie. ¿Cómo te llamas?

- Juan Cosme.

- En este lugar nadie da el apellido. ¿Qué haces?

- Soy cadete del colegio militar.

- ¿Cadete? ¡Cuidadito que sea una de tus pendejadas!

- Le juro que no.

- ¡Ojo nomás, que mi caficho es grandote!

- ¿Caficho?

- ¿No sabes ni lo que es un caficho? - dio una risilla entre coqueta y burlona - Es el zambo que me defiende de pendejos como tú.

- ¿Le es tan difícil creer que lo único que quiero es conversar?

Agitando su pelo con la mano, la mujer le dijo, -Bueno ya conversaste-. Miró el reloj en el velador- Pronto los de la casa comenzarán a fastidiar. Si quieres venir de nuevo, me llamo María.

- Vendré el próximo sábado.

- ¿A conversar? - rio burlona pero luego le dijo que aunque era un loquito lo iba a esperar. Al despedirse la mujer le rozó la mejilla con los labios entreabiertos y su aliento a chicle de menta le penetró los pulmones.

Mientras volvían a sus casas, Esteban le contó que la suya también lo había visto con desconfianza, pero los dos se sintieron bien por su obra y volvieron el sábado siguiente.

María recibió a Juan con una sonrisa - ¿Todavía quieres conversar? - Sí, le contestó Juan. - Nunca me he encontrado con alguien como tú. ¿Qué es lo que quieres? - Ayudar. - Ya te dije que nadie ayuda a nadie. Por eso mismo estoy ensartada aquí. ¿Salirme? Imposible, tengo que mantener a mis dos hijos. Sí, uno del que fue mi enamorado y otro que me plantó un cliente.

Al salir Juan le contó a Esteban - Vieras, a María le faltaba llorar cuando me contaba lo abusivo que era su padre, me dio a entender que él mismo la violó. Es bien bonita, hermano, y al final uno también es hombre, por eso no la abracé para consolarla. Me dio miedo de que me tentara.

- A la mía- dijo Esteban con rebalsada indignación- fue su madre la que la obligó a putear. Todo por plata, hermano. La verdad que al comienzo me ofendió que creyera que yo la quería engatusar. Me ha hecho sentir culpable de todas mis encamadas.

Y ambos despotricaron de que el mundo era bien injusto y siempre había plata para los milicos y sus tanques pero no para educar a la gente.

El tercer sábado María le confesó a Juan. - Te he mentido. No tengo cafiche. Sólo le pago a un zambo para que me defienda-. Lo miró arrobada - Qué lindo es que me trates como señorita. Estaremos sucias de cuerpo pero el alma la tenemos más limpia que muchas señoronas hipócritas- le susurró acercándole la boca al oído. Juan se estremeció al sentir su aliento cosquilleándole el cuello y le dijo que nadie era más importante que otro. Todos teníamos un destino que cumplir.

- Gente como tú debería estar en el poder-. María se alejó al ver que Juan no respondía a sus avances. Un nuevo respeto brillaba en sus ojos. Al sonreír un par de hoyuelos en las mejillas iluminaron su rostro adolescente.

- El verdadero poder es amarnos los unos a los otros- dijo Juan.

- Qué lindo hablas- una lágrima dibujó un charquito de rímel negro en el párpado inferior y terminó por deslizarse por la mejilla. Unos golpes en la puerta rompieron el embrujo. -¡Tiempo!- gritaron los celadores. Ella entreabrió la puerta, sacó la cabeza y les informó que Juan estaba pagando doble. - Es que yo no tengo tanta plata- le dijo él asustado - Yo no te voy a cobrar nunca más- fijó sus ojos en él y con vergüenza le confesó - Quiero que sepas que aunque uso mi cuerpo a diario, yo nunca me he acostado en espíritu. Esa virginidad la reservo para el hombre que ame. Sacó una foto del velador y se la alcanzó - Quiero que los conozcas-. La foto en blanco y negro mostraba a un chiquillo de unos cinco años con corbata michi y a uno de dos, con unos pantalones bordados que le quedaban anchos -Son mis hijos.

El sábado siguiente apenas él entró, ella se puso un vestido sobre el bikini, que era su vestimenta de trabajo. Se había aplicado menos maquillaje y olía a perfume fino. Rehusó el dinero. Dulce y afectada le dijo que era lindo verlo de nuevo y apoyando la cabeza en su pecho confesó que nunca se había sentido tan bien y que con él lo haría por amor. Al verla cómo una novia que se ofrecía tímidamente, Juan deseó besarla, pero se contuvo y más bien le pidió que le diera hasta la próxima semana para pensarlo.

Los otros cadetes quedaban abobados al comprobar que demoraban tanto tiempo adentro, al punto que corrieron rumores de que se masturbaban justo antes de entrar.

Gustavo se reía de la puerilidad de los peruanos que pensaban que las muchachas eran Dulcineas para adorar en vez de seres palpitantes con los deseos de la carne. Sabiendo que sus amigos eran unos novatos, se reía de las especulaciones. Son unos chiquillos que apenas están aprendiendo, le confió a Antonio un día. Los machos no necesitamos burdel. Para eso abundan las hembras.

Pese a ser bizco y de piernas arqueadas, Gustavo atraía a las mujeres con facilidad. Les gusta sentir mi barba papel lija, se jactaba acariciándose las mejillas azuladas. A las hembras hay que saber manejarlas. Las puedes tener en la cama en un dos por tres si sabes cómo hablarles. Aún Pepe con toda su pinta, es un mocoso cuando de mujeres se trata.

- Yo no sé cómo será en Bolivia- le había dicho Antonio - pero en el Perú lo que tú haces no es bien visto.

- No será bien visto pero es bien rico- se reía Gustavo que exhortaba a sus amigos a aprender a conquistar y no pagar lo que la mayoría de las chicas, bien trabajadas, daban gratis.

El experimento de redención terminó en un enredo emocional que le impidió a Juan y a Esteban verlas de nuevo. Las prostitutas les mandaban mensajes amorosos con cuantos cadetes caían en sus cuartos, pero para el resto era difícil creer los rumores que dos putas, y de las bonitas, los querían de proxenetas.

CAPITULO V

¡BATALLON, DESCANSO!

Después de besar la tierra escogieron un claro salpicado de flores silvestres que como alfombra se extendían hasta la orilla. Gustavo clavó el machete en el suelo, trepó el peñasco y desde la cima tiró un guijarro. El remanso lo engulló y en el reflejo de las ondas las imágenes de Gustavo, los árboles, las montañas y las nubes bailaron una danza circular.

- Es hondo. Podemos darnos clavadas- Gustavo contempló las olas rompiéndose en la orilla.

- Comamos una naranja entre los tres - Esteban sacó una de su mochila.

- Hay que ahorrar los pocos comestibles que traemos. Si tienes sed, toma agua - Gustavo bajó del peñón, se echó en la orilla y bebió de la corriente.

- ¿Y que pasará cuando se acaben las provisiones? - Juan se estiró en la yerba.

- Cierto. En vez de tanta ropa debimos traer más comida - Esteban pelaba la naranja con cuidado.

- ¿Olvidan que a los que buscamos el reino todo nos será dado por añadidura? - reprochó Gustavo - Pescaremos, cazaremos, buscaremos árboles frutales...

- ¿Entonces porque criticas que quiera comer ahora la naranja? - Rabioso Esteban hundió el pulgar en la fruta y la partió. Salivó ante la fragancia.

- Porque Dios ayuda al que se ayuda a sí mismo.

- Nunca pierdes. Toma tu parte - Esteban le alcanzó unos gajos pero Gustavo rehusó aduciendo que el hambre templaba el espíritu.

- Mejor, nos toca más a nosotros - Esteban replicó irritado.

Después de comer su porción Juan se chupó los dedos y metió la mano en el río - El agua está deliciosa. ¿Nos bañamos?

- Buena idea - Gustavo se paró de un salto.

Se desvistieron y acomodaron la ropa en hatos.

Excepto por el penacho negro de su sexo, Juan y Esteban eran imberbes todavía. Gustavo, además de una barba tupida ya hacía alarde de pelos en el pecho y en las piernas. Al entrar en el remanso se les cortó la respiración pero al momento chapotearon y retozaron como los quinceañeros que eran.

Juan atrapó con maestría un sapo parado en una roca y mientras le acariciaba el lomo con el índice contó que de chico los cazaba por encargo del boticario del pueblo- Hacía en ellos las pruebas de embarazo y yo lo ayudaba a dormirlos con éter sulfúrico para sacarles la orina con una pipeta. Si la prueba era positiva podíamos ver los espermatozoides en el microscopio. Varias veces los abrimos de cabo a rabo para ver cómo eran por adentro.

- Eso no es nada. Nosotros - contó Gustavo- por la boca les metíamos un cohetón hasta la misma panza, encendíamos la mecha y los soltábamos. Cuando explotaban llovían tripas y las patas todavía temblaban y la barriga terminaba como socavón de tan abierta. Hurgábamos los cadáveres con un palo, sin soñar siquiera que estos animalitos también son encarnaciones de Dios.

- Nunca debimos torturarlos- murmuró Juan quién alejándose a un rincón, hundió la mano en la corriente y dejando que el agua se escurriera entre los dedos recordó la noche del viernes cuando llenos de imágenes luminosas por el incidente de la puerta desearon bautizarse para marcar su nueva vida. En la gruta, ante la estatua de la Virgen, mientras el colegio dormía bajo el resplandor de la luna llena y la noche pulsaba con paz y claridad, se rociaron agua en la cabeza. Entre el rumor de la cascada y el olor de los musgos se preguntaron si debían darse nuevos nombres. No pudieron escogerlos. Quizás se estaban yendo para encontrar sus nombres verdaderos.

Los otros dos chapoteaban juguetones y lo llamaron a que se les uniese. A los minutos los tres tenían la ligereza de escolares en vacaciones. Gustavo apuntó a la roca en forma de trono y pidió:

- Esteban. Sube y comanda al batallón general por última vez. Despidámonos de la vida que estamos dejando.

- Sí. Hazlo- se unió Juan.

Parado sobre el peñasco, Esteban se sintió incómodo de su desnudez y bromeó que el frío había encogido su sexo; pero al estímulo de sus amigos se irguió, tomó una bocanada de aire y con voz potente comandó:

-¡Batallón...atención!

El sol centellaba en las gotas de agua que resbalaban por su cuerpo. El eco multiplicó su voz.

-¡Batallón... de frente...!

Giró despacio dando una vuelta completa. Miró las montañas y elevó la cara al cielo. Aspiró la fragancia del ambiente y al ver el reflejo de los árboles en el agua, sintió la belleza del mundo. Cerró los ojos y ordenó con fuerza:

-¡Batallón... descanso!

Al morir el eco, emocionado dijo:

- Sí, descansa por siempre batallón... Descansa para siempre.

Apenas eran conscientes de que estaban desechando su vida anterior. No tenían siquiera un pensamiento para sus madres. Ni una pizca de remordimiento les turbaba el alma. Nada los ligaba con el ayer y nada con el mañana. Sólo la idea del reino daba coherencia a sus vidas. Estaban seguros que si lo pedían con el fervor suficiente volverían a sentir Su presencia cuando lo desearan: El mundo era un himno de alabanza en Su honor. Eran hijos de la luz, buscadores del reino, apenas a unos dedos de distancia del elixir de la vida y de la piedra filosofal. Alborozados, vieron los árboles inclinarse, la corriente apaciguarse y el viento detenerse ante la orden de descanso.

Esteban agitó los brazos, se sentía tan ligero que no le hubiese sorprendido elevarse a las alturas. Rompió el encanto del momento al clavarse de cabeza en el agua y los tres volvieron a su jugueteo adolescente.

Al par de horas, cuando se disponían a salir, una niña traposa se paró a mirarlos. Le pidieron que se fuera, pero ella, se sacó la manta que llevaba a la espalda, la extendió en el suelo y sin hacer caso a sus reclamos rebuscó las maletas y acomodó los uniformes, las frazadas y otras prendas doblándola en un hato que con maestría se llevó a la espalda, asegurándola con un nudo que como corbata le cubría el cuello.

- ¡Nos está robando! - gritó Gustavo.

La niña se echó a correr rumbo a unos matorrales.

Esteban saltó del agua y la persiguió haciendo tal alharaca que la mocosa soltó el bulto antes de desaparecer entre los arbustos. Esteban lo recogió- Cayó en un charco- lo mostró a sus amigos - Está mojado.

- El mandato es que al que te pida el saco, le des también el pantalón; pero tú has terminado robándole la encuña a la pobre chiquilla.

- Pero si tú gritaste.

- ¿Y? ¿Me viste perseguirla? ¡Ni que fueran nuestros únicos trajes! Y aunque lo fueran, si realmente creyeras, no te importaría darlos y caminar en pelotas.

- No soy un iluminado como tú. La verdad es que a mí el mundo todavía me interesa-. Esteban dejó caer el bulto hasta el río. Juan lo rescató y salió a la orilla, lo abrió y exclamó - Ahora sí que está empapado.

- Pon las cosas en hilera a secar en el sol - ordenó Gustavo y los otros dos obedecieron.

- Los fósforos están mojaditos - Juan los examinó- por unos días no podremos hacer fuego.

- Tal vez no sea digno de buscar el reino con ustedes. El mundo todavía me interesa, sino ¿por qué me sacaba el alma estudiando para mantener el primer puesto? - confesó Esteban.

- Siempre preocupándote por ti, ni te importa que la chica se congele o que sus padres le rompan el rabo por tu culpa.

- No seas así. Si la chica hubiera pedido, Esteban le habría dado todo. "*Tocáis y no se os abre, pues no sabéis pedir*"- Juan lo defendió.

- Para el amor nunca hay robo, lo

da todo sin esperar pedidos- persistió Gustavo.

Juan salió del remanso, sacudió el cuerpo y gotas de agua salpicaron el pasto. - No le hagas caso, Esteban. No tuviste mala intención. Después de todo, el que gritó no fuiste tú.

- Pero sí que la perseguí. La verdad es que yo ni siquiera he vencido la primera tentación. Soy un miedoso que piensa mucho en el cuerpo, que dónde pasaremos la noche, qué comeremos y mil cosas de ésas.

- Al menos eres honesto. No como otros que creen que pueden vivir del aire y del susurro de la palabra- Gustavo le dio una mirada de odio a Juan.

- No seas tan lengua larga- Esteban lo refutó.

- Pero si es verdad. Si por Juan fuera, ya seríamos faquires. Anda mezclando papas y camotes. La verdad es una.

- Pero la vestimos en diversos lenguajes y por eso no nos entendemos y terminamos peleando pese a querer decir lo mismo. Traducciones confunden - Juan mantuvo la calma.

- No peleen más, por favor- Esteban extendió la manta sobre un arbusto - Seguro que la chiquilla quiere recuperarla y nos está espiando. Se la dejaré aquí y de paso también mi frazada.

- Es lo menos que puedes hacer. Además no te caería mal que como penitencia te pongas piedras dentro de los zapatos y camines así todo el día

Al enfrentar las penurias de su cuerpo y las exigencias de cada día, Esteban encontraba que su fe era limitada y llena de flaquezas, que él no conocía ni su cuerpo ni su alma, y que tal vez estaba forzando soluciones en vez de escuchar. Sintió que la unidad que había existido entre ellos tres sólo unas horas antes, comenzaba a esfumarse. Algo inefable se estaba quebrando en su alma. Quiso, por un momento, tener la blancura de ojos color miel y el pelo castaño de Juan, o aún los rasgos españoles de Gustavo que, aunque bizco, tenía la piel lechosa, para estar seguro de que no caminaba por el Mantaro forzado por su cuerpo trigueño que le prohibía bailar con las damas de la primavera. Tuvo urgencia de limpiar su alma. Se alejó de sus amigos con la excusa de que quería defecar y en un claro rellenó sus botines de guijarros filudos, tal como Gustavo lo había sugerido. Además de asustar y robarle la manta a la chica, aunque sin querer, él tenía mucho que pagar. Dardos de culpa lo aguijoneaban, cobardías alzaban sus cabezas de medusa, arrepentimientos por haber deseado la muerte de su padre, por luchar para mantener el puesto de brigadier por vanidad, aunque en el fondo, en vez de machacar esos libros para que la jauría que lo perseguía no lo ganara, quería pasar su vida buscando la verdad y por eso, cuando Juan le habló de un mundo de justicia, paz y amor, llegó a creer en él. Ahora que lo estaba dejando todo para alcanzarlo, dudaba: ¿Acaso no hubiese sido mejor tener el valor de aceptar un salpicón de rojos en su libreta de notas en vez de mirarse el ombligo en busca de verdades interiores? ¿Qué es lo que buscaba? ¿Que podía hacer en estas montañas que no pudiera hacer, con un poco de valor, en Lima? ¿De qué se escapaba? ¿Y que tal si Raúl estaba en lo correcto y había malinterpretado la puerta?

-¿Qué te pasa, hermano?- Preguntó Juan al verlo cojear.

- Me corté el pie al perseguir a la chiquilla.

- No fue al perseguirla. Volviste sin cojear - dijo Gustavo.

- Cierto. Seguro fue entonces cuando fui a defecar.

- Ya ves, eso prueba que Dios aprobó la penitencia que te di - dijo Gustavo - Por no ponerte las piedras decretó que te cortaras el pie.

Caminaron un par de horas río abajo, al cabo de las cuales Gustavo y Juan se escondieron detrás de unos matorrales para defecar. Con los pantalones abajo y en cuclillas, frente a frente, ambos pujaban. Los muslos abultados y peludos de Gustavo con su sexo colgando libre entre las piernas, delataban fuerza animal. Juan detestó sus maneras bruscas y su deseo de poder, dudó de su amistad y deseó no tener que compartir con él el milagro que estaba viviendo. Consciente de su fragilidad, aguantó la respiración.

- ¿Qué te pasa? ¿Acaso la tuya no huele?

No todo era amor. ¿Acaso causar dolor a su madre, cuando encontrara que se había fugado, era amor? *Dejad que los muertos entierren a sus muertos*. Qué duro, pensó Juan, mientras buscaba alrededor una piedra redondeada para limpiarse. ¿Para que servía la luz si dejaba morir a los amados? ¿Le habrían quemado a Jesús las lágrimas de su madre a los pies de la cruz? ¿Por qué era necesaria una muerte sangrienta para transmitir por los siglos el mensaje del amor? ¿Por qué el hombre no entendía? Él mismo, en ese momento en que ambos esparcían mierda sobre el esplendor de la hierba que, como decía el sermón del monte, *"sin nunca haber hilado estaba mejor vestida que Salomón"*, no podía amar a Gustavo.

- ¿O es que los ángeles no cagan? - Gustavo siguió aguijoneando.

Si ellos ya se peleaban, cómo iban a convencer a los demás a que se amaran. Si no podían ser hermanos, ¿cómo podrían exigírselo al resto? Dudó. Tal vez confundía el amor con compasión o culpa o aún, quizás, como Gustavo había dicho, con soberbia. Ésta, como el camaleón, se escondía en muchas guisas. El verdadero amor se incrustaba en espinas para aceptar y perdonar toda falta y él sabía que en ese momento él no aceptaba ni perdonaba.

- Todos cagan, Gustavo.

- Te tomas las cosas muy en serio. Debes reír más - Juan se limpió el trasero con la piedra y Gustavo prosiguió en tono menos agresivo - Entiendo que estés nervioso. Es tal vez por mi calma que Dios me escogió de guía y por eso es que soy yo el que veo las señales.

Mientras tanto Esteban había armado una hoguera para pasar la noche. El hato de palos secos se elevaba hasta la rodilla. Gustavo señaló las hojas de los árboles que se movían al vaivén de la brisa y dijo que el viento la apagaría, como le pasó muchas veces en La Paz cuando...

- Yo también hacía fogatas en mi pueblo. La brisa más bien ayuda- lo calló Esteban.

Comieron una naranja cada uno y compartieron una manzana entre los tres. El viento inclinaba las copas de los árboles y los pájaros trinaban agitados; el aire helado los obligó a levantar el cuello de sus camisas y Gustavo ordenó recolectar más ramas para no quedarse cortos cuando el frío de la noche apretara. Hablaban de sus sueños y sus planes mientras sentados alrededor de la fogata, todavía no encendida, leyeron una vez más el sermón del monte. El reino los poseyó en ese momento y borró todas sus rencillas.

Los fósforos seguían húmedos y no prendieron. Trataron de encender las ramas secas rozando un par de piedras, pero se dieron por vencidos. Moría la tarde cuando, ya cansados, dormitaron usando sus mochilas como almohadas, con la belleza del paisaje y el olor a eucalipto cobijando su sueño.

CAPITULO VI

LA PUERTA

El miércoles en la mañana, mientras esperaban que el profesor entrara al aula, un cadete contaba - La enfermería se iluminó y por la ventana que da a la Perlita vi que un anciano de blanco que brillaba como el sol, le ponía la mano en la cabeza a Esteban y entonces...

- Finalmente despertaste - interrumpió otro cadete.

- No fue un sueño. Si quieres pregúntale a Cabrera. Está cagado de miedo por haber lanzado palabrota y media delante del mismo Dios.

- Cojudeces. Lo de la puerta es para mandarnos al desvío. Los comunistas se la saben todas.

- No hables mierda- los defendió Antonio - No son comunistas.

- ¿Y los fusiles?

- No falta ninguno. Los han contado y recontado.

- ¿Y los machetes?

- Otra mentira.

- ¿O sea que ahora hasta el

coronel miente?

Se hizo un silencio tenso y Raúl, cambiando de tono les dijo - La verdad es que se han ido para aprender como amar al prójimo.

- Ay, chucha, ahora quieren convertirnos en maricas. ¿A ver, a ver, quién quiere ser mi hembrita? - un cadete dijo a carcajadas - O tal vez estén buscando una verga así de grande - con el índice delineó una en el aire - para terminar en un auto cache gigante.

Una carcajada convulsionó a la clase.

Un grito de atención acalló el jolgorio. El profesor de geografía entraba en la clase y los cadetes se cuadraron al lado de sus pupitres. Cuando llegó a la pizarra ordenó que se sentaran y luego los adormeció recitando monótonamente la lista de los ríos de la costa peruana.

Al ver la docilidad con que los cadetes obedecieron la orden de atención, Raúl, recapituló en un momento la obra del coronel Arroyo. Durante su tercero y cuarto año el colegio parecía un reformatorio donde los más fuertes abusaban a los débiles. Al volver a la cuadras, los cadetes que aprovechaban las horas del estudio voluntario encontraban sus colchones en los urinales; se tenía que dormir con un ojo abierto para que algún cadete travieso no rociara gasolina y encendiera un fósforo alrededor de la cama. Se robaban desde cristinas y sacones hasta los exámenes del bimestre y aún se llegaron a formar grupos que asaltaban el restaurante "La Perlita" y haciendo alarde de su valor distribuían el botín de galletas y gaseosas entre los cadetes. Pero cuando Arroyo tomó las riendas en el quinto año, a punta de castigos y expulsiones cambió todo. Recordó cómo se había reído de su orden de eliminar los candados en los roperos. Sin candados todos terminarían desplumados, pensó. Nunca imaginó que el mismo coronel pasara revista sorpresa a las tres de la madrugada y dejara sin salida a cadete que tenía candado, y, candado o no, todos los problemáticos que ya estaban en su lista negra fueron expulsados. Con una disciplina severa, no sin duda aderezada con algunas injusticias, el colegio marchaba como máquina bien aceitada.

Y ahora que los tres lo habían desafiado abiertamente no le quedaba duda que su reacción sería feroz. Temía por haberlos encubierto. Entonces sí que su padre...

- Cadete Iriarte- un soldado interrumpió la clase - El coronel quiere verlo ahora mismo.

- Ya me jodí - murmuró sobándose los ojos. Enrique y Antonio desviaron la mirada cuando pasó cerca a sus pupitres camino a la puerta.

El día estaba neblinoso y húmedo. Aspiró hondo pero el olor a pasto recién cortado no le despejó el cerebro y su corazón siguió galopando y sus manos sudando. Las piernas le flaquearon cuando entró por la puerta giratoria y una fragancia a caoba y aceite de linaza llenó sus pulmones. El amplio despacho- con la alfombra persa sobre el piso de madera- que al fondo terminaba en una escalera, lucía más sombrío y silencioso que el día anterior cuando el comandante lo interrogó. Un cuadro de Leoncio Prado en el instante en que unas balas atravesaban su pecho y la taza de café - con la que, según la historia, él mismo había comandado su ejecución- que volaba por el aire, adornaba la pared del descanso de la escalera. Raúl suspiró y se vio en la misma situación del héroe.

El coronel no contestó su saludo cuando el suboficial le abrió la puerta y le ordenó que entrara a la dirección. Su calva mostraba la insolación de Trujillo y el pelo cenizo que bordeaba la cabeza brillaba con la luz del ventanal que se abría detrás de él y por donde se asomaba el melancólico mar de La Perla.

- ¿Por qué mierda los socapó, cadete? - el coronel levantó la cabeza lentamente y lo miró severo.

Raúl tartamudeó algo inteligible.

- Hable como hombre, cadete.

- No los socapé mi coronel - la voz se le quebró.

- Merece que lo expulse - el coronel contenía la rabia entre dientes - No complique su situación con mentiras, cadete. Se va a arrepentir.

- No miento, mi coronel. Todo lo que le dije al comandante es verdad.

- A mí no me viene con cuentos de curas. ¿Cree que me voy a tragar lo del milagrito? - Arroyo levantó la voz de pronto y Raúl lo vio un dragón despidiendo fuego por la boca y agitando el aire con tremendos coletazos - ¡Confiese todo o la va a pasar muy mal!

- No engaño, mi coronel. He dicho todo lo que se.

- Veamos: ¿Sabe que quemar los libros del colegio es una ofensa mayor?

- Yo no los quemé, mi coronel - un temblor le erizó el espinazo.

- No habrá tirado el fósforo, pero bien que los ayudó. Hay testigos. ¿O lo va a negar?

- No, mi coronel.

- ¡Y por qué mierda no los denunció ahí mismo! -Arroyo se paró y con furia preguntó - ¿Conoce usted al hermano Cáceres?

- No, mi coronel - Raúl temblaba.

- Mejor rebusque bien su memoria.

Para beneficio del coronel, cerrando los ojos, repitió - ¿hermano Cáceres?

- ¿Y?

- No lo conozco, mi coronel.

- ¿Seguro? ¡No me gusta que me mientan, carajo!

- No lo conozco, mi coronel. Es la primera vez que escucho ese nombre.

El coronel se le acercó pausada, amenazadoramente y Raúl pudo sentir su aliento tabacoso cuando enunciando cada palabra con fuerza, le preguntó - ¿Va a negar que es el tipo que les ha metido esas ideas? ¿El que los adoctrinaba? ¡Vamos, dígame que cosas les ponía en la cabeza!

- Nunca mencionaron ese nombre. Le juro, mi coronel. Nadie nos adoctrinaba. Nadie nos ponía nada en la cabeza - respondió a la acribillada de su superior.

El militar se retiró hacia su escritorio y golpeando con el puño hizo resonar la madera - ¡No mienta, carajo! ¡Ese Cáceres les escribía, les contactaba en la calle! Tengo todos sus papeles en mi poder. ¿Lo va a negar?

- No puedo saber lo que hacían durante sus salidas - contestó Raúl- ni sé que cartas recibían, pero si le aseguro que en el colegio nunca hablaron de ningún hermano Cáceres.

Con deliberada calma se acercó y casi rozándole la cara, le preguntó - ¿Sabe a dónde se fueron?

- A Jauja, mi coronel.

- ¿A Jauja? ¿Cómo mierda quiere que le crea lo que acaba de decirme si ahora mismo, en mis propias narices, me trata de pasar gato por liebre? ¿Por qué miente, cadete?

- No miento, mi coronel- bajó la cabeza para ocultar su miedo.

- Mire usted de frente cuando se le habla.

Levantó la cabeza y la sonrisa sádica de su superior le anticipó una trampa - ¿Así que no miente? ¿Entonces dígame por qué escogieron Jauja?

- La escogieron al azar, mi coronel. Creen que unas señales los guiarán.

- Así que Jauja, ¿no? ¿Y para qué?

- No sé, mi coronel.

- ¡Déjese de cojudeces, Iriarte! ¡Se han ido a unirse a las guerrillas! - El coronel achinó los ojos, le acercó la cara hasta que el aire tibio de su aliento le pegó en las mejillas y luego, casi volviéndolo sordo, lo encaró - ¡Acaso no sabe que realmente se están yendo a Satipo, carajo! ¡Por qué miente, mierda!

- ¿Satipo?- Raúl tragó saliva y recordó lo que Pepe le había dicho.

- Por si no lo sabe, la cuna de la insurgencia que azota al país, cadete. El mismo lugar donde ahora mismo matones comunistas no dudarían destaparnos los sesos a usted, a sus padres, y ni que decir, a mí -. Suavizó la voz, sin dejar sin embargo el tono amenazante- ¿Se da cuenta que por socaparlos usted es cómplice? Puede pagar con cárcel - y con un tono paternal le aconsejó - Usted no es como ellos, cadete, no destroce su vida. No se deje engañar más por estos revoltosos. Piense en su familia. Esto es serio, muy serio. Le hablo como amigo. Dígame toda la verdad y las cosas le irán mejor.

- Le juro que ellos compraron pasajes para Jauja- tartamudeó Raúl - Yo no sé nada de Satipo.

- ¿Tampoco sabe porque llevan machetes? - volvió a su tono agresivo.

- ¿Machetes? - Raúl fingió sorpresa - No llevaban ninguno cuando salieron de aquí. Los habrán comprado allá, mi coronel.

- Seguro para rezar, ¿no? Le pongo en claro que por socapar a guerrilleros está cometiendo un delito merecedor de cárcel ¡Cárcel! ¿Me entiende?

- Sí, mi coronel - dijo casi lloroso.

- No me lloriquee como puta, cadete. ¿Cree que me chupo el dedo? ¿Qué me duermo mientras usted y sus amigos hacen sus cosas? ¿Qué mierda hacía en el campo de fútbol, esta madrugada? ¿De qué habló con sus amigotes? ¿Qué quemaron? ¿De dónde sacaron los cigarrillos? ¿Y el encendedor? ¿Acaso no sabe que en el colegio no se fuma, cadete?

Les habían seguido los pasos y hasta le entró la duda de que quizás uno de sus amigos se había convertido en soplón. Confesó lo sucedido en el campo de fútbol.

- Al cadete Hermosa se le soltó la lengua con lo de las cartas. Tenía órdenes de no divulgar nada. Ya verá. Y usted ¿sabe que al quemar la carta, a sabiendas destruyó usted evidencia? - lo señaló acusatorio con el índice.

- No decía nada malo, mi coronel.

- ¿Y cómo carajo yo sé eso?

- Lo hicimos sin pensar, mi coronel.

- Entonces yo sin pensar lo expulsaré - el coronel esbozó una sonrisa de satisfacción.

- Por favor, mi coronel, mi

papá...

- Favor con favor se paga, cadete- lo cortó Arroyo - Si usted me mantiene informado de todo lo que sus compinches dicen y hacen, yo le prometo benevolencia. Pero sino, bueno, entonces no me eche la culpa cuando su padre le saque la piel de las nalgas. Después de todo, bien merecido lo tiene.

Quiso mandar a rodar al coronel, decirle que él no era un traidor, un soplón de baja categoría; pero el miedo pudo más, imaginó la furia de su padre, los lloros de su madre, la desgracia que sería para él terminar en la cárcel, como el coronel lo había amenazado, y casi sin pensar, como si las palabras salieran de su boca con voluntad propia, dijo con una mezcla de alivio y asco - Está bien, mi coronel, lo mantendré informado.

- Le advierto que a mí nadie me engaña. Alguien lo estará siguiendo todo el tiempo aun cuando duerma.

- Entiendo, mi coronel - Raúl se cuadró haciendo sonar sus tacones.

- Y ahora retírese, cadete. No discuta nada con nadie. ¿Entiende?

Cuando salió de la dirección, miró al mar a través de las rejas de la puerta principal y deseó nunca haber ingresado al colegio. Se sentía solo y aunque hubiese querido que lo consolaran, trató de evitar a sus amigos. No podría verlos cara a cara.

* * *

A la hora del recreo los del grupo lo encontraron taciturno, en una esquina del patio de las aulas del quinto año. Se mostró evasivo pero ellos lo presionaron.

- Yo sé que te ha amenazado, que como a mí te ha dicho que calles - Pepe le dio una media sonrisa - pero si quieres salvar el culo, mejor nos dices todo. ¿Qué quería?

- Expulsarme, por alcahuete.

- ¿Mencionó lo de los machetes?

- Sí. ¿De dónde habrá sacado semejante cosa? Todo el tiempo que yo estuve con ellos no hablaron de ningún machete, estoy seguro de eso.

- ¿Y si el viejo está inventando? - aventuró Antonio.

- No le conviene - razonó Pepe - Más bien el bruto está creyendo reportes falsos. Se está metiendo el dedo solito. ¿Se dan cuenta que dirá la prensa si se entera que tres cadetes se han fugado a Satipo y que van armados con machetes? Lo harán mierda. Después de todo es el responsable de lo que pasa en el colegio.

- Y por qué anda creyendo voladas en vez de esperar que los traigan y...

- Porque es bruto, ya te he dicho. Por eso.

- También me preguntó si conocíamos a un tal hermano Cáceres.

- ¿Cáceres? - Pepe se rascó la cabeza - ¿Quién es ese tipo? Arroyo no me mencionó nada.

- Dice que es el que nos ha estado adoctrinando.

- ¿Adoctrinando? ¿De dónde mierda está sacando estos cuentos? El viejo está loco.

- Y bien enojado. Hasta me ha amenazado con cárcel. Estoy jodido.

- ¿Cárcel? ¿Por qué?

- Por encubrirlos. ¿Qué nos pasará si Juan nos ha engañado? No creo que el coronel invente tanta mierda junta. Machetes, hermano Cáceres, Satipo... Alguien le está soplando.

- Y bien mal- añadió Pepe con lúgubre seriedad- Pero ¿quién y por qué tanta mentira?

- ¿El Lémur? Después de todo gana mucho si lo cagan al Cráneo - sugirió Lozano.

La entrevista de Ledesma con el coronel, en Trujillo, tomó un giro siniestro para Pepe, pero analizó la situación y respondió que el coronel sería bruto pero no cojudo. No le creería así no más. Demandaría pruebas. No. No puede ser Ledesma. Tiene que ser alguien que sabe más que nosotros, y tal vez lo que dice, sea verdad.

- ¿Comunistas? - Raúl quedó boquiabierto.

- Yo nunca me he fiado del Virolo. ¿Qué tal si engatusó a estos pendejos y nos metió en una buena? Mejor andamos con cuidado y nos protegemos el culo - aclaró Pepe.

- No seas mierda, panameño- saltó Lozano - Más bien dirás Juan. ¿Acaso no fue el que comenzó con todo, organizó los panes y todas las otras huevadas?

- ¿Juan? Nunca. Es incapaz de matar una mosca y ni lo puedo imaginar con un machete - lo defendió Antonio.

- Si hasta miedo le tiene a las chicas - Añadió Pepe quién más de una vez se había preguntado si su amigo era marica. ¿Acaso no se había puesto rojo de vergüenza cuando le presentó una amiga? Ni le pudo estrechar la mano. Juan desnudó su miedo - No sé hablar de las cosas que les interesan. Tú, en cambio, te das el gusto de escoger, eres un "bacán" real, el "joven" de la película. A mí me sudan las manos, me tiemblan las piernas y termino cometiendo alguna barrabasada.

- ¿Y Esteban?

- El Cráneo no haría semejante cosa.

- Uno nunca sabe. ¿Te dijo algo de García o de Ahumada? - preguntó Pepe.

- No. Seguro que los está guardando para más tarde. Arroyo es pura mierda. Acusar a Gustavo de maricón es injusto. El boliviano será de todo, pero no marica. ¿Y nosotros, hacer lo mismo que García? Viejo de mierda.

- ¿Chequeaste la puerta el viernes por la noche, después del supuesto milagro?

- No. ¿Por qué? - miró a Pepe intrigado.

- Tengo la corazonada de que hay otra explicación. Vayamos a chequearla esta noche. Ahí les contaré algo bien jugoso. Lo acabo de escuchar.

- Cuenta ahora- pidió Antonio.

- No. Hay moros en la costa - con la mirada señaló a los demás cadetes. Ya he dicho que esta noche.

- Mejor no hagamos nada y dejemos que las cosas sucedan como deben- aventuró Raúl sin atreverse a decirles que estaban bajo vigilancia.

- No seas marica- insistió Pepe- Después del estudio obligatorio nos encontramos en el aula de la séptima. Tienes que venir. Tú fuiste el único que los vio esa noche.

- Iré. Pero no hablemos mucho. Nunca se sabe si a tu lado está un vendido- y con el recuerdo de su entrevista con el coronel pesándole en el alma, añadió - Tal vez las cosas no pueden ser como Juan quiere y el amor sólo sirve para conquistar a las hembras. No me malentiendan, yo estoy dispuesto a quitarme el pan de la boca por el prójimo, pero ¿dónde está el amor de los demás? ¿Acaso no vemos odio todos los días?

Camino al aula Pepe recordó que Juan le había confesado que no se sentaba en los ómnibus con la esperanza de que una curva bien cerrada lo disparara contra la blandura de unos senos o lo hundiera en el olor a limonero de una cabellera, haciéndole añorar la cálida ternura de un beso y el embriagante deseo de unos ojos enamorados. - Con las hembras hay que tener concha, como ustedes los peruanos dicen- le había aconsejado - Actúa normal aunque te cagues de miedo. Fácil para ti decirlo - Juan le contestó- Con tu cuerpo bien formado y tu piel bronceada pones a las hembras de vuelta y media y a nosotros verdes de envidia. Pepe había sonreído ante semejante halago. No

Juan no podía haberlos engañado. Era imposible.

*　*　*

Pepe abrió y cerró la puerta varias veces, examinándola. Luego ordenó que Antonio y Enrique esperaran afuera y después la atrancó con un pupitre y le preguntó a Raúl si así la habían trancado esa noche.

- Usaron dos, como siempre - Raúl adicionó un pupitre más contra la puerta. Miraba alrededor tratando de pillar los ojos que desde algún rincón él sabía los estaba espiando -¿No sería mejor apagar la luz? - dijo mientras acomodaba los pupitres.

- Primero asegúrate que es así como la trancaron. Después, si así lo quieres, conversaremos a oscuras.

- Así estaban - dijo al terminar - Pero, dime, ¿tenemos que hablar? Me muero de sueño.

- Sí.

- ¿Pero no puede esperar?

- ¿Qué te pasa? Antonio y Enrique me andan presionando y tú ni escuchar quieres. ¿Te sientes bien?

- Es que me muero de sueño - mintió, mientras pensaba "a la mierda el coronel, si quiere expulsarme que me expulse, prefiero que me meta a la cárcel a que me convierta en un traidor y se prometió que no le pasaría la información que escuchara"- pero si es tan importante habla no más. Aguantaré.

Pepe ordenó que Antonio y Enrique patearan la puerta desde afuera. Los pupitres se movieron unos cuantos centímetros de su sitio, la puerta tembló, pero no se abrió.

- Ahora empújenla suavemente- ordenó Pepe desde adentro.

Tal como Raúl les había contado, la puerta se abrió hasta topar con los pupitres.

- ¿Qué piensas? - preguntó Antonio cuando entró sorprendido de la ocurrencia.

- Justo lo que sospechaba, chinito. ¡Ésta puerta está desnivelada!- Pepe sonrió de oreja a oreja- Acá milagro no ha habido.

- Soy una bestia. ¿Por qué no se me ocurrió hacer esto el viernes? - Raúl se recriminó a sí mismo.

- Yo creo que los milagros suceden dentro de los que los viven. Si para ellos fue milagro, entonces fue milagro- comentó Antonio.

- Para mí los milagros no existen- dijo Lozano.

- Claro, como eres un rojo ateo- lo atacó Raúl.

- Ya no peleen que hay cosas más importantes que hablar- Pepe ordenó que se sentaran, apagó la luz y cerró la puerta.

- Esta fuga es una traición- se quejó Enrique- Si ellos son los escogidos ¿qué somos nosotros? ¿Los desechados? ¿Dónde está entonces la hermandad?

- Nada de eso importa ahora- los calló Pepe y después de sentarse en círculo y sin levantar la voz les dijo - Escuchen. ¿Sabían que Reátegui tiene un tío periodista? Bueno, agárrense porque ésta sí que es una bomba: Esta tarde Cabrera vino a contarme que escuchó que Reátegui le contaba a alguien, por teléfono, los detalles de la fuga. Dice que le dio hasta los nombres y apellidos y le dijo que se fueron para salvar a los indios. Cabrera lo hizo confesar que le estaba soplando a su tío. Luego yo mismo confronté a Reátegui en el malacate, junto con Cabrera. El muy marica aceptó que era verdad, que le había soltado todo a su tío. Ya están en manos de la prensa.

- ¿En los periódicos?- preguntó Raúl - ¿Y ahora?

- Ojalá que Garabato los traiga de vuelta, para que ellos mismos desmientan todo. Sería lo mejor. Y ahora volvamos a las cuadras, cada uno por su lado, y chitón la boca- ordenó Pepe - No cuenten nada de esto a nadie.

Los cuatro se dispersaron. La noche estaba oscura y la neblina limeña descendía hasta la pista de desfile formando arco iris circulares con las luces de los postes. Volvían a las cuadras bordeando los edificios, escondiéndose en las sombras. Una presión en el pecho ahogaba a Raúl - Pronto el coronel se enterará. Le diré todo, pero esconderé lo de Reátegui. Estoy seguro que nadie nos ha escuchado- se daba coraje, deseando ya estar en su cama.

No tuvo que esperar a que el coronel lo llamara al día siguiente. Un suboficial lo esperaba en la cuadra.

- Cadete Iriarte. A mi oficina.

Raúl aguantó la respiración y resignado siguió al suboficial. Le contó todo, pero ocultó lo de Reátegui. El suboficial escribía su reporte mientras él hablaba y de vez en cuando le pedía que hiciera una pausa para estirar los dedos.

Salió con un sabor amargo en la boca y se imaginó que así debían sentirse los traidores. Esa noche soñó que sus amigos lo llamaban Judas, y mientras él lloraba y les explicaba que no, que nunca había traicionado a nadie, el coronel se había elevado como un genio de botella, gigante y maligno y con una risa diabólica le decía - Lo expulsaré, Iriarte, no sólo por traidor sino también por mentiroso-. Despertó sobresaltado y lamentó que su papá no entendiera que había cosas más importantes que estar en el colegio. El callaría la boca aunque el coronel cumpliera su promesa y su padre le pusiera las nalgas rojas.

CAPITULO VII

AL REINO NO SE LO BUSCA CON UNA MOCHILA AL HOMBRO

Gustavo despertó sobresaltado y aprisionó del codo al chiquillo que le sacudía el hombro. El pelo desgreñado con un manojo cayendo por la frente y el pantalón harapiento mostrando gajos de piel quemada por el frío le daban aspecto de mendigo. Gustavo se incorporó y lo sujetó con las dos manos. - ¿Qué quieres? - le preguntó bruscamente.

Lloriqueando y en un castellano apenas entendible el mocoso balbuceó *-papai, mi mamá ispera*.

- Lo estás asustando- Juan se restregó los ojos frescos de sueño.

Aprovechando que Gustavo lo soltó por un momento, arqueando el cuerpo con agilidad gatuna, la criatura saltó, aterrizando en un charco de fango. Los miró aterrado y con la manga se secó las lágrimas y los mocos que le colgaban de la nariz.

Esteban le extendió las manos y con cautela el niño le confió las suyas. La áspera piel cobriza y cuarteada le despertó compasión - *¿Ima sutiqui?* - le preguntó con suavidad, ayudándolo a salir del lodazal.

- Sebastián, papai.

- *¿Imata munanqui?*

Señalando una colina que se levantaba al final del sembrío de choclos el niño se desató en una matraca de sonidos en quechua, interponiendo varias veces la única frase que parecía saber en castellano- *mi mamá ispira*-.

- Quiere que lo sigamos.

El mocoso asentó con la cabeza - *Si papai, mi mamá ispira*.

- Es otra señal - Gustavo levantó la cara al cielo - El frío aprieta, ni siquiera fogata tenemos y justo nos brindan un techo. Dios provee a los que buscan el reino.

El chiquillo agitó la mano, señalando el sol poniente. Sus pies desnudos estaban cubiertos por una costra de barro.

- Mejor lo seguimos antes que anochezca- Gustavo le hizo una seña para que iniciara marcha y el mocoso tomó la delantera. Gustavo lo siguió blandiendo el machete y Juan y Esteban cargando la camilla. El roce con las hojas de maíz irritó sus pieles y los altibajos del terreno dificultaron su avance. La brisa helada hería sus caras y el cielo, azul y cortado por algunas nubes, enmarcaba las montañas a lo lejos. Encontraron un arroyuelo de aguas cristalinas, al costado del sembrío, descansaron a la vera y usando las manos juntas, en taza, bebieron copiosamente. Gustavo arrancó un choclo y lo mordisqueó, un jugo lechoso chorreó por su barbilla. Arrancó dos más y los brindó a sus amigos. El niño rehusó el que le ofrecieron y les señaló el sol incendiando el horizonte de rojos y naranjos.

- Mejor nos apuramos antes que nos agarre la noche- Gustavo tiró la mazorca mordisqueada y blandiendo el machete, como abriendo trocha en una selva, reinició camino. Hicieron pausa a la mitad de una colina hasta que amainara el calambre que paralizó a Esteban por unos minutos. Ya se asomaban las estrellas cuando llegaron a la cima, que se continuaba en una meseta de escasa vegetación donde un sauce llorón balanceaba sus ramas sobre el techo de paja de una casa de adobe.

Una mujer pollerona de labios

verdosos de coca los esperaba en la puerta. Juan y Esteban dejaron las maletas en un rincón. Un olor a eucalipto y un humo denso les irritó la vista. Se desprendía de un fogón al costado de la habitación, donde la leña avivaba un fuego rojizo. Se sentaron alrededor, sobándose las manos ante las llamas y pegando los ojos a las ollas. Gustavo se llevó la mano a la boca - hambre- dijo.

La mujer ordenó algo en quechua y Sebastián salió a cumplir el encargo. A la orden de la mujer, también en quechua, un hombre echado en un camastro, que hasta entonces había pasado desapercibido, se levantó de mala gana, se arregló los pantalones sujetando la correa que le bailaba en la cintura e intentó domar con la mano su pelo rebelde. Caminó hacia ellos observándolos con curiosidad. Agarró el machete, lo levantó en el aire, lo blandió, con el índice probó el filo y lo volvió a arrimar en la pared donde Gustavo lo había dejado. Tanteó luego el peso de las maletas y después el de las mochilas y meneó la cabeza haciendo con la boca una mueca burlona. La mujer le dijo algo en quechua y el hombre dio una media vuelta y cogió unos jarros desportillados. De una vasija de arcilla les sirvió un líquido amarillento.

- Es chicha - Esteban dijo al probar.

- Sí. ¿Qué buscan por aquí? - el hombre los sorprendió con un castellano pasable.

- El reino de los cielos - contestó Gustavo con una certidumbre iluminada.

- ¿Qué? - el hombre repitió incrédulo.

La mujer preguntó en quechua y el hombre tradujo. La mujer los miró asombrada, se persignó y preguntó en un castellano con fuerte dejo quechua - ¿Bosca il reino?

- Sí, el reino de los cielos- repitió Gustavo.

El hombre se arregló la chalina. La mujer los miró con reverencia. Ambos conversaron en quechua, la voz de la mujer casi un murmullo, llena de respeto, pero el hombre sin ocultar su sospecha los interrogó.

- ¿Para qué machete?

- Para abrir trocha.

- Machete peligroso y no bueno encalatarse en río.

Se abochornaron al descubrir que ojos invisibles hubiesen espiado su desnudez. En eso Sebastián volvió con una cesta con huevos y papas. La mujer peló las papas, frió los huevos y el hombre les sirvió un café transparente de tan ralo, con pedazos de pan seco. Los tres comieron con gusto, limpiando el plato con el pan, calentándose las manos con las humeantes tazas. Cuando terminaron, los indios volvieron a inspeccionar las maletas. Esteban propuso vendérselas, partían la espalda y astillaban las manos.

- ¿Qué llevan? - preguntó el hombre.

Permitieron que la mujer examinara las prendas a la luz de una linterna - ¿Cuánto quieren por todo? - les preguntó el hombre. Cuchichearon entre ellos y concluyeron que ciento cincuenta soles era un buen precio.

- Sólo hay setenta- dijo el hombre y le hizo una seña a la mujer, quien, de una cartera de paño sacó unos billetes enrollados. De cinco en cinco contó hasta cincuenta y cinco soles, se rebuscó los bolsillos y añadió un par de monedas.

- Cincuenta y siete. No hay más- el hombre dijo terminante.

Estaban cerca al reino, la flecha era clara, cincuenta y siete soles debía de ser suficiente. No había que llevar tanto donde nada se necesitaba.

Decidieron dormir allí. Ya entrada la noche el fogón, ya casi sin leña, todavía daba calor y las paredes de barro refulgían rojizas. Salieron a tomar aire bajo la luna menguante que apenas iluminaba la colina. Quedaron mudos, cara arriba, perdidos en la abundancia tridimensional de las estrellas, con prolongados "omms" en sus bocas, alabanza en sus corazones y unidad en sus almas.

Entraron cuando el frío les recordó a sus cuerpos, se acomodaron en un camastro y se taparon con unas frazadas rotosas mientras la mujer y su marido estrenaban las que les habían comprado. La fogata ardía con leña nueva. Durmieron bajo su resplandor, sintiéndose etéreos, unidos en su misión, unos con el universo.

Despertaron al canto del gallo y a la luz del alba. Se sentaron alrededor del fogón que ya sólo tenía cenizas. El hombre lo alimentó con un par de leños y cuando el fuego revivió calentaron el café. Estaba ralo pero acompañado con un pan seco les supo a gloria. La mañana era fresca y a lo lejos el río refulgía. Se despidieron de sus anfitriones y libres ya de las maletas bajaron raudos hacia el valle que se abría ante ellos.

* * *

Vagaban sin rumbo, esperando la próxima señal, aspirando con delicia la frescura de la mañana serrana. El día soleado, el verde alrededor suyo y su deseo de encontrar el reino les alimentaba el ánimo y les hacía olvidar su cansancio; pero llegado el medio día sus energías amainaron, la sed y el hambre se hicieron sentir y decidieron descansar bajo la sombra de unos eucaliptos. Comieron una manzana entre los tres y una naranja cada uno, mordisqueando la cáscara como postre. Media hora más tarde reanudaron su vagabundeo, siguiendo el cauce del Mantaro, bebiendo de sus aguas, sin saber hacia donde iban. De pronto Esteban se paró en seco y señaló una arboleda que se extendía en el horizonte, detrás de la carretera:

- Miren allá. Por fin la señal.

- ¡Es una cruz!- exclamó Gustavo.

- Sí, una cruz- Juan estuvo de acuerdo.

En efecto, la sombra de una cruz se perfilaba sobre la superficie verdosa que cubría una hondonada detrás de la carretera asentada. El cielo estaba despejado, sin nubes, y la cruz sobre los árboles era clara y sin aparente causa. La certeza de su misión evaporó toda su fatiga y la promesa ante sus ojos les dio nueva esperanza.

Al llegar a la carretera la sombra se perdió.

- La señal fue para guiarnos hasta acá - dijo Gustavo.

Bajaron las mochilas y se sentaron en unas rocas. No habría pasado ni un cuarto de hora cuando, a lo lejos, distinguieron una polvareda y luego unos destellos que avanzaban simétricos hacia ellos. Era una bicicleta. El indio que la montaba paró al verlos. Vestía con una pobreza sobria pero elegante. La camisa le cerraba en el cuello pero no tenía corbata y el saco, aunque viejo, estaba limpio y entallado. Dijo llamarse "hermano Cáceres". Hablaba con suavidad y su mirada brillaba contagiosa. Les contó de la misión en Satipo, de cómo los padres tenían las manos llenas de callos de tanto trabajar la tierra, de la escuelita y del hospital para los "chunchos". Lo escucharon con la boca abierta, agradeciendo a Dios la claridad de su comando.

- ¿Y cómo se va a Satipo?

- Por esta carretera pueden tomar el ómnibus a Concepción. De allí es cerca a Santa Rosa de Ocopa que tiene un convento muy bonito y desde donde salen camiones a Satipo. La carretera es angosta y no deja pasar dos carros juntos. Unos días son de ida y otros de venida.

Eran casi las dos de la tarde cuando el hermano Cáceres se despidió dejándolos con un resplandor de iluminados, seguros de que su destino les había sido revelado. Prometieron no desanimarse nunca más ante los obstáculos, las señales venían justo cuando eran necesarias.

Y con nuevos bríos abordaron el siguiente ómnibus. La polvareda que se filtraba por las lunas rotas se les atracó en las narices, pero tan embelesados estaban que ni siquiera olieron el sudor seco de la humanidad que los apretujaba, ni consideraron las molestias de sus cuerpos: Nunca la vida les había sido tan bella y misteriosa, nunca tan llena de esperanza "*la dea misteriosa que emerge de las ruinas y de agonías vive*".

El ómnibus se malogró e ignorando al chofer que prometía tenerlo listo en un par de horas, siguieron a pie. Sus pieles ardían de insolación. Cuando no llegaron a población alguna, dudaron si iban o se alejaban de Concepción. Cansados y hambrientos, con la garganta seca, los botines llenos de barro y los uniformes polvorientos, se echaron a descansar bajo la sombra de unos árboles.

A la hora Juan se desperezó y

subió la mochila al hombro. -¿Vamos ya?

- Descansemos media horita más- sugirió Esteban midiendo la altura del sol entre el pulgar y el índice- Entonces el sol no quemará tanto.

- Hay que curtir el espíritu- Gustavo cortó la rama de un árbol con el machete.

- Tienes razón, hermano. Si no puedo soportar un poco de penurias ahora ¿cómo será después? - Esteban se puso los botines, se levantó y se echó la mochila al hombro.

- ¿Cuán lejos estaremos?- preguntó Juan.

- Trépate allí- Gustavo le señaló un promontorio- quizás ya puedas ver la ciudad.

Juan trepó y miró a la redonda. Las montañas encerraban el valle cortado por el río.

- Puedo ver el Mantaro. Pero no veo ciudad alguna. Pero miren - señaló la carretera- ahí viene un cura.

Al momento se encontraron con un sacerdote de espalda encorvada y pelo canoso que sin embargo montaba su bicicleta sin mucho esfuerzo. Sobre una sotana brillante por lo vieja bailaba el crucifijo que le colgaba del cuello. Dijo llamarse Padre Dionisio y frunció las cejas al ver el machete.

- ¿Adónde vais, hijos míos?

- A buscar el reino de los cielos respondió Gustavo.

El cura acurrucó la mano en la oreja - ¿A qué?

- A buscar el reino de los cielos.

- Pero al reino de los cielos no se lo busca con una mochila al hombro.

- Esa es nuestra forma de buscarlo- Gustavo le sostuvo la mirada.

El anciano alzó la cara al cielo y se arregló la sotana. La barbilla le temblaba. Tragó saliva y preguntó con suavidad, ¿Pero adónde vais, antes de encontrarlo?

- A Concepción ¿Puede decirnos como ir? - le preguntó Juan.

- Esta carretera os llevará -señaló en dirección del poniente-. No hay más de una hora de trote.

- ¿Se puede ir a Satipo desde allí?

El cura preguntó para qué querían ir a Satipo.

- Nos ha mandado el hermano Cáceres.

- ¿Y quién es el hermano Cáceres?

- Un enviado. Hace un par de horas que nos encontramos con él. Necesitan trabajadores en el viñedo.

- ¿Viñedo? ¿Quiénes? - preguntó el padre Dionisio sorprendido.

- Unos franciscanos.

- ¿Y el machete? ¿Para cortar las uvas?- remarcó irónico.

- No. Para abrir trocha.

- No lo necesitarán. Aunque es selva, en Satipo hay carreteras -cogió el crucifijo y jugó nerviosamente con él.

- ¿Selva?

- Ceja de selva, mejor dicho. Pero sería mejor que no fuerais. Es un lugar infestado de guerrillas.

- Tenemos que hacerlo.

- ¿Tenéis?

- Es el mandato.

El sacerdote puso la mano en el mentón como si sostuviera el peso de la cabeza y dijo pensativo - Id primero a Santa Rosa de Ocopa, en el monasterio os darán comida y posada gratis y de allí podréis ir a Satipo-. Se despidió bendiciéndolos con la señal de la cruz antes de montar su bicicleta y a los pocos minutos desaparecer en el camino.

- ¿Creen que el curita haya sido una señal? - preguntó Juan cuando el anciano se perdió en una curva.

- Ni de vainas, ni siquiera entendió que me refería al viñedo de la parábola. Pero si en Ocopa dan comida gratis y de allí pode mos ir a Satipo, entonces a Ocopa vamos - dijo Gustavo.

- ¿Nos deshacemos del machete? El cura dice que no es necesario.

- Ese no sabe nada. Lo vamos a necesitar- Gustavo cortó una rama de eucalipto.

Y siguieron caminando indiferentes a sus penurias. Ya pronto llegarían. Pronto.

* * *

- Todavía no han hecho contacto, mi capitán-, notificó el cabo - Se bañaron en el río, pasaron la noche donde unos indios y luego vagaron hasta encontrarse con un indio en bicicleta y después con el padre Dionisio que venía de ver un enfermo. De allí se fueron al convento de Santa Rosa de Ocopa. Los tengo bajo vigilancia, un par de soldados, vestidos de civiles, los siguen de cerca.

Lo del cura Dionisio ya lo sabía. Echaba espuma por la boca cuando le refería la extraña conversación que decía haber tenido y le demandaba que los apresaran cuanto antes. Llevaban machetes.

- ¿Ha interrogado usted a los indios?

- Sí, mi capitán. Cincuenta y siete soles por el valor de más de quinientos. Prendas de vestir, dos frazadas y tres maletas.

- ¿Cuántos machetes?

- Uno mi capitán. Sólo vimos uno. Lo llevaba el barbudo.

- ¿Algo más? ¿Literatura, propaganda, otras armas?

- No. La mujer se persignaba cada vez que los mencionaba. Los creía misioneros.

- Seguro, a las guerrillas de Satipo, cholos cubre culos. Todos están metidos en esta danza, carajo. Sígalos de cerca. Y ojo con los indios ésos. ¿Tienen historial?

- Ninguno.

- ¿Y el indio de la bicicleta? ¿Su nombre?

- No lo pudimos detener por falta de efectivo, parecía inofensivo, mi capitán.

- ¡Cojonudo! Lo dejó irse como si fuera mariposa. ¿Está usted en sus cabales, cabo? Otra vez no cometa ese error. Hay que tener los ojos bien abiertos. Los que parecen mosquitas muertas son los peores.

- Sí, mi capitán.

- No quiero más errores. Mejor no intervenir a estos gallos hasta que nos lleven a los cabecillas, pero si es necesario, ya sabe, no me importa lo que haga con tal que asegure el éxito de su misión. ¿Entiende?

Hasta dónde hemos llegado, caramba, hasta ya tenemos subversivos en el colegio militar, pensó el capitán. Y sus soldados, unos serranos taciturnos, callados, sí papai, no papai, sumisos, con la derecha me lustran las botas pero con la izquierda no dudarían de meterme el puñal. Fue directo a la central de teléfonos y pidió larga distancia con el colegio militar, en Lima.

- Capitán Carreño reportándose- dijo cuando en la garita privada se estableció la comunicación - Así es mi comandante, como le dije en mi reporte esta mañana, ayer lunes compraron un machete y vagaron por el valle hasta el ocaso. Pasaron la noche donde unos indios y les vendieron las maletas. Ahora lo llamo porque uno de los párrocos de nuestro pueblo los encontró en la carretera. Le contaron que un tal Cáceres los mandó a Satipo.

- ¿Satipo?

- Cabeza de la insurgencia, mi comandante.

- ¿Y quién es ese Cáceres?

- Posiblemente el contacto, mi comandante.

- ¿Lo tiene bajo custodia?

- Mis fuerzas no lo vieron -mintió el capitán- Eso es lo que sus muchachos reportaron al párroco.

- No creo que los muchachos sean

insurgentes, capitán.

- Usted los conoce mejor, mi comandante; pero de todas formas, mis operativos los siguen de cerca.

- El padre de uno de ellos, el suboficial Cándamo, ya partió de Lima. Los está siguiendo.

- Si se reporta recibirá la ayuda necesaria, mi comandante. Corto y me despido hasta el siguiente reporte.

El comandante Ibáñez se arrepintió de haber prometido, justo esa mañana, que les pasaría por alto los días que faltaran. El coronel había puesto el grito en el cielo cuando por teléfono le leyó la carta que las madres le dieron y los escritos que hizo decomisar en sus roperos. Había acortado el viaje a Trujillo y llegaría ese mismo martes, al anochecer. Si su primer reporte, informándole de la fuga y de que habían comprado un machete le había sacado chispas, el segundo, notificándole que el capitán Carreño, jefe de la zona, los estaba siguiendo como sospechosos porque anunciaban que se iban a Satipo lo hizo ver rojo. Se armaría una grande cuando Arroyo se enterara. Era comprometedor. Si machetes y Satipo era una combinación sospechosa, aún para él, sería el fin del mundo para el coronel. Tal vez los muchachos no eran tan inocentes y él se había apresurado a dar el permiso para consolar a esas pobres mujeres con los ojos rojos de llanto.

CAPITULO VIII

TRENCITO NEGRO

Un bocinazo lo distrajo y el suboficial miró por la ventana. Todavía los arenales, suspiró para sí. Bullía de rabia e indignación. Se había equivocado de cabo a rabo al considerar sus años formativos como una preparación para la "vida real" que estaba, como la olla llena de oro, al final del arco iris. Al llegar, en vez del oro encontraba servilismo y asco de sus propias fallas. Por conservar su honradez había sometido a su familia a incontables privaciones. En vez de mandar al carajo su pudor ético para unirse a su colega "Lobo" que vendía a los cadetes desde los exámenes hasta las salidas, había sacrificado a los suyos, aguantando su salario de hambre y las constantes burlas de los cadetes delante de su propio hijo. ¿Y si es verdad de que soy un león en casa y un ratón en calle, incapaz de defender mis derechos y bailando a la rumba de sí mi capitán, sí mi coronel y sí quién mierda sea, como Fernanda me acusa? ¿Y de que todo es mi culpa, que se ha escapado porque tiene miedo de mis gritos? Pronto su remordimiento dio paso a la rabia e incriminó a su mujer ¿Y sus lloriqueadas? ¿Acaso no cuentan? Y si no soy yo, es el coronel, que no lo escogió como escolta para el festival de la primavera, que por eso se escapó. Nunca comprenderán que la vida militar es un sacerdocio, primero la patria, el ejército, el colegio y todo lo demás que haga cola si queremos que nuestro querido Perú salga adelante. ¿Y el señorito, se porta como un militar? No, carajo, como un buen marica se fue a quejar a su madre y luego patitas a la calle con el torcido del boliviano y el boludo de Juan. No sé por qué mierda no le di su buen par de patadas cuando lo noté todo cucufato, ahí debí decirle sus cuatro cosas, rumiaba. De chico, mira Fernanda, nos ha tocado un geniecito. Y carajo, el geniecito crece, se cree un sabe-lo-todo y de remate es brigadier general donde yo soy sólo un suboficial. Y algunas mierdas me achacan de ¿envidiarlo? ¿Yo? Nunca. Ésta es la paga que recibo por tratar de hacerlo hombre.

Al contemplar el paisaje que rodaba por la ventana, recordó el trencito que cuando niño quiso y nunca pudo tener. Lo admiraba enamorado en la vitrina de una de las tiendas de su pueblo, dando vueltas interminables, deteniéndose en estaciones de cartón, pasando por túneles y puentes, árboles y praderas. Ahora, la locomotora negra que arrastraba una decena de coches le daba vueltas imaginarias en la cabeza, calmándole los nervios, acercándolo a su niñez. Ese trencito inalcanzable era el símbolo de su vida. Le pesaba no habérselo robado para llenar su infancia no sólo de sueños sino de realidades. Quizás entonces hubiera sido feliz.

Escuchaba la voz curiosa y niña de Esteban preguntándole: ¿Papi, de dónde viene el mañana y adónde se va el ayer? ¿Y adónde se va la música después de que la tocan? ¿Y qué está más lejos el sol o la luna? y él, exasperado le contestaba: ya pues, hijo, no preguntes tanto; si a los seis años ya estás así, el cerebro se te va hacer jalea cuando crezcas. Recién él se preguntaba dónde se le había esfumado el tiempo y se lamentaba no haber inventado una respuesta de cuento de hadas que encendiera la imaginación de su hijo y lo propulsara a un mundo más brillante. Tal vez mi apodo está bien puesto y en realidad soy un garabato, sospechó con amargura.

Tal vez porque salió un sol agradable y el clima se puso más seco o porque el pasajero de al lado le pasó una botella de pisco, su enojo amainó al llegar a plena sierra. Casi nunca tomaba y el par de sorbos de licor combinados con el cansancio, lo adormitaron. Soñó que estaba sentado en la plaza de su pueblo con un cucurucho de papel en la cabeza, torturado por sus conocidos, sus mejillas encendidas de vergüenza. - Y ahora ¿Qué le vas a decir al coronel? ¿Qué excusa le vas a dar?- le decían y él soltaba las razones más absurdas. El coronel se le apareció, granítico como una torre, demandando respuestas, gritándolo, humillándolo de tal forma que despertó sobresaltado, odiando la cara de conejo de su superior. Se sobó los ojos varias veces para borrar el odiado ensueño pero su miedo permaneció vivo: Las alternativas que tenía no eran prometedoras. Arroyo en su furia le abriría hueco al bote y lo hundiría en medio mar.

Eran las tres de la madrugada del martes cuando llegó a Jauja. Con el maletín bajo el brazo y arrastrando una mochila a medio llenar, atravesó el pasadizo del ómnibus. Una ráfaga helada lo recibió afuera; cayó en el mismo albergue, al lado de la estación, en el que los tres habían dormido la noche anterior. Lo atendió la misma mujer gorda y bigotuda. El suboficial le preguntó si había visto a tres muchachos limeños por el lugar.

- Ayer se alojaron aquí- La mujer se restregó los ojos y lo miró atenta.

- ¿Puedo ver el registro?

- ¿Y por qué está usted interesado? - despidió un olor amoniacal al bostezar.

- Soy un suboficial del colegio militar de Lima y enseño un curso de supervivencia- improvisó. - Soltamos a los cadetes casi sin nada para que aprendan a vivir con lo que encuentren. Se les sigue de lejos.

- ¿Y a usted se le perdieron los cadetitos? - soltó una risilla.

- Debí haber llegado ayer, justo detrás de ellos, pero tuve un percance.

- Juré que eran guerrilleros. Hasta compraron un machete.

- El machete es requisito del curso, señora- dijo ocultando su ansiedad al enterarse que andaban armados y que los confundían con subversivos.

- Deberían de pasar desapercibidos. Si fuéramos el enemigo

nos los hubiéramos tirado, así de fácil- la mujer chasqueó el dedo medio contra el pulgar.

- Por eso se les entrena, señora, para que no los maten de un porrazo.

En el registro el suboficial comprobó que habían usado los mismos seudónimos que en los pasajes.

Ya en la habitación respiró hondo. Olía a sudor y añoró una buena ducha caliente pero tuvo que contentarse con lavarse la cara y las axilas en una palangana con agua fría, ya que el hotel no tenía baño. Despertó ya entrada la mañana y tomó un café cargado, en un restaurante de la Plaza de Armas, que le produjo un temblor interior. Para no aumentar las sospechas de la población civil fue a preguntar en la comisaría.

Sabían de los muchachos pero no los habían detenido porque no habían hecho nada contra la ley. ¿Que eran menores? ¿Entonces por qué los padres no habían denunciado su desaparición? Ah... para evitar problemas, claro, lo entendemos, pero sin orden de captura no podemos hacer nada. ¿Cómo que no? ¿Acaso yo no estoy poniendo una denuncia? En realidad, para ser franco y sólo porque somos colegas, tenemos órdenes de seguirlos de cerca, para que nos lleven a los cabecillas. Los de arriba creen que son carnada para peces más grandes.

- No hay nada de eso, se lo aseguro.

- ¿Y el machete? ¿Y las mochilas? ¿Y el infiltrarse sin documentos? Vamos, suboficial, no puede ser usted tan inocente. Además si es como usted dice estarán dando vueltas sin saber que hacer; sino, irán derechito al nido y las cosas hablarán por sí mismas, ¿de acuerdo? Ya interrogamos a los indios donde pasaron la noche. La mujer juraba que son misioneros, seguro predican machete en mano, a lo Che. El capitán les confiscó las maletas, aunque los indios pícaros ya se habían guardado las mejores cosas.

- Aunque no lo crea, la india esa tiene razón. Los cadetes tienen espíritu de misioneros.

- Puede ser, suboficial, como también puede ser que sea una trampa para confundirnos. Tal vez regalaron sus cosas porque ya están cerca a su destino.

- ¿Y dónde están ahora?

- Ya deben estar en Concepción y de allí la inteligencia que tenemos los manda a... disculpe, pero es algo que no podemos divulgar.

- ¿Y cómo se va a Concepción?

- A ésta hora ya no hay ómnibus pero siempre transitan camiones hasta entrada la noche.

Sin perder más tiempo trepó en la carrocería de uno que salía en ese momento a Concepción. El polvo que levantaba en la carretera asentada se le atracó en la garganta y lo hizo toser. Apiñado entre un montón de indios miró pasar el valle lleno de eucaliptos, retamas y sembríos. Llegó a Concepción cubierto por una fina capa de tierra y de frente se fue a la plaza, con la esperanza de encontrar algún indicio. Daban las tres de la tarde en el reloj de la iglesia, cuando un hombre de edad le preguntó si necesitaba algo. El suboficial le agradeció su interés y, encontrándolo amable, se atrevió a preguntar por ellos.

- ¿Esos loquitos que se van a unir a las guerrillas? Al menos es lo que le dijeron al curita Dionisio.

- Si fueran guerrilleros no lo andarían divulgando y menos a un cura- el suboficial respondió molesto.

- Para que vea usted, jefe, lo descarados que son los muchachos de este tiempo.

Su pecho estallaba de tan tenso. - Y ¿dónde cree que estarán ahora?

- El padrecito los mandó al convento de Ocopa para tenerlos bajo ojo. De allí planean internarse en la selva para unirse a los enemigos de la patria en Satipo. Lo andan cantando a voz en cuello.

- Es un error - De nuevo usó la excusa del curso de supervivencia para apaciguar miedos- después de todo ningún militar defendería a los insurgentes, ¿no cree? ¿O me ve cara de rojo?

- No, jefe, más bien de buena gente.

- ¿Y cómo se va a Satipo?

- Déjeme ver. Hoy es de venida... mañana es de ida. Los camiones salen en la madrugada.

- ¿Y a Ocopa?

- Los camiones salen sólo en la mañana.

- Me urge ir ahora.

- Entonces vaya a pie. Está ahicito no más y tomando esta carretera llegará usted en un ratito.

El ahicito era como ocho kilómetros y el ratito como dos horas y media. Los caminó apurado pero haciendo descansos frecuentes para recobrar el aliento enflaquecido por el aire anémico. Al llegar caminó por la plaza, entró en la capilla, recorrió los jardines, buscándolos. No los encontró, por lo que fue a preguntar en la rectoría. Los muchachos acaban de cenar y ahora están en una de las celdas de la hostería - le informó el abate- si viera como comían, tenían hambruna. Parece que un tal hermano Cáceres los ha mandado a Satipo. Andan preguntando como llegar allá y también sobre unos franciscanos, que la verdad, deben de estar bien escondidos, porque yo no sé nada de ellos.

- ¿Y quién es ese hermano Cáceres? - preguntó el suboficial.

- Sospecho que uno de sus líderes- respondió el abate.

- No, padrecito, está equivocado, cuando los vea comprenderá usted- los defendió.

- Lo veremos pronto, hijo, pero después que coma algo que seguro trae hambre. Tranquilícese, recupérese y yo lo acompañaré a la celda donde están sus muchachos- le ofreció.

Mientras devoraba un guiso de carne con arroz que bajaba con un café aromático y fuerte, contestaba las preguntas insistentes del religioso, mintiéndole con lo del curso de supervivencia, pero éste no le creía y le presionaba, diciéndole que como militar, bien sabía que el comunismo estaba dañando el corazón del hombre y alejándolo de Dios y pese a que le habían dicho a un párroco local que andaban buscando el reino de los cielos, la arrogancia de uno de ellos, el que lleva el machete, es la misma de los que agitan a las buenas gentes que cumplen con Dios y con la patria. ¿Y quién busca el reino de los cielos con machete en mano? Usted bien sabe que el camino del reino es el del amor, el de la cruz. Son alocados no más, los defendió él y se vio obligado a contarle la verdad como él la entendía, que los muchachos presenciaron un milagro, que seguían un mandato divino, que Jesús los llamaba... lo del reino era inmaduro, tonto, hasta loco, pero no una mentira. Ellos creían. Comunistas no eran.

- Pero hijo, no se ciegue a la evidencia. A Dios lo podrían servir en cualquier otra parte que no esté hirviendo con subversivos. Trate de sacarles algo más de ese hermano Cáceres. Es el que los manda. Quizás a usted le hagan caso.

- No conozco a ningún hermano Cáceres, se lo juro- replicó el suboficial.

- Carambas, suboficial, no crea que los subversivos le van presentar solicitud pidiendo permiso oficial para lavar el cerebro de sus cadetes.

Esa comida fue bien recibida por su cuerpo pero detestada por su alma. Un antagonismo visceral se revolvía dentro de él cuando el religioso insistió en acompañarlo a la celda. No le pudo decir que no, y para que el abate no intuyera su desconfianza mantuvo los ojos pegados al suelo. La noche era fresca y las estrellas, en el cielo despejado, brillaban con una intensidad que no tenían en Lima; pero el suboficial, que hubiese gozado el espectáculo en cualquier otro momento, caminaba cabizbajo con una fastidiosa opresión en el pecho. Cuando el abate se aprestaba a tocar la puerta de la celda, pidió que le permitiera enfrentarlos primero. Su mano tembló al tocarla, cada golpe en la madera desnuda fue un martillazo destrozándole el alma.

CAPITULO IX

DE VUELTA A LIMA

Los legos del convento de Santa Rosa de Ocopa los reconocieron cuando pidieron albergue. Preguntaron dónde se tomaban los ómnibus a Satipo y qué días eran de ida. Pese al machete que Gustavo llevaba, matando cualquier duda que iban a unirse a las guerrillas, les sonrieron y los trataron amablemente pero mandaron a notificar al abad - Son los que la policía busca. Dicen que va a unirse a los franciscanos por orden de un tal hermano Cáceres, pero llevan machete en mano.

- ¿Machete en mano? Ese Cáceres debe ser su cabecilla. Instálenlos en una celda y después que se aseen sírvanles una comida caliente en el refectorio. No los confronten ni antagonicen. Pueden ser peligrosos. Y ojo con ellos. No los pierdan de vista- ordenó el abate acariciándose el mentón.

Les dieron una celda amplia y de paredes blancas, con tres camastros de madera, veladores de noche con jarras y palanganas esmaltadas. Una bombilla al centro irradiaba una luz suave, proyectando las sombras en las paredes desnudas. Un crucifijo de madera velaba la cabecera de cada cama. El cuerpo les dolía, ansiaban un baño y sobretodo una comida caliente - Creo que la comida se sirve sólo hasta las ocho. Mejor nos apuramos- dijo Esteban. - Descansemos un rato- Gustavo se tiró en uno de los camastros levantando una nube de polvo - Estamos llenos de tierra, mejor limpiamos los uniformes - dijo tosiendo.

Tiraron suertes para decidir quién sacudía los uniformes. Le tocó a Esteban. Los otros dos se desvistieron y Esteban salió al jardín con los uniformes y los sacudió levantando tal polvareda que tuvo que aguantar la respiración. Luego desempolvó el suyo lo mejor que pudo y al entrar a la celda roció agua en la palangana. Juan ya se había aseado pero Gustavo todavía refrescaba la cara en una abundante espuma.

- Dicen que en las madrugadas los monjes entonan cantos gregorianos - dijo Gustavo.

- Vayamos al servicio antes de tomar el camión a Satipo. Será una bonita despedida - Esteban se secó el rostro.

- Estoy que me muero de hambre - Juan se puso la camisa.

- ¿Tanto te domina el cuerpo? - aguijoneó Gustavo.

- Como dijiste ayer, algunos todavía somos de barro.

- La verdad es que también mi tripa gorda está por comerse a la flaca- río Gustavo y los tres salieron rumbo al refectorio.

El camino cruzaba unos jardines. Entre los senderos de rosas y el aroma de los naranjos todo refulgió con esplendor de estrella y olvidando las diferencias que habían surgido durante el viaje los tres volvieron a ser ardientes volcanes generadores de sueños. Hablaron del reino y la justicia, se sumieron de nuevo en la sabiduría del sermón del monte, recitaron en voz alta sus poemas preferidos y, remontados a una inocente pureza, fueron de nuevo uno solo.

La cena, abundante y caliente, les reveló nuevos sabores. Ante el menor estímulo sus sentidos estallaban en una algarabía gozosa llena de claridad y entendimiento. Estaban felices de compartir de nuevo la sensación de unidad. Imbuido de una reverencia mística, Juan partió el pan e imitando la última cena le dio un pedazo a Esteban, otro a Gustavo y como ofrenda dejó un pedazo en la cabecera vacía.

Los tres comieron en comunión, dispuestos a iniciar la nueva etapa de su jornada en el mismo espíritu que los había poseído el viernes por la noche y que ya varias veces, durante los últimos días, se había disuelto en una prisión de egoísmo y de celos.

Antes de volver a la celda pasearon por caminitos bordeados de jazmines, deleitándose con su aroma. Al fondo, la torre de barro de una iglesia se abría en un campanario. Atravesaron la puerta ancha y el rumor de los grillos resonando en las paredes les sonó a oración primaveral. Un olor a incienso y a flores les atizó el olfato. El cielo incendiado del crepúsculo invadía la bóveda y cirios ardientes iluminaban los ojos de vidrio de los santos, prestándoles destellos. Gustavo se imaginó tallado en madera y puesto en un altar. Su cara, elevada a las alturas, denotaba martirio pero los ojos apenas si se notaban cruzados y tenía las mandíbulas atenuadas, casi relajadas. Se le puso la carne de gallina al entrever su soberbia y oró para que la fuga no fuese otra confrontación de vanidades sino el deseo real de un beso con lo eterno.

Juan comentó que se sentía como en la procesión de Viernes Santo cuando unas florcillas rojas, que la gente arrojaba al paso del Cristo yaciente, alfombraban las calles de su pueblo y el sonar seco de las matracas- las campanas en duelo callaban ese día- abrigaba a la gente en una dolorosa ternura.

- ¿Tanto te gustaba? - preguntó Esteban.

- Es que tenías que ver la urna de vidrio con unos ángeles de caoba en cada esquina sosteniendo unas lámparas de plata. Cuando caía la noche la urna brillaba iluminada y parecía flotar sobre el mar de velas que los fieles llevaban encendidas. San Juan abría la procesión y la Dolorosa, con lágrimas en los ojos, seguía a su hijo. Mi padre era caballero del Santo Sepulcro y con sus compañeros de hermandad planeaba los detalles. Me parecía verlo cargar la urna del Cristo. Sentía su presencia.

- ¿Te acuerdas algo de él? - le preguntó Esteban.

- Sólo lo que me han contado- respondió Juan - Era muy chico cuando murió.

- ¿Y qué te han contado? - Gustavo le clavó la mirada y luego como recitando una lección, con un tonito burlón, se contestó a sí mismo - ¿Qué era buena gente, que ayudaba a todo el mundo, que nunca se amargaba? ¿Qué era un santo? - hizo pausa y con voz más grave le preguntó - ¿No será que por eso lo has idealizado tanto? Crees que fue perfecto y bueno porque tu madre te ha contado exclusivamente los recuerdos bonitos. Si lo hubieses conocido en carne y hueso y te hubiera dado un buen par de palmadas en el trasero, ahora estarías hablando de sus defectos. Todos tenemos nuestra serpiente en el pecho.

En vez de que Gustavo reflejara el amor de las alturas, Juan sintió que proyectaba las tinieblas del abismo - Cierto- le contestó - Pero en algunos es mucho más grande y hambrienta que en otros.

- Al menos yo no hago creer que la mía es más chiquita que un gusano, cuando es más grande que una boa- retribuyó Gustavo.

- ¿Cuándo van a dejar de pelearse? -intervino Esteban -¿Acaso justamente no hemos venido a conquistarnos? Y tú, Gustavo, no debes de hablar tanto que tu papá te abandonó y, por lo que tú mismo nos has contado, ni por tu cumpleaños te llama. Juan y tú están en el mismo bote, se criaron sin padre. La diferencia es que lo de Juan fue destino y lo tuyo, abandono.

- ¿Y desde cuando eres psicólogo, viejo? ¿Acaso no sabemos de qué pata cojeas? ¿Ya no te acuerdas todo lo que nos has contado de Garabato?

- Sí. Hasta lo he querido ver muerto. Pero al menos yo lo conozco en carne y hueso. Lo veo todos los días en sus cosas buenas y en las malas. Creo que en vez de que te abandonara, hubieras preferido que tu padre hubiese muerto para señalarte el cielo desde arriba, como le pasó a Juan.

- ¿Y ser guiado por fantasmas o por cobardes? Prefiero estar solo - Gustavo dijo entre dientes.

Por primera vez alguien cristalizaba en palabras la sospecha que Juan tenía de haber despojado a su padre de la carne para convertirlo en ángel. Lo que decía Gustavo era verdad. Su madre nunca le había confiado que su padre tuviese falla humana: Daba de comer al hambriento, cobijaba al sin techo y daba de beber al sediento. Ahora, ante el nuevo entendimiento que se le brindaba, reclamó que la muerte se lo hubiese llevado antes de que pudiera iniciarlo en los misterios de la carne y ayudarlo a comprender las flaquezas humanas. Entendió que Gustavo luchara por idealizar a su padre para elevarlo del lodo del egoísmo y así poder, tal vez, perdonar que lo hubiese abandonado; tratando en el proceso de ponerle algo del aura de santidad que él ahora quería quitarle al suyo. Ninguno de los dos podía, como Esteban, palparlos en la carne, quejarse y odiar su debilidad sufriente, así como amar su ternura y compartir sus dudas - Quizás en realidad estemos yendo en busca de nuestros padres- comentó casi para sí mismo.

- Tú siempre sobando tus problemas en los demás- Gustavo reclamó con brusquedad.

- Tómalo como quieras.

- Justo en la víspera de irnos a Satipo y ya estamos jalándonos de los pelos. Ojala que los cantos gregorianos nos limpien el alma- terció Esteban.

Gustavo se encogió de hombros y tomó la delantera hacia la celda. Salía la luna menguante cuando llegaron. Cansados, los tres se tiraron en sus camastros. Un pedazo de noche saturada de grillos asomaba por la única ventana y la brisa traía aroma de jazmines. Las sombras del foco amarillento en las paredes desnudas acentuaban el resplandor monástico de las vigas de cedro empotradas en la cal blanca del techo.

Juan cerró los ojos y sintió que su alma salía dejando a su cuerpo tirado en la cama: Soy la línea divisoria entre las dos mitades de la eternidad, pensó. No tengo miedo a la mitad que sucedió antes de mi nacimiento porque mi conciencia la contiene entera y es testigo de las eras. Pero la otra mitad comienza con mi muerte y no tengo ninguna imagen concreta de ella, es de una negrura impenetrable y está llena de temor e incertidumbre. Mi vida, sólo un instante, un parpadear en la inmensidad, es el biombo divisor en donde el futuro se hace pasado. Bien visto, tal vez en realidad todo existe en un presente lleno de reciclajes, donde se goza la inmortalidad de la esencia y se sufre lo perecedero de las formas.

El rumor de los grillos se intensificó. Esteban abrió los ojos. La hoz lunar se asomaba por la ventana- ¿Y si estamos equivocados?- preguntó.

- ¿Equivocados? ¿Qué te pasa? ¿Y lo de la puerta? - Gustavo se sentó al borde de la cama.

- ¿Por qué dudo? Hacía poco estaba convencido que lo de la puerta había sido un milagro. El viernes por la tarde ante el crepúsculo esplendoroso escribí mi mejor poesía.

- Declámala de nuevo pidió Juan y Esteban lo hizo con voz susurrante:

Delicada facción del dios dormido
En la penumbra de la noche mía
Rasgos divinos de sutil belleza,
Que se confunden con los rasgos míos.

Y en noches como ésta, en que la brisa
Me cuenta las historias de los hombres
También me dice con razón que pesa
Algún día tu dios despertará y serás hombre.

Yo

Sólo espero
Y subo por las gradas de la vida
Llevando en mí la facción del dios dormido.

- ¿Creo en lo que dice? ¿O todo es palabras bonitas, soberbia e hipocresía? - al terminar se preguntó en voz alta. El había sido el más ardiente, el que empujó la fuga. Ahora se arrepentía. No se iba a buscar al dios dormido sino a escaparse de sus problemas, que al final, estaban también, como el dios dormido, dentro de él. - ¿Y si hemos entendido al revés y Dios quería decir que nos quedáramos? Después de todo la puerta no se abrió - prosiguió dudoso - ¿Adónde podremos encontrar la verdad si no es en la vida misma? Tal vez el reino está en todas partes y lo que debemos buscar son nuevos ojos para poder verlo. Esta fuga me está obligando a buscar dentro de mí mismo.

- Ni tú mismo te entiendes. ¿Por qué no hablas más claro? - pidió Gustavo.

- No debemos huir de lo que queremos encontrar. En la cima de alguna montaña no encontraremos más que viento. Lo que es yo en vez de buscar el reino, me estoy escapando de mi cruz.

- ¿Insinúas volver? ¿Tan poco te dura la fe? Justo en la iglesia estaba pensando que por fin íbamos a encontrarnos con lo eterno. Pero como dice el refrán, quien con mocosos se acuesta, meado amanece.

- Tenemos derecho a hablar- Juan defendió a Esteban - Tal vez tiene la razón y nos hemos apresurado.

- No peleemos de nuevo. ¿Por qué no lees algo? Quizás nos venga una señal- Esteban le alcanzó la Biblia a Gustavo. Cerrando los ojos, Gustavo la abrió al azar y con el índice señaló la página - Lee aquí- ordenó poniendo la página frente a Esteban, quién leyó:

- *"Éste es mi mandamiento: Que se amen los unos a los otros como Yo os he amado"*

En ese momento sonaron tres golpes secos, definidos. Gustavo abrió la puerta.

* * *

Un escalofrío invadió al suboficial cuando Gustavo, mudo de sorpresa, retiró el cuerpo para dejarlo pasar. El suboficial clavó la mirada en su hijo, quién no se atrevió a sostenérsela. Los ojos del abate saltaban de uno al otro, listo a leer en las caras lo que sus sospechas dictaban. -"Todo pasa por la voluntad del Padre"- murmuró Gustavo.

- ¿Decíais, hijo mío? - preguntó el abate.

- Todo pasa por la voluntad del Padre- Gustavo repitió más alto.

- Bien dicho. Por eso mismo el suboficial ya está acá - aseveró el abate.

- Vamos, ustedes dos, embalen sus cosas que sus madres están hechas un mar de lágrimas- intervino el suboficial. - Me imagino que la suya también lo estaría cadete- miró a Gustavo- si se enterara de lo que anda usted haciendo. Apúrate hijo- miró a Esteban con rabia - No se queden parados como estatuas, vamos, empaquen sus cosas, nos vamos de inmediato. Usted también Gonzales.

Empacaron las mochilas, sorprendiendo al suboficial que había esperado más resistencia. - Así que éste es el machete. ¿Para qué lo compraron? - el suboficial lo tomó por el mango. -Para abrir trocha- contestó Gustavo y el suboficial, dándose cuenta de su indiscreción, preguntó al abate - ¿Lo podemos donar a la misión, padre?- . - Mejor no, es evidencia- contestó el abate con su acento español y lleno de ironía preguntó - ¿O sea que vosotros estáis buscando el Reino de los Cielos y por lo que cuenta el suboficial, habéis recibido una llamada de Cristo? Pues dejadme deciros que eso no es fácil. Pese a haber estudiado años de Teología y Filosofía y dedicado mi vida a la caridad y al sacrificio, no tengo el atrevimiento ni la vanidad de decir que entiendo a Cristo y menos que Él me haya dado una llamadita.

- El amor no se entiende, padre; se siente. Y por lo que dice, usted no sabe amar- respondió Juan.

El prior se puso pálido, aguantó la respiración y los ojos le saltaron con indignación - ¿Yo? ¿Que no sé amar?

El suboficial, rojo de ira, reñía a Juan- ¿Y cómo sabe usted, cadete? ¿Es usted adivino? Pídale disculpas al padre.

- ¿Pero acaso no es verdad?

- ¡Lleváoslos de inmediato! - el abate estalló en una rabieta -Poseído del espíritu cristiano os he dado posada, comida y bebida, ¿y así me pagáis? ¿Ese es vuestro amor? Malagradecidos. Largaos, demonios comunistas, y no profanéis éste suelo sagrado, anticristos disfrazados. ¡Lleváoslos, lleváoslos ya! - ordenó al suboficial, quién apurado arreó a los tres.

No pararon hasta llegar a la carretera, donde jadeando, bajo la noche estrellada y la luna menguante, se sentaron a descansar. El suboficial se lamentaba mientras ellos todavía seguían con un pie en el otro mundo. Finalmente ordenó que Gustavo arrojara el machete lejos, en el medio de un sembrío, para no perpetuar malentendidos. Gustavo obedeció sin reclamar.

- ¿Y que mosca le picó, cadete Cosme? Así paga usted la bondad del padrecito.

- Es que el cura ha perdido su camino, mi suboficial.

- ¿Y desde cuando usted vende mapas? No friegue, cadete. ¿Y díganme, quién es ese Cáceres? ¿Un enviado? Ya no jodan tanto, ¿Qué enviado los mandaría a Satipo, a un nido de rojos? ¿No leen los periódicos? - suspiró mientras ordenó que reiniciaran camino. No quería llegar a Concepción a la media noche.

Mientras caminaban bajo la luz de la luna, el suboficial les aconsejaba que debieran ser más realistas, que las cosas ya estaban dispuestas por cientos de cientos de años y nadie las iba a cambiar, menos aún con quijotadas. Juan le preguntó si acaso no era cobardía cerrar los ojos a la verdad. ¿Acaso no se debía de luchar contra los que habían tergiversado el mensaje del amor y guiaban al rebaño presentándose en pieles de ovejas cuando adentro eran lobos furiosos? ¿Qué quiere decir, cadete Cosme? el suboficial preguntó con cautela, no queriendo dar pie a una discusión que no podría controlar ni ganar. Que no se enciende una luz para esconderla, sino para que se ponga en la cima de una montaña y alumbre a todos- intervino Esteban, citando el sermón del monte - No seas tan arrogante, hijo- lo riñó - No me vas a decir ahora que quieren alumbrar al mundo, porque sí que me van a hacer reír. En ese caso, mejor se meten de curas, que por algo el mundo está dividido en cuarteles y conventos, en rameras y monjas, ya que no se pueden poner flores tan diferentes en el mismo jarrón. Si no quieren ser como esos lobos disfrazados en piel de oveja, mejor comiencen a amar a los que están más cerca a ustedes y también a cada corazón que se les cruce en el camino- el suboficial se suavizó- que yo creo que eso es lo que Jesús quiso decir. Un buen comienzo es volver a Lima y aceptar con humildad que se han equivocado.

El suboficial levantó el cuello de su sacón para protegerse del frío pero los otros tres que sólo llevaban sus camisas y pantalones kakis parecían no sentirlo. El último trecho de la jornada lo hicieron imbuidos en sus pensamientos, sus pasos resonando en el silencio. Finalmente, en medio de la noche serrana distinguieron las titilantes luces de Concepción - Mañana tomaremos el tren a Lima- les notificó el suboficial - Vamos a dormir en la comisaría. Nos ayudará a matar los rumores de que son guerrilleros.

- ¿Guerrilleros? ¿Nosotros?

- Es lo que andan diciendo. Por eso les pido que sean más cuidadosos.

Le preguntaron cómo los había encontrado tan rápido y él explicó que Raúl les había dado las cartas el mismo domingo por la noche. Esteban lo notó cansado y triste; tuvo lástima por él pero no pudo decirle palabra, un nudo le agarrotaba la garganta.

Un foco iluminaba un escudo peruano pintado en metal de fondo blanco y clavado a la pared, justo sobre la puerta. Anunciaba la comisaría de Concepción. Adentro era tan pobre como afuera. El sargento levantó un acta de instrucción y ordenó que el cabo los registrara.

Gustavo rehusó -Lo único que tengo está acá- señaló su cabeza con el índice y mostró el lapicero, diciendo que eso no se lo quitaba nadie. El cabo miró al sargento, como pidiendo órdenes; éste dejó de escribir y levantando la cabeza, dijo - Tiene fuego adentro ¿no? Con tal que no tenga armas, puede hacer lo que le venga en gana. Ese ya no es mi problema- Y le hizo un gesto para que el cabo se retirara sin terminar la inspección.

Más tarde el capitán Carreño confrontó al suboficial. Había tenido que viajar desde Jauja cuando el cabo le notificó que los muchachos estaban bajo su custodia. - Está equivocado, mi capitán, le aseguró, son unos muchachos idealistas que quieren hacer exactamente lo que dicen, buscar el reino. Será descabellado, loco, pero no ilegal. El machete lo compraron impulsivamente, nada planeado, contestó el suboficial cuando el capitán lo confrontó con ese hecho. Cuando preguntó dónde estaba, el suboficial le notificó que lo habían tirado en un sembrío. No debió hacerlo, es la única pieza de evidencia sólida que tenemos. Mandaré a buscarlo. Un machete no quiere decir nada, arguyó el suboficial, y menos prueba lo que usted implica. Era cierto, fuera de sospechas el capitán no tenía evidencia alguna, y ahora el padre de uno de ellos los reclamaba. Tenía las manos atadas.

Al día siguiente, sin que nadie se los impidiera, viajaron a Jauja en camión y llegaron justo antes de que saliera el tren. El olor a lechón y tamales les despertó el apetito y aunque el suboficial planeaba pasar el viaje con la taza de café con leche y pan con que habían desayunado en la comisaría, terminó por no resistir la tentación y volvieron a desayunar lechón y tamales en la estación del Ferrocarril Central. Luego, sentados en un coche de segunda, se cubrieron las piernas con frazadas. Preocupado por el coronel, el suboficial no pudo gozar de los inmensos túneles que perforando las montañas se abrían en puentes tendidos sobre abismos llenos de verdura, para meterse nuevamente al vientre de la roca.

Su mujer, acompañada de doña María, lo esperaba en la estación de Desamparados, en Lima. Esa misma mañana la había llamado por teléfono y ahora, apenas pisaron tierra, su esposa, entregándole un vespertino, le dijo llorosa:

- Lee. Salió justo ésta mañana.

"Tres Cadetes del Colegio Militar se van a salvar indios"

Al leer el titular su cara palideció - ¿Ustedes hablaron algo? ¿No? ¿Entonces cómo se enteró la prensa?- leyó el resto con avidez y luego, mortificado, se dirigió a los chicos - Miren lo que han hecho, cadetes, hasta sus nombres están aquí. Cuando el coronel vea esto se va a armar la grande.

- Al menos en este periódico los tildan de curas, podría ser peor- medió la señora María, pero el suboficial, ignorándola, le preguntó a su mujer - Dime, Fernanda, ¿el comandante les dio el permiso? Qué bien- respiró aliviado cuando escuchó que sí - entonces todo salió a las mil maravillas. Esperen acá mientras me reporto por teléfono.

Y mientras el suboficial se metía en una cabina telefónica, las madres se abrazaron a sus hijos y lloraron. El suboficial los observaba mientras marcaba el número de la dirección del colegio: Gustavo, apartado, parecía celoso de los cuidados que Juan y Esteban recibían, pero rechazó a doña María cuando esta se le acercó. ¿También que quiere el boliviano? ¿Que le toquen serenata? pensó. Se sobresaltó al escuchar la voz al otro lado de la línea, pasando por los colores del arco iris al responder - ¿Mi coronel? - Él esperaba al comandante Ibáñez. Escuchó con la quijada temblorosa. Los oídos le dolían, el mundo se le abría, se lo tragaba. Salió pálido.

El coronel acortó su viaje por culpa de ustedes, llegó ayer por la tarde- les dijo esforzándose para que la voz no le temblara - Ayer martes - enfatizó el día - apenas el comandante le notificó de la fuga y le informó de vuestra visita a su despacho, decidió el viaje de vuelta y entrada la tarde llegó al colegio.

- ¿Le preguntó si ha aprobado el permiso que nos dio el comandante? - preguntó doña María.

El suboficial bajó la mirada a tierra.

- ¿Le preguntaste? - su mujer presionó.

- No fue necesario, Fernanda. Ha decidido someterlos a Consejo.

- ¿Consejo de Disciplina? - doña Fernanda sollozó.

- ¿Y qué es eso? - preguntó doña María.

- Una especie de juicio, señora - aclaró el suboficial.

- ¿Juicio?

- Las cosas están a nuestro favor. Tenemos el permiso del comandante y la prensa los tilda de misioneros. Podría ser peor. Creo que todo saldrá bien- las tranquilizó- Tenemos orden de presentarnos en la dirección de plantel mañana a las diez de la mañana. Fernanda - ordenó- asegura que mi uniforme de gala esté listo. Los muchachos deben ir con el uniforme caqui. Los miró y meneando al cabeza dijo- una buena lavada y planchada no les caería mal.

- Así se hará - doña Fernanda contestó resignada.

- Esta noche la pueden pasar en sus casas, muchachos, pero ya sabe, doña María, mañana a primera hora tome un taxi al colegio. Nos encontraremos allí.

Paró entonces un taxi para doña María y otro para su mujer y ordenó a las mujeres que se llevasen a sus hijos a sus respectivas casas. Agarró a Gustavo del brazo y sin soltarlo le dijo - Usted me acompaña, cadete.

- ¿Adónde, mi suboficial? - Por tercera vez Gustavo buscó con la vista a lo ancho y largo de la estación por la señora Elvira.

- Al colegio. Orden del coronel - replicó secamente agarrándolo del brazo. Paró otro taxi y se sentó junto con Gustavo en el asiento de atrás y no lo soltó hasta que el taxi arrancó. Su precaución fue innecesaria. Gustavo no opuso resistencia alguna.

CAPITULO X

GUSTAVO

El taxi paró frente al colegio y Gustavo salió sin esperar al suboficial, cruzó la Avenida Costanera y desde el acantilado contempló el Pacífico. Ante el gris acerado de sus aguas se sintió solo, colmado de indignación y abandono, y la garúa que perforaba la niebla aumentó su desolación. La indiferencia de las madres de sus amigos, en la estación de Desamparados, lo había resentido más de lo que quería admitir y en ese momento había deseado que la suya hubiese estado allí, armándole lío, lavándolo con sus lágrimas, amándolo, como habían hecho las de sus amigos. Volteó la cara húmeda por la llovizna cuando el suboficial ordenó que lo siguiera. Sus ojos brillosos evitaron la mirada perruna de su superior. Se sintió sin fuerzas y obedeció. Pararon en la garita de control donde a una seña del suboficial unos soldados lo apresaron.

- Está detenido - le informó.

- ¿Detenido? - no intentó zafarse de los soldados que lo sujetaban de ambos brazos.

- Órdenes del coronel.

Entonces, como un volcán, sin aviso alguno, toda su furia se volcó al exterior y los soldados tuvieron que arrastrarlo hasta la celda de detención. Lo encerraron en un cuartucho de paredes sucias, sin ventanas, con unas cuantas ranuras en la parte superior de la puerta que servían como mirador. El sonido, frío y sincopado, del cerrojo de metal le punzó el alma y enfurecido de que lo trataran como un delincuente sacudió la puerta con insistencia.

- Ya cadete, sino quiere que le raje el culo a culatazos, déjese de armar tanto burdel - gritó el carcelero.

Ante la autoritaria voz su furia se desvaneció. Soltó la puerta y una opresión en el pecho lo obligó a respirar hondo: Olía a moho. Examinó el cuarto. Era un cubículo de paredes sucias con un camastro encajado en una de las esquina como todo mueble. Apretó los párpados y sus pestañas húmedas estallaron en minúsculos arcoiris al atrapar luz mortecina de la bombilla eléctrica. Pero esa sensación que antes le producía gozo, ahora sólo aumentó su amargura. Todo le dolía, el cuerpo tanto como el alma. Explotando en llanto se echó en el catre que crujió lastimeramente ante su peso - Le duele el culo tanto como a mí- murmuró tapándose la cara con el antebrazo cuando las lágrimas rodaron por sus mejillas.

- Ayúdame, Diosito- murmuró y rezó con un fervor que no conocía desde su niñez, enunciando las palabras con urgencia, apurado. Al final terminó pidiéndole a su abuelita que intercediera por él ante Dios y sintió la presencia de la anciana envolviéndolo en un aura protectora. Ella había sido el ancla en el agitado mar de su infancia. Lo engreía frente al fuego del hogar, acariciándole la cabeza inclinada en su regazo mientras le contaba las historias en que de nuevo se derribaban las columnas de algún templo filisteo, se vencía la muerte en un oscuro vientre de ballena o en armaduras flamantes se conquistaban nuevas tierras. La anciana lo arrullaba y él la llamaba "agüelita" y le prometía que cuando fuera grande le compraría un carro rojo y también un dulce grandotote. ¿Cuán grande, Gustavito? Más grande que toditito el mundo, le respondía él estirando ambos brazos. ¿Y lo comemos con los niños pobres? Sí, agüelita. No te olvides, Gustavito, porque compartir lo que tienes hace sonreír al niño Dios. En sus oídos resonó de nuevo la frase que le gustaba repetir a la abuela mientras le acariciaba la cabeza creyendo que ya dormía, y que él, sin entenderla, había aprendido como un mantra: "*¿La esperanza? ¿Conoces la esperanza? ¿La dea misteriosa que emerge de las ruinas y de agonías vive?*"

- Te necesito ahora, viejita - murmuró entre dientes y repitiendo la frase consoladora se quedó dormido. Soñó que su abuela llevaba un dulce gigantesco en la mano, volteaba a mirarlo y lo llamaba, Gustavito, Gustavito, pero por más que él corría no podía alcanzarla. - ¡Abuelita! ¡Abuelita!- pedía - para, por favor, te necesito ahora-, hasta que por fin ella paró y él se encaramó en su regazo - No te olvides Gustavito, ayudar a los pobres hace sonreír al niño Dios, no lo olvides nunca- le dijo sonriendo.

Despertó cerca de las tres de la mañana. La bombilla lo oprimía con su luz anémica y el mar rompiéndose abajo acrecentaba su soledad. Se sintió abandonado y murmuró con rabia, entre dientes - Si carajo, estoy en el vientre de la ballena, en el noveno círculo del infierno, en la misma mierda, en eso estoy... ¿Dónde estás viejita? Líbrame de ésta como me librabas de mi madre. No me abandones ahora.

Además de su abuela también buscaba consuelo y aprobación en la patota de su barrio, a la que tenía que ver a escondidas por las pretensiones de abolengo de su madre que lo tenía harto con sus prédicas de alcurnia: No te olvides, hijito, que tiempo atrás nuestra familia comía en vajilla de plata y tus abuelos eran condes y marqueses. Cuidado que te juntes con esos indios llenos de piojos que abundan en tu colegio. No te olvides que nosotros somos de la rama de los Vázquez. Lo de Gonzales viene por el fracasado de tu padre que si no se hubiese escapado como un cobarde, te tendría en un colegio de verdad, codeándote con la flor y nata de esta ciudad, como te corresponde.

Y entonces comprendía por qué su padre había desaparecido, a él también le daban ganas de hacerlo. Por eso estuvo feliz cuando un tío que trabajaba en la embajada peruana le consiguió la beca para el colegio militar de Lima.

El hambre le abría un hueco en el vientre. Pidió comida. El cabo le contestó que no estaba en un hotel, que hacía ya mucho había pasado el rancho y que se aguántese hasta el desayuno. Seguro que a Juan y a Esteban les habían dado manjares mientras sus tripas lloraban, pensó, y maldijo la hora en que había venido al colegio militar. Descorazonado quiso olvidar que estaba en el calabozo y se imaginó en su tierra natal - Ya no pienses, escapa, vuela, cierra los ojos, estás en La Paz, montando tu bicicleta, en el monte en el que jugabas. Vuelves a subir la loma. El viento silba y el arroyuelo que se despeña al costado apenas si se escucha. Te espera tu árbol de capulí, en uno de los remansos del arroyo, lleno de cerezas rojizas y dulces. Tu boca se hace agua cuando subes la cuesta aguantando el dolor de pantorrillas, respirando el aire frío. Ahí estás y no en esta mierda. No abras los ojos. Es uno de esos sábados y huele a campo fresco, el mar no está rompiéndose la crisma contra las rocas; no, tú no estás aquí, sino comiendo los capulíes, escupiendo las pepitas en el agua y zambulléndote después en la corriente.

Pero la visión de su niñez desapareció y de nuevo apareció su tío notificándole que se iría al Perú; ahora los milicos peruanos lucían como gigantes de dientes filudos y Arroyo, el suboficial y los cadetes de nuevo llenaron la celda. - No, no estás acá - escapó de nuevo - Estás en el manantial, concéntrate, mira las aguas, ¿te acuerdas? Sus cauces anchos y tan poco profundos que apenas te llegan a los tobillos, y por más arriba el tren cruzando el puente de fierro, humeando y jadeando, arrastrando una veintena de coches verdes, mientras lavas tu bicicleta hasta que los rayos centelleen estrellitas, preguntándote si alguna vez papá volvería. Tal vez lo que dijo Juan sea cierto y lo he estado buscando; quiero claridad, carajo, y no este enredo de odios.

Quiso orinar. El cabo no le permitió el uso del baño y tuvo que hacerlo en el bacín. Se contuvo de tirar los orines al piso de la guardia de prevención, a través de las ranuras de la puerta. La oscuridad descendió sobre su alma y supo que lo que le estaba pasando era un castigo por lo que había hecho en La Paz unos meses después de cumplir los doce años. A veces pensaba que la apuesta también había sido un sueño pero no, todavía podía sentir los pasos, las voces, el miedo...

* * *

Atardecía y la torre de piedra blanca de la iglesia con su campanario en la cumbre, se dibujaba contra el crepúsculo paceño. Gustavo palpó la linterna escondida en su bolsillo y apresuró el paso. El miedo se esparció alrededor suyo como una nubecilla negra, pero ya no podía dar marcha atrás. Pedro y Javier lo seguían. Al atravesar el umbral sintió sus ojos pegados en la nuca. El reflejo de las velas votivas en la plata de un altar le trajo visiones del infierno y se vio ardiendo en llamas. Miró hacia atrás y seguro, Pedro y Javier lo seguían. No lo dejarían libre hasta que las puertas de la iglesia se cerraran y él quedara encerrado. Venciendo su temor caminó erguido, fingiendo casualidad, por el pasadizo central. Sintió que las estatuas de los santos lo acusaban con severas miradas. Son sólo de yeso, pensó, recordando lo que su padre le había dicho años atrás. Fijó la vista en un arcoiris desparramado en el oscuro piso de madera que la luz crepuscular formaba al filtrarse por uno de los ventanales y que se desvaneció cuando las luces eléctricas bañaron la bóveda de un amarillo opaco. Se hincó y se persignó ante el altar mayor con sus magníficos tallados de madera. Las manos le sudaban y el corazón le brincaba como a un mono enjaulado. Pidió perdón a la Virgen, en la hornacina central, con su corona de oro y diamantes, el suntuoso traje blanco bordado con hilo de oro y piedras preciosas y los dedos llenos de anillos, juntos en rezo. De pronto la cara de su abuelita se sobrepuso sobre la de la Virgen y un par de lágrimas brotaron de sus ojos. Asustado se levantó y dio una media vuelta. Es mi imaginación, se dijo a sí mismo, las estatuas no lloran. Miró a los feligreses orando ensimismados en sus bancas y se sintió culpable. Quiso salir. Se dirigió a la puerta principal cuando su mirada se cruzó con la de sus amigos. Si daba marcha atrás las burlas serían insoportables. Tenía que cumplir la apuesta. Buscó con los ojos algún confesionario vacío. Encontró uno cercano a la entrada. Los fieles en las filas de adelante, metidos en sus rezos, ni cuenta se darían y las dos bancas detrás y las de su costado derecho estaban desiertas. Abrió la media puerta, saltó adentro y cobijó la cabeza entre sus rodillas, cerró la puerta y el lienzo morado que cubría la parte superior proyectó una sombra mortecina. El corazón le martillaba el pecho y el olor a cementerio de las flores mustias junto con el susurro de las oraciones magnificaron su culpa. Se sentía como animal herido en su guarida. Se espantó al imaginar la nave en completa oscuridad y el tum, tum de su corazón resonó en sus oídos. Lamentaba haber sacado pecho y desafiado a Pedro, alardeando que él no tenía miedo, en vez de haber contestado, como Javier lo había hecho, que él no haría semejante cosa, que no quería quemarse por siempre en el infierno.

Ahora se arrepentía de su arrogancia.

Cuando escuchó a los fieles saliendo de la iglesia, quiso salir, pero sus piernas eran unas melcochas derritiéndose. De pronto un silencio denso como jalea cayó pesado y al momento fue cortado por el eco de unos pasos, Tum tum, tum tum, corazón cálmate, se dijo a sí mismo. Paró las orejas y espió: Era el sacristán que apagaba las velas de altar en altar. Siguió sus movimientos hasta que con un retumbo cerró la puerta principal y abrió una lateral. Las luces se apagaron y en el manto asfixiante y oscuro que descendió escuchó que también esa puerta se cerraba. Se supo solo y sus lágrimas corrieron - Por favor, abuelita, dile a Dios que estoy arrepentido, que quiero irme a casa, que me deje salir- rezó, sin osar salir del confesionario.

La claridad lunar se filtraba por las ventanas y la tenue luz de algunas lámparas magnificaba y deformaba las sombras. Prendió la linterna y alumbró la pared opuesta. Los ojos de vidrio de una estatua reflejaron un destello de ultratumba. Salió del confesionario y alumbrando el pasadizo central de la nave, buscó la puerta principal. Sus pasos retumbaron como temblores. Al llegar no pudo destrabar las vigas que la trancaban. Cayó de rodillas y golpeó la madera con todas sus fuerzas esperando que el ruido, que retumbaba en la nave, atrajera a alguien. No vino nadie. Quedó rendido, desmoronado en el piso, congelándose en la fría piedra y pidiendo a Dios que ahí mismo lo matara.

En su miseria recordó que el cura había dicho que si oraba con fervor todo lo que pidiera le sería dado. Rezó que esta vez pudiera abrir la puerta. Trató, pero de nuevo no pudo ni mover las vigas. Volteó lloroso hacia el altar mayor. Una luz ardía serena. En el catecismo le habían enseñado que allí vivía Dios. Iría a confesarle su osadía, a pedirle perdón, a suplicarle que lo dejara libre.

- Abuelita, ya pues, dile que me

escuche- murmuró y juntando sus fuerzas inició camino. Los ojos de los santos despedían un amenazante reproche y temió que el castañeteo de sus dientes rindiera inútil el padrenuestro que oraba. Le temblaban las piernas y un nudo le agarrotaba la garganta, pero sus ojos seguían pegados en el Sagrario, seguro, en su corazón, de que la claridad de su llama lo salvaría. Al llegar alumbró el altar mayor y descubrió un Crucificado en la esquina derecha. No recordaba haberlo visto poco antes ni aún las pocas veces que vino con su madre a misa. Se restregó los ojos y alumbró toda la extensión de la cruz: El pelo le caía sobre los hombros enmarcando un rostro tan dolido que lo hizo desviar la linterna. Una punzada de culpa le abrió el costado cuando iluminó las manos crispadas por los clavos y entonces cayó de rodillas sobre el mármol frío.

Su culpa y su miedo se agigantaron. Una urgencia incontenible estalló entre sus piernas - ¡No Dios mío, no!- gritó en su llanto mientras la tibieza de la orina se deslizaba entre sus muslos, mojando su pantalón. Luego, incontenible, una fuerza explosiva se abrió entre sus nalgas y heces semilíquidas resbalaron por su piel mancillando el piso de mármol.

- ¡No, Dios mío, no! - el olor nauseabundo y la llama del Sagrario crecieron hasta envolverlo.

Arrepentido, limpiaba el piso del altar cuando las estatuas de los santos bajaron de sus pedestales y en procesión se abrieron camino hasta el Crucificado, formando un sendero y manteniendo los torsos inclinados en venias de respeto. Dos de ellos desclavaron al Cristo de su madero y lo ayudaron a pisar tierra. Con dignidad dolida el hombre de la cruz caminó lentamente y al llegar hasta él, que seguía limpiando sus heces con frenético fervor, le preguntó con dulzura:

- ¿Por qué, hijo mío?

- ¡No quise hacerlo!- Gustavo se abrazó a los pies llagados.

- Sin embargo lo has hecho-. El Crucificado levantó la cabeza, potente y bella, como si no sintiera el dolor de sus heridas.

Las miradas de los santos penetraron en su alma y el juicio unánime resonó en su conciencia: -¡Culpable!- Pidiendo perdón levantó los ojos llorosos hacia la cara del hombre de la cruz: Brillaba como un sol. La pálida fragilidad de Su rostro y las huellas de sangre que cruzaban Su piel se le grabaron en el alma.

- Yo te perdono- le volvió a decir.

Sus palabras fueron como un bálsamo de vida. Lo vio dar media vuelta y alejarse hacia su cruz, donde los santos lo tendieron y con sumo cuidado volvieron a colocarle los clavos en sus heridas. Imploraba que no lo crucificaran de nuevo, cuando un terremoto sacudió la iglesia: Era la cruz que al caer plantada convulsionaba la tierra en estertores de agonía. Gritó cuando un inmenso bloque de piedra cayó sobre su pecho. Despertó sudado, con el pecho oprimido, los pantalones almidonados por el excremento seco y la bóveda de la iglesia tan oscura y apestosa como su alma.

Pasó el resto de la noche acurrucado en una banca. Su mucama le había contado que cuando alguien le pegaba a su madre la mano le crecía tanto que impedía tapar el cajón en que lo enterraban. Ahora él se había cagado en Dios. Soñó que sus piernas eran unos ridículos apéndices que salían de un culo gigantesco y se agitaban desesperadas. Un ejército de diablos lo levantaba en vilo y lo torturaba sobre una hoguera cuyas llamas golosas nunca terminaban de consumir su trasero gigantesco.

Todavía temblaba cuando el

sacristán lo encontró en la madrugada. Nunca la luz de la mañana le fue tan dulce y salvadora. El surco de las lágrimas en sus mejillas, la expresión del terror en su cara y sus pantalones apergaminados, despertaron inmediata compasión.

- No puede ser. Yo revisé todo- juraba el sacristán.

- Es que me dormí bajo una banca - mintió él, lloriqueando.

- ¿Y tu mamá?

- Es que vine solo, para rezar por mis exámenes.

- ¿Y esto? - señaló los excrementos secos en sus pantalones y en el mármol del altar mayor.

Gustavo soltó un llanto incontenible, desgarrador. Se había cagado en el altar mayor y las alabanzas de sus amigos, que pensarían que cumplió la apuesta por valor y no por miedo, le iban a doler como picazones de mosquitos. Los consuelos del sacristán aumentaron su llanto. Así los encontró el cura quien inmediatamente ordenó se buscara a los familiares.

- La noche que habrás pasado, hijito, que hasta las lágrimas se te han secado. Pobrecito- lo mimaba el cura al lavarlo - Pero ya no llores que ahora todo está bien-. Mientras más protección y cuidado recibía, con más y más sentimiento lloraba. Por fin una de las beatas lo reconoció y dio la información pertinente para que lo reunieran con su madre. La señora Gonzales lo recibió dando gracias a Dios por tenerlo sano y salvo. Ojeras circundaban sus ojos y de vez en cuando se le escapaba un bostezo. - Seguro la policía todavía lo estará buscando por media ciudad, sin sospechar que estaba sano y salvo en la casa del Señor- decía.

- Ahora ya podrá descansar, hija mía- la consoló el cura al despedirse, aconsejándole que asistiera a misa más frecuentemente. Pese a pertenecer a la parroquia la verdad era que él no había reconocido al niño y eso no estaba bien para una familia católica, cumplidora de los mandatos de la Santa Madre Iglesia.

* * *

- ¿No sería todo un sueño?- le habían preguntado Esteban y Juan cuando les contó.

- Lo del Crucificado, sí, pero el resto no. Yo fui a la iglesia y luego me quedé dormido. Allí el sacristán me encontró.

- ¿Planeaste cagar en pleno altar mayor?

- Me arrepentí, pero fui con toda la intención. Por eso es que nunca se me perdonará.

- Pero fuiste perdonado en el sueño.

- ¿Entonces por qué tengo pesadillas todavía?

- Hay una forma de que se vayan para siempre.

- ¿Cómo?

- Sirviendo.

Eso fue lo que le respondieron cuando desnudando su alma les confió su secreto en la soledad del club de periodismo. ¿Dónde estaban, ahora que los necesitaba? ¿Acaso lo estaban sirviendo? Se sintió traicionado. Al final todo era mentira. Las promesas de unión hasta el fin del mundo eran falsas. La exaltación del amor y los ardientes deseos de darse en sacrificio a sus semejantes desaparecían ante los embates del mundo. Sus amigos en vez de luchar por su libertad o compartir la prisión con él, lo habían abandonado en ese apestoso calabozo. Pero aguanta, Gustavo, para un poco, que ellos ni saben lo que te está pasando, tú mismo te enteraste sólo cuando te encerraron. Garabato, el muy mierda, se lo tenía bien guardado y no le dijo nada a nadie, pero seguro que ya todos saben. ¿Dónde están Lozano y el Chino y el Bembón? ¿Por qué no arman burdel? ¿Por qué no me liberan? Su desesperación creció. Tiró puñetazos y patadas haciendo retumbar la puerta.

- ¡Ya le dije que mejor se calma sino quiere que le rompa el culo a patadas!- gritó el cabo de guardia, tirándole agua a través de la rejilla del mirador.

Gustavo amenazó con quejarse a la superioridad.

- ¿Quejarse? Lo que va a tener que hacer, cadete, es explicar esa nochecita con Ahumada. ¡Y por su propio bien le aconsejo que ya deje de joder!

Quedó paralizado, se sentó en el camastro y descansó la cabeza entre sus manos ¿Y qué tiene que ver con esto? Aún le dolía que hubiesen pensado que estaban haciendo algo malo. Claro que Ahumada tenía toda la fama de maricón y, es más, a las pocas semanas después que el suboficial los encontrara en circunstancias sospechosas, lo habían cogido con otro cadete con las manos en la masa y lo habían expulsado del colegio ya que había aceptado culpa. Pero ni esa noche ni nunca había hecho nada con él. Nada. Ya estaba olvidando y perdonando cuando ahora se lo venían a sacar en cara. Deseó volar todo el colegio y despedazar el mundo. ¿Para qué quería salvarlo? ¿Para esto?

Todo se le pintó de negro pero aún así se obligó a pensar en lo que diría durante el Consejo. Era claro que los tres estaban defendiendo las mismas razones que la sociedad predicaba justas por los últimos dos mil años pero que en un alarde de hipocresía nunca cumplía. Concluyó que el ser humano no era tan ciego, sabía exactamente cuál era la verdad; sólo que la verdad no le convenía. Entendió que en vez de mendigar caridad era más efectivo obligar al hombre, a punta de fusil si fuera necesario, a dar justicia y si los de arriba no la daban por las buenas, era el derecho de los de abajo tomarla por las malas. Juan y Esteban repetirían la eterna cantaleta de que nada justificaba la violencia y que todo se resolvía con amor; que era preferible morir a matar, que el hombre era esencialmente bueno pero ciego y defenderían a capa y espada la doctrina de dar la otra mejilla. Pero por primera vez se dio cuenta que estaban equivocados. Sólo con un buen fusil apuntándole los sesos el hombre aceptaría, en un abrir y cerrar de ojos, que si el vecino no era su hermano al menos tenía los mismos derechos. No comprendió como se dejó envolver en cantos de sirena y detestó a Juan y a Esteban. Es fácil amar cuando se está entre algodones - pensó con amargura - pero las llamas del infierno alumbran con fuegos que sacan odios, que matan ilusiones y crean otras realidades. Y Muerte. Muerte que curas santifican en cada batalla que se ha peleado y se está peleando en nombre del amor, en cada carnicería que se ha cometido en nombre de la hermandad de los hombres. Las luces de arriba, de la unidad, son usadas como un paraguas donde se esconden los fragmentos intolerantes que piden ruptura y adoran egoísmos vestidos en el manto de la bondad y la pureza, que los traductores de los traductores de los traductores, en un inmenso teléfono malogrado por envidia, inseguridad e intolerancia, predican desde todos los púlpitos del mundo, en nombre de todos los dioses y de todas las verdades.

Pero de pronto le vino remordimiento. Sus amigos estarían soportando las riñas y lloriqueos de sus padres y no pasándola tan bien como él creía. Después de todo él era afortunado al no tener que responderle nada a nadie y sobre todo no tener que aguantar a su madre. Por lo menos en eso estaba en paz.

No pudo dormir pensando en el Consejo. Lo de Ahumada lo preocupaba. No, imposible, se tranquilizó, el coronel no puede ser tan mierda. Seguro que nos quitarán un par de salidas y nos harán prometer un par de idioteces, porque en el fondo no hemos hecho nada.

Y esa noche supo que al buscar el amor había tropezado con el odio que tanto había querido suprimir. Ahora éste estallaba como un huracán y él quería vencerlo más que nunca, pero algo lo hundía y no lo dejaba volar a sus cielos anteriores. Una parte de él se cerraba y por más que tocaba, sentía que la puerta no se abría. Y es que tal vez no había puerta y todo lo que era, era lo que ahora tenía.

Al alba le dieron una navaja, jabón y agua. -¡Prepárese para el Consejo! - ordenó el suboficial. Pidió disculpas por su rabieta. No se asuste cadete que yo no voy con soplos, le aseguró el suboficial, pero Gustavo insistió que no debía haberse desahogado con él, que después de todo estaba cumpliendo órdenes. Sin atreverse a pedir un espejo se afeitó a ciegas. Tomó el desayuno masticando el pan con lentitud deliberada. Era la primera comida después del lechón en la sierra, 24 horas antes.

- ¡Vamos, cadete! Lo esperan en la

dirección- lo apuró el suboficial y escoltado por un par de números, con la cabeza altiva pero el alma en tormenta, se dirigió a la dirección del plantel.

La estatua del héroe, brillante de humedad, con gracia señorial señalaba el piso con la punta de la espada. Gustavo siempre había criticado que en vez de usarla de bastón debía blandirla en el aire en una lucha imaginaria; recordó el machete y extrañó los días soleados del Mantaro. Odió Lima, nublada, como siempre, con la brisa marina con olor a desmonte. Los alrededores estaban vacíos, ni un cadete a la vista. Quiso ver a Juan y Esteban, los extrañaba, después de todo con ellos había compartido la experiencia más profunda de su vida.

Y al entrar a la dirección del plantel sintió que un cerco se cerraba alrededor suyo.

CAPITULO XI

CONSEJO DE DISCIPLINA

- ¿Qué es lo que estaba pensando, Ibáñez? ¿Quién se ha creído usted? - clavó sus ojos con fiereza sobre el comandante y una mueca de amargura reemplazó la sonrisa de Trujillo- ¡Ni me consultó antes de darles permiso a esas mujeres! - caminaba de un lado a otro, su calva arrebatada por el sol del norte aún más roja por la ira - ¡Lea usted esto! - le puso en las narices la edición vespertina del periódico. -¡Ahora nos confunden con colegio de curas! "Según sus compañeros les gustaba leer la Biblia y a César Vallejo y querían irse a la selva para predicar el mensaje de Cristo a los chunchos..."- repitió burlón las frases recién leídas. - ¿Y por eso se escaparon, carajo? ¿Por eso armaron tal alboroto? ¡A otro gallo con ese cuento! El informe de Jauja es claro, machete en mano y camino a Satipo. Sume a eso que Vallejo era un comunista empedernido. ¿Dónde tiene usted la cabeza? ¿No sabe que la prensa tarde o temprano se entera de todo? ¡Y todavía el boliviano haciendo alarde que nadie le quita lo que tiene en la cabeza! ¿Y el otro? ¿El que insultó al abate? ¿Qué me dice? ¡Hasta contactos tienen! No señor, qué reino de los cielos ni qué carajo. Hay que dejar limpio el nombre del colegio. Dejar bien en claro que no toleramos este tipo de cosas. No sé qué mierda hacía el imbécil de Cándamo mientras su hijo se cagaba en nosotros. Al marica le temblaba la voz en el teléfono.

- ¿Llamó, mi coronel?- preguntó el comandante.

- De la estación del ferrocarril. Ya los verá mañana, en Consejo.

- ¿Consejo? ¿Bajo qué cargo?

- ¡Escaparse del colegio! - rugió Arroyo.

Tratando de evitar que la cólera del coronel arrasara con todo, le recordó que ellos salieron de sus casas, no del colegio, y, errado o no, él les había dado permiso por los días que faltaron. Someterlos a Consejo era extremo. Todo era un malentendido. Sus amigos habían declarado que no sabían nada, que nunca escucharon nada del tal hermano Cáceres, que estaban llenos de fervor religioso. No había evidencia de la conspiración que gentes sospechosas habían tejido en la sierra y era claro que, en contra a las aserciones del capitán Carreño y del abate del convento, ellos no eran insurgentes sino víctimas de las circunstancias, de estar en el lugar menos indicado en el momento menos oportuno. Castigarlos duramente sólo atizaría más llamas en un fuego que ya estaba moribundo y que sin ayuda pronto moriría, especialmente cuando no había falta alguna.

- ¿Qué no hay falta? - Arroyo cortó con colérica impaciencia - ¿Qué más quiere usted? ¿Qué me escupan?

No le faltaron ganas de contestar pero se mantuvo en silencio, concentrando su atención en la pintura del héroe del colegio arqueado en dolor de muerte ante el impacto de las balas que, desde el pie de la cama, cuatro soldados chilenos le disparaban. Arroyo continuaba su rabieta - Por ese tipo de actitudes el colegio se convirtió en el nido de malandrines que me tocó limpiar, Ibáñez. Y no se lo digo con animosidad personal, sino para que aprenda.

Míreme cuando le hablo - le ordenó ya que el comandante fijaba los ojos en la mesa brillante de barniz. Ibáñez levantó la cara odiando el carácter dictatorial del coronel, pero aceptando, dentro de sí, que la disciplina férrea y castigos rápidos y severos que Arroyo implantó al tomar el mando, habían cambiado el colegio de un día para otro.

- Déjelos sin salida por unas semanas. Expulsarlos no sólo sería injusto sino contraproducente. Estamos hablando del brigadier general Esteban Cándamo, mi coronel. Cosme es cadete de honor y Gonzales cadete distinguido.

- ¿Y no cree usted que justamente por ser cadetes ejemplares debieron pensar en lo que le hacían al colegio? ¿O sea que porque ellos quieren encontrar su verdad nos van a dejar oliendo a mierda? ¿Eso es amor? No Ibáñez, eso es egoísmo, falta de respeto a la institución, falta de lealtad. Necesitamos ser fuertes porque sino acá todo se derrumba. Faltando dos meses para que termine el año yo no voy a permitir ningún escándalo. Tanto el mayor como el director de estudios concuerdan con mi análisis y quiero estar seguro de su posición. Disculpe que se lo diga bien claro pero no quiero que haya voces disonantes. Acá no cabe compasión.

Ocultando su rabia el comandante contestó que entendía la situación. Tratándose del nombre del colegio se debía hablar con una voz única, especialmente cuando sólo importaba que la justicia triunfara. A la evidente segunda intención, el coronel respondió - Así es Ibáñez, la justicia triunfará y el nombre del colegio quedará limpio. Primero los enfrentamos con eso de Vallejo. Luego que expliquen lo del machete, lo de Cáceres y Satipo como destinación final. Tenemos que estar seguros que digan claramente que no son comunistas, que renuncien a sus ideas y pidan disculpas por su acto. Si lo hacen, estoy de acuerdo que el castigo puede ser la suspensión de unas cuantas salidas. Pero primero hay que demostrar que esto no es ideológico porque acá las únicas ideas que valen son el amor a la patria y el respeto a las fuerzas armadas.

Sería una formalidad, pensó Ibáñez. Estaba seguro que los tres se retractarían y en un santiamén las cosas volverían a la normalidad. Cuando el coronel terminó la entrevista dejó la dirección aliviado de no tener que soportar a su superior ni un minuto más.

Arroyo, con una sonrisa de

triunfo, se dejó caer en su silla rotatoria, sin entender por qué Ibáñez había elegido la vida militar. Es tan delicado, tan escrupuloso y tan blanquito que hasta parece que los huevos se le han perdido en el camino, pensó. Un civil vestido de verde que con sus delicadezas debilita el ejército nacional. Por culpa de ellos aunque ganamos las batallas al final siempre perdemos la guerra. ¿Acaso en el pasado los caballeritos como él, creyendo que morir como héroes era mejor que sacarle el ancho al enemigo, terminaban cediendo territorio a diestra y siniestra? Sonrió al pensar en su grupo de coroneles, todos con las pelotas tan bien puestas que donde ponían la mano hacían crecer disciplina, carácter y sobre todo hombría. Cuando tomemos las riendas será diferente y el Perú se moverá con la gracia de un caballo de paso al mando de un buen jinete, masculló para sí, mientras revisaba nuevamente los papeles, preparándose para la mañana siguiente. Le quedaban varias entrevistas que hacer, más información que obtener, más partes que revisar.

* * *

Los jueces, sentados detrás de una mesa en la que dos banderitas peruanas flanqueaban un crucifijo de plata, los miraban con fingida indiferencia. De vez en cuando una ola lejana rompía el silencio y detrás de los ventanales el mar grisáceo se confundía con el horizonte.

Sin mover un músculo Esteban apenas respiraba. Parado en atención entre Juan y Gustavo, podía ver sus reflejos en los lustrosos enchapados de caoba que cubrían las paredes. Detestaba el pesado resoplido del coronel, la calva entre sus manos cortas y rechonchas y los ojos pegados a unos papeles dispersos en la mesa. La cara compungida del comandante le dio mala espina. Las ojeras profundas del mayor delataban una trasnochada, después de todo era jefe de batallón y Arroyo lo estaría empujando de la sartén al fuego, pensó. El único civil, con unos ojos lechuceros que daban la impresión de poder atravesar las cosas, era el director de estudios.

- Están acá, porque se ha decidido convocarlos a Consejo de Disciplina- dijo el coronel sin levantar la cara, con voz baja pero dura. - Pero antes- levantó la cabeza y miró a Esteban con una sonrisa que contrastaba con la frialdad reptiliana de sus ojos- que entre el suboficial Cándamo.

La puerta se abrió y apareció el suboficial con su uniforme verde oliva bien planchado. La cara le nacía directamente del pecho, los ojos temerosos y un leve temblor en las manos contrastaban con el rictus de sus labios plegados en dureza militar. Atravesó la habitación con paso marcial y se cuadró delante del Consejo. Con el índice Arroyo le indicó un ángulo que permitía que ambos grupos, los cadetes y los jueces, lo viesen.

- ¿Y usted qué piensa de lo que ha hecho su hijo?- rebotó la voz sonora de Arroyo.

El suboficial movió la cabeza, se arregló el cuello con el índice, luchando por más espacio, respiró hondo y bajando los ojos al piso respondió -¡Estoy muy avergonzado, mi coronel!

- ¡Avergonzado!- Esteban estalló en un sollozo estremecedor y el suboficial lo miró con ojos desorbitados e impotentes. El coronel sonrió. Ibáñez se sonrojó y el director de estudios siguió imperturbable. Sólo el mayor se atrevió a menear la cabeza de lado a lado.

-¡Compórtese a su altura, cadete! - Arroyo saboreó los sollozos semiahogados de Esteban, mientras el suboficial se hundía en la vergüenza y la ignominia. Era su castigo, carajo, por huevón, pensó, cuando - más autoritario que nunca- ordenó que el suboficial se retirara y Cándamo dio la media vuelta y con la espalda encorvada desapareció de la habitación. Apenas la puerta se cerró detrás de su padre, Esteban no pudo contenerse y explotó en un llanto que se ahogaba en la garganta. Su odio se concentraba contra esos labios chicos con dientes de conejo, contra los ojos grandes de mirada dura, contra toda la persona retaca y panzona del coronel.

- Han cometido una falta grave que debe ser castigada- afirmó severo. Gustavo, que no era de caer en bravatas, sintió un latigazo de miedo pero estaba tan enojado con lo que le habían hecho a Esteban que, con desafío, preguntó:

-¿Por qué delito nos juzga, mi coronel?

El coronel le tiró una mirada fulminante, sus labios se movieron sin emitir palabra alguna. Seguro que me está mentando hasta la quinta generación, pensó Gustavo y cuando finalmente, el coronel emitió sonido, escuchó - Por el de haberse escapado del colegio.

- No del colegio, mi coronel. Nos

fuimos de nuestras casas- clarificó, resintiendo los uniformes limpios y bien planchados de sus amigos, comparados al suyo, sucio y arrugado.

- No venga con tonterías, cadete. Es lo mismo.

- No, mi coronel- intervino Juan - Nosotros salimos del colegio, junto con los demás cadetes, por el fin de semana. Además entiendo que el comandante nos dio permiso por los días que faltamos. Nunca nos escapamos del plantel. Como usted ve, en realidad no hay falta.

- ¡Ustedes saben que la falta existe y debe ser sancionada!

- ¡Entonces júzguenos como hombre!- Gustavo sacó el pecho con orgullo.

Los ojos del coronel se iluminaron, la sonrisa le volvió y su voz se animó burlona. - Así es Gonzales- omitió la palabra cadete, lo que no sólo le dolió a Gustavo sino que le trajo malos presagios. - Como hombre lo haré. Más hombre de lo que fue usted esa noche en que el suboficial Valverde lo encontró en los baños de la cuadra de la tercera sección, a las tres de la madrugada, arropado en una frazada con el cadete Ahumada. Seguro que estaba haciendo mucho frío, ¿no?

Ibáñez puso cara de sorpresa,

perplejo de que el coronel usara ese incidente; el director de estudios abrió más sus ojos de lechuza; el mayor de nuevo meneó la cabeza y Gustavo, aunque no podía ver a sus amigos por tratar de mantener la cara al frente e inmóvil, sintió que también ellos lo reprochaban.

- No es lo que usted cree, mi coronel - tartamudeó-. Yo no hice nada.

- Caramba, cadete, parece que su memoria es mala y corta. Acá tengo el reporte del suboficial Valverde. Si quiere también podemos leer la causa de la expulsión del cadetito Ahumada-. Su sonrisa silente era de burla.

Gustavo quiso decir que esa noche estaba estudiando para el examen de historia del Perú del día siguiente. Por ser boliviano llevaba desventaja. Era un lío aprender los presidentes y sus obras y otras tantas minucias y Ahumada, buena gente, se ofreció a ayudarlo. Las noches del colegio húmedas, neblinosas y frías, los obligaban a arroparse en una frazada cuando estudiaban y así fue que los encontró el suboficial Valverde; pero de ahí a implicar la cochinada que sugería el informe era una perrada de las más bajas; pero, cuando balbuceaba su respuesta, el coronel comenzó a leer el reporte. No sabía si le dolía más su contenido o el deleite con que lo leía, de vez en cuando clavándole una despiadada mirada. Su inseguridad volvió a morderlo, se sentía vulnerable, las axilas le apestaban y cuando vio sus botines sucios reflejados en la caoba brillante mientras los de sus amigos brillaban con betún fresco, odio a todo y a todos. Agonizó ante la descripción del reporte, todo mentiras y malentendidos y respiró aliviado cuando al terminar la lectura Arroyo cerró la carpeta y se lo quedó mirando como diciendo ¿y ahora que dice? Ante semejante ataque no le quedó presencia para contestar nada.

- Dígame. ¿Porqué qué escogieron ir a Satipo? - presionó el coronel.

- El hermano Cáceres nos dijo que allí los franciscanos necesitaban ayuda- explicó Juan al ver que ninguno de sus amigos tomaba la iniciativa.

- ¿Quién es ese Cáceres?

- Un iluminado que encontramos camino a Concepción.

- ¿Iluminado? Déjese de chiquilladas, cadete. ¿Si es así por qué llevaban machete?

- Para abrir trocha, mi coronel.

- Déjeme entender. Cáceres los manda a la selva de Satipo, cuna de guerrilleros, pero ustedes compran el machete en Jauja, antes de encontrarlo.

- En ese momento no sabíamos adónde iríamos. Esperábamos una señal.

- ¿Y ahora me sale con que Cáceres se las dio?

- Justo. Al menos una de ellas.

- Claro, me olvidaba que la otra es la de la puerta. Y me imagino que tantas señales les dieron el derecho de insultar al abate, de gritar a la policía, de decir que nadie les quitaba lo que tienen en la cabeza. ¿No es así cadete? Dígame. ¿Qué tienen en la cabeza? ¿Ideas comunistas?

- Nunca, mi coronel. Nosotros creemos en el amor - reclamó Juan.

- No me venga con niñadas, cadete.

- Es cierto, mi coronel. No somos comunistas y no sabíamos nada de las guerrillas en Satipo.

- ¿Y por qué mencionan tanto a Vallejo en sus escritos?

- Es el mejor poeta del Perú.

- ¿Ese comunista?

- Vallejo es profundamente cristiano.

- Vamos, cadete. No se burle.

- Se puede ser ateo y sin embargo tener sentimientos de amor y hermandad y cumplir el mandato de amor mejor que los mojigatos que atiborran las iglesias, mi coronel.

- No tuerza el argumento, cadete Cosme. Si no son comunistas, renuncien entonces a sus ideas y todo quedará en la nada.

- No, mi coronel, nosotros no renunciamos a nada porque sólo creemos lo que nuestra sociedad ha proclamado a voz en cuello por cerca de dos mil años y nunca cumple. Realmente no interesa si Cristo es Dios sino el mensaje que dejó.

- No blasfeme, cadete.

- ¿No cree que la real blasfemia es que su doctrina haya sido descuidada y tergiversada? - lo desafió Juan.

- Yo no soy teólogo ni mucho menos, lo único que sé es que usted no sabe lo que dice- lo increpó Arroyo sorprendido y luego, más persuasivo, le preguntó- Dígame, cadete ¿qué espera que piense la gente razonable? Primero dice que no le importa si Cristo es Dios y después dice que Vallejo es cristiano. Renuncien a sus ideas y se podrán quedar en el colegio.

Que no, de nuevo, que ellos no renunciaban a nada. Al contrario, estaban muy agradecidos que el colegio les hubiese enseñado a respetar sus creencias y que ellos no iban a negarlas simplemente para quedarse en él, porque eso sí sería una traición.

-¡Me va a obligar a expulsarlos!- el coronel perdió la paciencia, irritado ante tanta testarudez.

Que eran lo suficientemente hombres para responsabilizarse por sus acciones y si los quería expulsar que lo hiciera no más. Ellos no renunciaban a nada.

El coronel echaba chispas, con los ojos saltados de ira gritó que qué malcriadez era la de presuponer que la decisión ya estaba hecha. Y Juan se defendió con que no había querido ofenderlo, pero que no los podían juzgar, puesto que en realidad no habían hecho nada ilegal. El coronel aceptó que al final, tal como ellos lo habían pedido, los juzgaba como hombres y no de acuerdo al reglamento. Por ser cadetes tan distinguidos estaban obligados a sopesar las consecuencias de sus actos y además él no creía en ninguna de las patrañas que le estaban explicando. Que el mundo se había hecho así y las cosas siempre serían como eran y que para caridades y reinos ahí estaba la iglesia.

Ibáñez agonizaba ante todo este intercambio y el mayor, casi suplicante, insinuaba que ellos habían sido influenciados por los mormones, que con decir eso se arreglaba todo. Y Juan que no, que ni siquiera conocían a un mormón. El coronel calló al mayor y opinó que la cosa no era tan fácil como para achacarla a influencias de mormones: renunciaban a sus ideas o nada. El director de estudios con sus ojos de lechuza seguía a los protagonistas como si estuvieran jugando ping pong. El coronel les dijo que antes del Consejo él estaba convencido de que ellos no se iban a unir a las guerrillas, pero ahora tenía sus dudas.

- Si reclamar justicia es ser guerrillero, entonces ahora mismo me declaro culpable- dijo Gustavo grandilocuente, recuperándose del ataque con que el coronel intentó destruirlo.

- ¡No me están dejando opciones, cadetes! ¡Sean razonables y renuncien a sus ideas!

- ¡Nosotros no renunciamos a nada! - reiteró Juan.

Terminaron expulsándolos pero los tres salieron con el pecho erguido, felices de haber defendido sus creencias, sin entender completamente las consecuencias, como si lo que les estaba pasando fuese un sueño que les sucedía a otros.

Bajaron las escaleras sin hablarse. Sus madres y el suboficial, sentados en la sala de espera, se levantaron ansiosos. Fue Esteban el que les comunicó que los habían expulsado.

- ¿Qué?- preguntó el suboficial. Esteban no le contestó. Juan le desvió la mirada a su madre que, como doña Fernanda, estaba muda de la sorpresa.

- ¿Y el comandante?- preguntó finalmente doña Fernanda, agitándose - ¿Por qué no ha cumplido su promesa? ¡Vamos a reclamarle!-. El suboficial la sujetó del brazo, así sólo empeorarías las cosas, Fernanda.

Un par de soldados los escoltaron hacia la salida principal. Les negaron ir a sus cuadras para recoger sus pertenencias. La mañana estaba soleada y la dirección del plantel, pintada recientemente de un color mostaza, flanqueada por bordes granates, contrastaba con el gris descascarado de los otros edificios. El colegio lucía desértico y sus extensos jardines invitaban al reposo. Al llegar a la guardia de prevención un soldado le notificó a Gustavo que por orden del coronel tenía que ir al calabozo hasta que notificaran a su embajada. De nada sirvieron los reclamos o el hecho que Gustavo ya no fuera un cadete del colegio militar.

-¡Vamos a reclamarle al coronel! - propuso Juan. Esteban se le unió en muestra de solidaridad, pero el suboficial Cándamo los calló autoritario, convencido que el coronel se había visto forzado a expulsarlos para evitar que el nombre del colegio siguiera siendo manipulado por la prensa local.

Gustavo miró suplicante cuando un par de soldados lo llevaron al calabozo. Juan y Esteban protestaron, pero no les hicieron caso y con contenida furia, viendo como se llevaban a su amigo, Juan recitó a Vallejo entre dientes:

"*Me moriré en París, con aguacero,*
Un día del cual tengo ya el recuerdo.
Me moriré en París, y no me corro,
Tal vez un jueves, como es hoy de otoño.

- De otoño sería para Vallejo, pero para ustedes será de primavera, cadete - se burló el suboficial de guardia.

No le hicieron caso y ambos salieron con sus familias hasta la avenida Costanera. Allí, el suboficial y los suyos tomaron un taxi y doña María con su hijo se fueron en otro.

Durante el trayecto a su casa, la señora María pegó la cara a la ventanilla y vio a la distancia los lomos brillantes de unos delfines que saltaban en el mar. En su mente se agolpaban los recuerdos. Su amiga alemana, arrastrando sus erres, le aconsejaba de nuevo, "Mira, María, desde que enviudaste este chico ha estado siempre entre mujeres. Eso no es bueno. Necesita la disciplina de los militares". El verde marcial de sus ojos prusianos había penetrado en su más íntimo temor, obligándola a aceptar que su Juan necesitaba modelos masculinos. Selló así su ingreso al colegio, pese al reclamo de su Juan que le recordaba que estaban en el Perú y no en Alemania y que seguro los colegios militares en su país eran diferentes al nuestro. Por haber escuchado las razones guerreras de su amiga teutónica y por creer hacerle un bien, había condenado a su hijo a un destino que al final lo embarcó en la fuga. Tal vez si su marido no hubiese muerto cuando Juan aprendía sus primeras palabras, las cosas fueran diferentes. Le rezó que la ayudara y velara por su hijo, como cuando lo hacía cuando recién enviudó: Varias veces lo había visto sentado en la sala de su casa y al preguntarle: José mío, buena alma, ¿qué es lo que deseas? él le había contestado, Estoy cuidando la casa, María, para que tú no te preocupes.

Descubrió en ese momento el poder vaticinador de eventos que parecían inocuos cuando habían sucedido. Entre lágrimas, volvió a verse en la casa de su cuñado Jaime, en el pueblito serrano donde nació su hijo, observando el río por la ventana del comedor, fascinada por las crestas blancas de las olas al romperse.

Juan, niño aún, admiraba unos libros que llenaban un anaquel, en una de las paredes.

- ¿Te gustan? Jaime tomaba un chupe serrano, cortando el rocoto con una ansiedad de adicto. La miró de reojo y con un gesto de cabeza señaló a Juan.

- Sí. Mucho- respondió Juan.

- Escoge uno, te lo regalo.

Juan palpó las letras de pan de oro en sus lomos y escogió uno de cubierta azul brillante, aunque apenas si podía deletrear el título. Ella se acercó a su hijo, complacida al verlo pasar las hojas sedosas y blancas y acariciar con sus dedos las letras negras y brillantes. Juan se detuvo ante el grabado de un hombre de frente amplia, con dos trencitas largas, quien sonreía más con sus ojos sesgados que con la boca. Unos bigotes largos caían libres sobre el pecho.

- Éste-. Juan apretó el libro contra su pecho.

- Es tuyo.

- No es necesario que se lo regales, Jaime. Lo puede hojear aquí- había dicho ella.

- Que se lo lleve nomás, María.

¿Qué ideas le habían metido esos libros extraños? ¿Por qué no fue más diligente en vigilar sus lecturas? ¿Y la música? ¿Acaso ella misma no había quedado arrobada cuando al terminar la comida fueron a la sala y Jaime sacó seis discos de baquelita, de 78 revoluciones y con surcos tan burdos que se podían distinguir los picos de los valles? Era la Sinfonía del Nuevo Mundo y sus notas le erizaron los vellos y la dejaron absorta. Esa música contenía el río y la montaña. Su Juan había escuchado en trance y al terminar el disco había pedido escuchar de nuevo una parte que tarareó de memoria.

- Es el tema- explicó el tío, ofreciéndole los discos - Te los regalo.

Y ella no opuso resistencia.

Esa noche su hijo se la pasó hojeando el libro antes de dormir. Deletreó algunas frases de la primera página y cuando se cansó, pidió que se lo guardara. Era tan lindo que ella también lo apretó contra su pecho. Juan buscó entonces, en el "Tesoro de la Juventud", una ilustración de Gustavo Doré en la que un demonio con cara muy triste cuidaba la puerta del infierno; su enorme cola de serpiente estaba enroscada en el ejército de almas que ingresaban al valle de los tormentos. No debes ver ese demonio antes de dormir, ella se preocupaba. Puede asustarte en tu sueño. Más bien rézale a tu angelito de la guarda. Entonces le hacía prometer ser más bueno, estudiar el doble y no contestarle mal a nadie; ir a la iglesia más seguido y dar limosnas a los pobres que se agolpaban en la puerta de su casa. Su familia, aunque modesta, dispensaba una caridad abundante.

Su Juan leía "Vidas Ejemplares", una revista de historietas que contaba las hazañas de los santos católicos y le confiaba que quería ser misionero y cuidar a los leprosos como el padre Damián. Cuando vio la película "Quo Vadis", donde los mártires cantan sin miedo mientras las bestias del Circo Romano los despedazan, Juan decidió que quería ser como uno de ellos. Ella le sonrió diciéndole que seguro, el podía ser médico y santo. Y para que no soñara con martirios y su vocación de médico creciera, lo había estimulado a que cazara los sapos que el farmacéutico del pueblo usaba para diagnosticar embarazos.

Ocasionalmente el boticario dormía

a uno de los pobres bichos con éter sulfúrico, lo clavaba con alfileres en una tabla y le daba un tajo desde la garganta hasta la cloaca. Más de una vez su Juan los había traído así crucificados a la casa, con el corazón latiendo como una pequeña rosa roja de la que se desprendían arterias color coral y venas azules que se perdían en delicadas membranas semitransparentes. La majestad arrobadora de ese orden estremecía a doña María casi tanto como la música y aunque le daba asco y pena, no se atrevía a pedirle a su hijo que no los trajera para no destruir la vocación que le trataba de inculcar. Recién ahora comprendía que quizás a su Juan más le hubiese gustado quedarse en el olor a incienso y en la paz de las iglesias, libre de esos demonios de cara triste y cuerpos de serpiente que guardaban por eternidades la boca del infierno. Hasta sus amigas le decían que Juan había nacido para cura. Se arrepintió de haberlo empujado por otro camino y lamentó no haberle hablado cuando pudo haberlo hecho. Así era la vida. Se sintió culpable y las palabras se le anudaron. Tomó la mano de Juan y la apretó con cariño. Él apoyó la cabeza sobre su hombro y casi murmurando le dijo que lo perdonara mientras le daba un beso en la mejilla. Al saborear la sal de las lágrimas maternas, Juan sintió que la amaba profundamente y una pesadez en el pecho le cortó la respiración.

CAPITULO XII

JUAN

Al llegar a casa su madre le ofreció su plato favorito y lo trató como cristal entre algodones. Juan se sintió miserable. En la cara de su madre podía ver la pregunta ¿Cuál ha sido mi falla? ¿Cuál mi pecado? Quiso asegurarle que ninguna, que había sido y era una buena madre y que la culpa era de él por no haber pensado en ella cuando su despertar lo deslumbró. ¿O fue soberbia? Se preguntó a sí mismo, dolido de haber saboteado las ilusiones maternas. La quiso abrazar, llorar con ella y pedirle perdón pero no encontró fuerzas para hacerlo. Aduciendo un dolor de cabeza, se encerró en su cuarto.

Echado en la cama rumió una y otra vez sus recuerdos, su culpa. Pobre viejita, pensaba, ¿cómo pude hacerle eso? ¿Qué me pasó? ¿Y si sólo estaba huyendo de mi miedo? Ahogándose en tinieblas dudó que el auto sacrificio y la pureza de intención fueran más valederos que la autocomplacencia, el egoísmo y el poder. Su inocencia se había quedado perdida en el Mantaro y ahora se horrorizaba de las negruras que escondía su alma.

Desde temprana edad había reconocido en él a sus dos "bacancitos": "El de la sombras", un macho cabrío en las ocultas cuevas de la noche que demandaba rienda suelta a sus instintos y solo quería la satisfacción de sus deseos; y "el espiritual", que floreciendo en un espejismo de virtudes era todo bonito y bueno, siempre iba agarrado de la mano de Jesusito, hijo preferido, poseedor de las llaves del reino y futuro misionero decapitado. Desde el comienzo oprimió al de las sombras para que el espiritual floreciera.

Sospechó que si en vez de revestirse de ideas de amor y hermandad se hubiese puesto en onda, levantando pesas para hacerse un cuerpo digno de lucirse en cualquier playa o con cualquier chiquilla, quizás hubiese podido vencer todos sus miedos y la historia hubiese sido diferente, como diferente hubiera sido si en vez de ingresar a ese reformatorio, nido de malandrines, de medios maricas y torcidos que le sacaron el alma, lo hubieran metido a un colegio de curas. El no había querido ni presentarse, pero al final, la alemana lo convenció que sus amigos hablaban mal del colegio de pura envidia. Lo mejor, le dijo, sería que al menos fuera a verlo, que se enamoraría de él y sería el primero en querer estudiar allí. Un domingo en la mañana fueron a verlo con su madre, después de que ella le prometió que no tenía que ingresar si no quería. Ya desde el carro la primera vista lo impresionó: Surgía gigante en medio de casuchas mal armadas; sus muros, con globitos de pintura carcomida y llenos de cráteres color cemento, parecían el suelo lunar; los edificios estaban descuidados pero la dirección del plantel estaba bien pintada. Pensó en la vecinita, esa españolita medio colorada, chatita nomás, que le andaba echando el ojo. Él, que ni se atrevía a un hola que tal, estuvo seguro que ella se le declararía cuando lo viera metido en el uniforme, porque las chicas, eso sí, gravitaban hacia los cadetes como las moscas a la miel. Se imaginó con la chaqueta blanca de verano con una fila de botones dorados al centro, charreteras negras y el quepí con las siglas del colegio en oro y supo que ella se derretiría y que su primer beso estaba al alcance de la mano. De pronto todas las historias de abuso perdieron su amenaza y ni tuvieron que animarlo a que lograra saltar un metro veinte de alto, dos cuarenta de largo, correr cien metros en trece segundos y completar quince planchas. Contestó bien el examen de conocimiento y salió seguro de que ingresaría; pero al final, de nuevo el miedo al bautizo, con fama de brutal, y también a las durezas de la vida de internado salió vivo y lo hizo dar media vuelta, españolita o no. Todavía le faltaba dar el examen físico, así que para boicotear sus esfuerzos se presentó con una venda en el tobillo, mintiendo que se lo había torcido. No hay ningún problema, puede darlo la próxima semana, le dijeron. Para su suerte la españolita se enteró que iba a ser cadete del "Lechet du Prat" como un afrancesado del barrio, en una parodia del francés, llamaba al colegio y le preguntó que tal le iba en los exámenes. Bien, le contestó él, pero no puedo dar el de educación física porque me he torcido el tobillo. Ay que pena, sería lindo que ingresaras, le contestó ella mirándolo arrobada, insinuándole, casi diciéndole, ánimo, porque no te me declaras, ahora mismo, ¿no ves que me muero de ganas de ser tu enamorada? Le brincó el corazón y

no sólo pasó el examen físico sino que hasta sacó beca. Había aguantado el primer mes encerrado, pero en su primera salida la vecinita se había mudado. Todo su sacrificio había sido por las puras.

Desde el primer día, su negativa a pelearse hizo que fuese blanco de los abusos de los demás cadetes. La vida no le fue fácil. Al fallar en establecer jerarquía entre los de su sección por medio de peleas a puño limpio, su reputación de cobarde se extendió a los cadetes de año superior que lo fastidiaban con mayor saña. Las pataditas en los tobillos, el tender camas de los cadetes de años superiores y hasta encerar, un par de veces, cuadras enteras de los de cuarto año, hicieron sus días insoportables. Pero en vez de aceptar su miedo a una buena pelea, creía fervientemente que cada humillación templaba su espíritu y lo alejaba más y más de la vida animal. Sus sufrimientos eran la bienvenida respuesta a sus sueños de niño, cuando pedía una vida de mártir. Por eso aguantaba tanto agravio con la paciencia de un santo. Y así su espíritu creció en esa dirección, al punto de unificarse con el mundo, desear el bien a sus sicarios y renunciar a las vecinitas y a las gollerías del uniforme. Muchas veces sintió que, dejando su cuerpo, su alma abarcaba lo existente y en una orgía de misticismo capturaba a la divinidad. Su actitud comenzó a atraer espíritus sensibles, en especial a los de Esteban y Gustavo. Se enfrascaban en las discusiones más arcanas que quinceañeros hayan tenido y se esforzaban en desarrollar un celo mesiánico, un deseo de simplicidad y una condena a todos los excesos materiales con que la época los tentaba.

Quizás nada hubiese pasado, siguió pensando, si no hubiese sido por esa larga huelga de profesores, tres meses, un montón de tiempo para llenarlos solamente con platón de fusileros por acá y formación de combate por allá. Sin la huelga nos hubiéramos quedado bien parados en tierra, estudiando álgebra y cuidándonos el rabo de tanto pendejo que al primer descuido ya estaba robándonos o jodiendo la vida, pero con tantas horas libres para hablar, soñar, leer y escribir, crecieron nuestras almas y nuestros ojos se abrieron. El mundo nacía y qué lindo que era todo mientras subíamos la escalera que llevaba al cielo. Así vino la palabra y el respeto que gané esa noche en que hablé.

Ahora sospechaba que su deseo de subir al cielo era en realidad un escape a su incapacidad para gozar la tierra.

Se arrepentía también de haber sido tan testarudo cuando, durante el Consejo, le bloqueó toda salida al coronel, abrogándose el derecho de condenar a sus amigos a un futuro que posiblemente no deseaban. La realidad se le venía encima y lo asfixiaba, empujándolo a un mundo desposeído de ilusión. Sospechó que la fuga era la explosión de un espíritu arrogante que se creía escogido, pero que en el fondo era inadecuado y hasta inferior a los demás, los cuales, sin pretender una pureza hipócrita, aceptaban humildes el lodo de la vida terrena. Él se había presentado poderoso, lleno de una luz que tal vez no poseía y con la que se había enceguecido primero a sí mismo y luego a sus amigos. No a sabiendas: Creía lo que hacía. No se acusaba de deshonestidad pero sí de inmadurez; no de mentira pero sí de arrogancia.

¿Cómo se había enterado de todo el coronel? ¿Quién le había contado? ¿El suboficial? No. Si fuese así el coronel no lo hubiera humillado de esa forma durante el Consejo. Una mierda el tipo, pensó, para hacer vivir ese infierno al pobre Garabato. ¿Cómo estaría Esteban? ¿Y Gustavo? Pobrecito. De nuevo en el calabozo. Una perrada que el coronel lo acusara con lo de Ahumada, pero, en el Mantaro, Gustavo había mostrado otra cara. ¿Y si los había engañado? No, no debía de sospechar de su amigo. Bien sabía él que lo de Jauja, Satipo, el machete y el hermano Cáceres, no había sido planeado. Seguro los habían estado espiando; recién caía en cuenta, pero no tenía la menor idea por quién.

Tocaron la puerta. Su madre le pedía que escuchara a su tío Jaime, un profesional de experiencia, darle algunos consejos que ella, como mujer, no podía. Se secó las lágrimas y dejó que el tío, ya un sesentón, entrara. Escuchó la sarta de consejos que le regalaba con tono de predicador: Que a Dios se lo podía servir de muchas maneras, que la mejor era siendo un ciudadano preclaro, que uno no tenía que ser cura o ermitaño para ganar la luz divina y otra serie de razones que días antes hubiera refutado con pasión, pero que ahora, con su nueva modestia, escuchaba a guisa de penitencia. Uno de los libros que él le regaló cuando era niño ayudó a atizar la llama que lo dirigió en su búsqueda y terminó en la fuga. Era irónico, pensó, que el tío que no sabía lo que le había dado entonces creía saber lo que le estaba dando ahora.

Añoró los días claros de su niñez en las alturas serranas y mientras el tío Jaime hablaba, la sinfonía del Nuevo Mundo resonaba en sus oídos y se veía acariciando el libro de lomo azul que le había enseñado sobre Lao Tze.

Apenas su tío se fue, satisfecho de haberle extraído la promesa de que no haría ninguna otra "metida de pata", como él había llamado a la fuga, se arrepintió de haberle deseado, aunque fuera por un segundo, el calabozo a Gustavo y en silencio le pidió perdón. Se sintió nuevamente hermanado con él y un rayo de luz rompió su oscuridad.

Los aromas que salían de la cocina despertaron su apetito. Cómete un churrasco encebollado con tu rocotito, como te gusta, le dijo su madre que no sacaba el ojo de él, pero Juan, sintiendo que le debía una penitencia a Gustavo, quien seguro estaría pasando hambre, se quejó de dolor de estómago y no aceptó. Ella le pasó la mano por el pelo e insistió que comiera. Él se sintió feliz de que lo acariciara como si fuese un niño y ella de engreírlo como al hijo recién retornado, llena de remordimiento por no haberle hablado de las cosas de la vida cuando la oportunidad lo había demandado. Hacía mucho que no habían abierto sus almas y pese a compartir la misma casa habían vivido en universos apartes. Esas horas, más que de recriminación fueron de reencuentro. Cuando se sintieron saciados el uno del otro, su madre le preguntó qué es lo que iban a hacer ahora que el coronel los había expulsado. -Si tú quieres, hijito, puedes ingresar al seminario- sugirió.

- Yo no quiero ser cura, mami.

- ¿Entonces, qué?

- Sólo quiero que saques a Gustavo del calabozo.

- La dueña de su pensión, una tal Elvira, ya lo ha ido a recoger. Al menos es lo que nos dijeron cuando llamamos por teléfono.

Se sintió contento por Gustavo. La fuga le parecía ahora un episodio lejano que le había sucedido a otra persona, en otro tiempo y en otro universo, aunque las imágenes del Mantaro todavía refulgieran con claridad en el trasfondo de su conciencia.

- ¿Te molesta si buscamos otro colegio? No van a perder el año faltando dos meses para la graduación- su madre lo miró suplicante.

- Bueno, mamá - contestó Juan, aunque poco le importara terminar el año. Todo lo que quería por ahora era contentarla.

*   *   *

¿Y si soy un marica? Juan se preguntó esa noche, revolcándose en la cama. ¿Y si me escapé porque le tengo miedo a las hembras? ¿Y si todo ha sido un engaño y mis ideas fueron sólo cobertura para mis fallas? La duda lo atormentaba y la primera vez que salió con una chica, cuando Pepe le había arreglado la cita, le volvió a espinar el corazón.

Acá en el Perú, le había dicho Pepe, las hembritas se hacen las muy difíciles, como si la cosa no les gustara. ¿Y cómo son en Panamá? había preguntado él. Más abiertas, de sangre más caliente. Con las peruanitas, sin embargo, la conquista se hace más interesante. Mira, tengo un "plancito" el sábado próximo. ¿Quieres venir conmigo? Mi chica tiene una amiga y con una llamada por teléfono lo arreglo todo. Él le pidió detalles. Sí, ya te he dicho que es amiga de la que va a salir conmigo. No, no la conozco, pero la mía es una mamacita, de cintura quebradita y carita de cielo. Así como las que me gustan, o sea que la tuya debe ser bonita también. ¿Estás seguro? Claro, ¿alguna vez has visto mamacitas juntándose con fetitos? Ya verás lo lindo que es. Es tu primera vez ¿no?

Había guardado un silencio espantado mientras escuchaba la descripción de Pepe: Bueno, es bien lindo, hermano, bien lindo. El punto es agarrarles la mano. Usas cualquier excusa para lograrlo. Les puedes decir que te gusta mucho su anillo y quisieras verlo mejor; o les piropeas el color de sus uñas o cuanta otra tontería que se te ocurra, eso les gusta y acuérdate que ella también estará esperando tu movida y de seguro tendrá más miedo que tú. Claro Juan, seguro, así son las hembras, yo no te voy a mentir, ¿por qué crees que pasan su vida ante el espejo? Se mueren de miedo de que no nos gusten. Y si te haces el sobrado, mejor, porque entonces ellas comienzan con las risitas y eso ayuda; y bueno, apenas le tienes la mano ya no se la sueltas, la enlazas con la tuya y caminas apretándosela de vez en cuando. Si responde a la apretadita la tienes hecha. De allí comienzas a acariciarle la piel, suavecito, apenas tocando los vellitos y, si se deja, le pasas el brazo por el hombro, así con concha, y con el pulgar la acaricias detrás de la oreja. Claro que de vez en cuando le respiras quedito al oído y después, como quien no quiere la cosa, le besas el cuello, suavecito. Ella ya está con los ojos cerrados, acelerando la respiración y diciendo no, no, que en realidad quiere decir sí, sí. Ahí la besas en la boca, así, con mucha pasión, metiendo lengua, y de allí la cosa es pan comido porque de hecho ya podrás acariciarle las tetitas, todas paraditas y temblorosas y pasar al chape general con mordiditas de oreja, masajitos de nalgas, acariciadita de muslos y con mucha suerte y sólo si la platea está bien oscura, porque claro que para ahora ya te la llevaste a un cine de medio pelo, en última fila, le desabrochas el sostén y juegas con los pezones, apretándoselos como si fueran globitos y parándoselos como gallitos de pelea. La piel se te pone de gallina, hermano, y una corriente pasa por tu cuerpo y ahí sí que todo late y un besito suavecito en la misma punta le levanta el pecho y le entrecorta la respiración, como si llorara; pero no Juan, no llora, lo que pasa es que quiere más. Entonces con la lengua le abres el capullo temeroso de su boca y saboreas el terciopelo de su carne y en medio de la besada, así, con disimulo, le metes la mano entre los muslos y segurito que va a estar toda mojada y así, con concha, le agarras lo que tú ya sabes. Si tienes suerte y te toca una arrecha, te devuelve la agarrada; tú sabes hermano, bien rico, y eso sin que tú le hayas pedido nada. El mismo cielo.

El, que sí, bien interesante, que por supuesto que le gustaría.

- ¿Entonces arreglo la cita?

- Sí, arréglala.

Para que las manos no le sudaran se hizo regalar un pedazo de piedra alumbre en la peluquería del colegio y de tanto apretarla la piel se le puso tan seca y áspera como papel de lija. Pepe le había dicho que a las hembras les gustaban las manos sedosas. Su miedo se infiltraba aún en sus sueños y, en uno de ellos, cuando trataba de besar a su pareja sus narices se enredaban impidiendo que los labios se tocaran; en otro, un cachetadón le hinchaba la mejilla y en un tercero soñó con un chorro de linterna bañando sus cuerpos semidesnudos, desparramados en las butacas de un cine, respirando agitados, sus pieles con moretones de besos angustiados.

La cita resultó ser un verdadero desastre. Las muchachas se hicieron las difíciles y tomó bastante tiempo, aún para Pepe, agarrarle la mano a la suya. La piedra alumbre no funcionó para nada. Sus palmas parecían riachuelos y las palabras se le tropezaban en la boca. Pese a que al comienzo la chica le había rozado el cuerpo coquetamente y con un tonito dulzón e invitante le había dicho que se llamaba Carmela, él guardaba su distancia. Evitando todo roce posterior con ella le hablaba de cosas que nunca iban a interesarle; mientras tanto la miraba de reojo, deseando besarla y perderse en sus ojos soñadores y llenos de deseo. No le importaba que la nariz aguileña la afeara un poco, porque aunque trigueña y no blancona y pecosita como la que le había tocado a Pepe, era bonita y, al menos para él, tenía los senos más parados y la cintura más quebrada que la de su amiga. Maldecía el sudor que le impedía dar el primer paso. Al ver que Juan no respondía a sus avances, Carmela lanzaba unos suspiros lánguidos y de vez en cuando alargaba el cuello para ver mejor a su amiga Teresa que andaba con Pepe delante de ellos. Pepe, todo desenvuelto y caballero, ya la tenía abrazada y parecían esos enamoraditos que recién han descubierto que el amor existe y el mundo es bonito y pajaritos cantan y campanitas suenan. Carmela, con los ojos que se le iban por Pepe, insinuaba, Qué lindos se les ve a tu amigo y a Teresa ¿no? Sí, bien lindos, le había contestado Juan, dudando si era una invitación y sufriendo porque aunque así fuera, le avergonzaba tocarla con las manos tan sudadas. Si la abrazo no notará lo del sudor. Pero no, no puedo lanzarme así no más, Pepe dijo primero la mano, primero la mano. Qué martirio Diosito mío. ¿Y si ella está esperando que me aviente? Me va a creer un marica, porque seguro que ella quiere, sino ¿para qué mierda ha venido?

El miedo lo paralizó y lo delató inadecuado. Se odió a si mismo. Pensó que el mundo era una pocilga y se refugió silbando la quinta sinfonía de Beethoven. Carmela le preguntó que ¿qué era esa cosa tan fea?, que porqué no silbaba algo de los "Beatles". Él, despreciando su ignorancia, se sintió superior, pero en el fondo reconoció que lo que realmente quería era agarrarla sin miedo, como un macho cabrío. Debe estar riéndose de mí en sus adentros. Qué difícil. Para ellas la cosa es bien fácil. Lo único que tienen que hacer es esperar y decir que sí o que no cuando llega el momento. Su temor dio paso a la vergüenza. Se puso colorado y el corazón le saltó en el pecho. Deseó que todo terminara, que un terremoto abriera la tierra y los tragase o que un rayo incendiara los olivos centenarios del parque por donde caminaban. Fantaseó que en medio de ese infierno, él, mismo héroe, la rescataría de las llamas y que en recompensa, ella, tendida a sus pies, lo abrazaría y se levantaría de a poquitos y admirando cada parte de su cuerpo se entregaría, clavándole finalmente un beso en la boca, tan largo y apasionado, que hasta el panameño y su chica quedarían admirados.

Su salvación vino de forma inesperada cuando Pepe arrinconó a Teresa contra el tronco de un olivo y la miró embelesado, como si todo lo que importara en el mundo estuviera en esos ojos tan llenos de adoración y tan limpios como espejos: Me encantan tus pequitas. ¿Si? ella toda melosita. ¿Que nunca te lo han dicho? Una risita como respuesta. Y tu naricita, toda respingadita, bien bonita. ¿De verdad que nunca te lo han dicho antes? y ella con una risita juguetona de mujer halagada. Pepe, apasionado, la acercaba más hacia él y le decía que no sólo su nariz sino todo su cuerpo eran más dignos de una diosa que de una mortal. ¿De veras? ella ya en la gloria, sus miradas llenas de deseo; sus respiraciones cortitas y detenidas, anhelantes. Pepe, seguro de que ya la tenía en sus manos, respiraba en su cara.

Mi aliento perfumado a listerina y chiclecitos de menta seguro la hicieron más conciente de la butifarra del almuerzo que la cepillada de dientes no había borrado y por eso cerraba la boca y sostenía la respiración, había especulado Pepe después; por eso hermano, le había dicho, cuando forcé mi lengua entre sus labios cerrados, ella me empujó, rechazándome a medias, Que no, pero yo ya estaba caliente y la obligué a que abriera la boca. No me importaba que oliera a cebolla; pero la vergüenza la dominó y sin poder evitarlo ¡boom! me mandó ese cachetadón de padre y señor mío que me dejó turulato y tú ya escuchaste como me insultaba.

La cachetada sorprendió a Juan y Carmela. ¿Qué ha pasado? si todo estaba yendo tan bien, por favor no se peleen. Por supuesto que adentro Juan se sintió feliz de que terminara todo, porque caballeros nomás, tendrían que acabar la cita. El panameño colorado, mudo, con una mirada más de sorpresa y vergüenza que de ira. Teresa, la de la naricita respingada, temblaba toda asustada, lela, sin saber qué más decir o hacer y el pobre Pepe le pedía disculpas mientras ella le reprochaba entre lágrimas: que por qué no era como su amiguito, decente nomás, ni le había agarrado la mano a su amiga Carmela, porque eso eran nada más: amigos. Que qué se había creído él, que la había querido besar sin declararse como si fuera una cualquiera, que nunca le perdonaría y que se iba a su casa de inmediato. Si quieres, Carmela, te puedes quedar, pero si en algo te respetas, mejor me acompañas. Carmela miraba a Juan y encogía los hombros en un gesto de impotencia, bajando tímidamente los ojos y diciendo que ya se tenía que ir; en el fondo contenta de que las cosas hubiesen salido así porque se estaba sintiendo rara y sospechosa, porque la culpa era de ella, por ser fea y no haber despertado los deseos de ese churro pepón que hasta los ojos castaños tenía y que seguro fingió comportarse como un pelotudo para librarse de besarla. Que ni se atrevan a acompañarnos, Teresa jalaba a Carmela de la mano, vamos a tomar un taxi. ¿Que qué cosa se han creído? ¿Que porque son cadetes del colegio militar van a hacer lo que quieren? Bien equivocados que están, que para su información todavía quedaban chicas decentes, recitaba en una rabieta tal que se olvidó de las cebollas y del miedo, acusando a los hombres de sólo querer una cosa y que razón tenía su mamá al decir que eran unos animales.

Pepe no sabía dónde meter la cara. Juan le decía que no se preocupara, que les había tocado un par de locas creídas, que la suya ni siquiera quería agarrarse de la mano. Pepe explicaba: Ya la tenía, hermano, hasta sus ojos estaban lánguidos y vidriosos, signo de que sus jugos estaban rebosando; que no sabía lo que había pasado; la verdad, se disculpó, con las mujeres nunca se sabe; en mi vida pensé ganarme una cachetada de esa mocosa. Y Juan, que la próxima vez sería. Pepe que no, que esto lo curaba por un tiempo, que en su país las chicas no eran tan melindrosas. Que mejor era ir al burdel. ¿Que todavía no has ido? No te creo. ¿De verdad? Bueno entonces te llevo el próximo sábado. Tenemos planeado ir con Raúl, vas a ver lo rico que es.

Y en efecto, le había gustado esa noche en que fue por vez primera al burdel. Aunque todavía no tenía enamorada, no porque no le gustara sino por que le faltaba valor para declararse, concluyó que marica no era y su timidez era sólo eso, timidez.

Si la fuga era un error, se preguntó, ¿estaba en el camino equivocado? ¿Tenía que hacer lo que siempre había despreciado? ¿Descender a la vulgaridad? Ya no estaba seguro. Ansiaba discutir sus dudas con sus amigos pero presentía que ellos también zozobraban en las mismas aguas turbias en las que él se hundía y tuvo la esperanza de que el tiempo le diera luz. Pero antes que nada, tenía que cambiar, matar su arrogancia y reconocer que la humildad era necesaria para limpiarse de todos los preconceptos con los que se había auto señalado elegido. Tenía que estar vacío, comenzar de nuevo, si quería que la gracia lo llenara realmente.

CAPITULO XIII

ESTEBAN

Esteban le suplicaba que por favor se calmara pero doña Fernanda lo miraba con una cara de mira lo que me haces, a mí que te he tenido en mis entrañas por nueve meses, y le soltaba suspiros que atravesaban su corazón todavía dolido por la respuesta que su padre le dio al coronel. Esteban tornó entonces su frustración contra el suboficial. ¿Por qué más bien no se avergonzaba de los gritos con que llenaba su casa? ¿De los llantos que les arrancaba? ¿De la vergüenza que le hacía pasar cada vez que sus compañeros le jodían con eso de Garabato? rumiaba en silencio tratando de ignorar las lloriqueadas de su madre. No sabía si lo despreciaba o compadecía, pero estaba seguro que, al menos en ese momento, no lo amaba. ¿Acaso desear la paz y la justicia, el amor y la entrega como metas en la vida, era motivo de vergüenza? La memoria del coronel cuando justificando la decisión de expulsarlos pontificaba que se tenía que poner los pies en la tierra y entender que por ley natural el león se comía a la oveja, lo resintió aún más. Poner el mundo de pies a cabeza solo creaba caos había enfatizado el militar y el director de estudios, abriendo sus ojos de lechuza, había asentido con movimientos de cabeza.

Miró a su madre dando rienda suelta a su dolor, repitiendo entre lágrimas - Nos has arruinado la vida-. Era injusto que le echara la culpa, aunque en el fondo ya no le importaba quién tenía la culpa o si había, al final, algún culpable. ¿Acaso su padre no era también víctima de circunstancias que no podía cambiar? ¿Una de las tantas ovejas del coronel? Seguro que a Juan su madre le está haciendo lo mismo, pensó, y deseó estar en el calabozo, como Gustavo, solo, recordando los días soleados del Mantaro y la libertad que disfrutaron y no metido en el pantano de la realidad.

Miró a su padre desmoronado, sin reclamar los lloros de su mujer, y le dio lástima. Recordó la primera vez que se cruzaron en la pista de desfile del colegio. Lucía imponente, en su uniforme verde olivo con el quepí metido hasta media frente. Lo había saludado como a cualquier otro superior, sacando el pecho con marcialidad y llevándose la mano derecha a la sien.

- Muy bien hijo, has aprendido rápido; acá en el colegio soy un suboficial más y tienes que olvidar que soy tu padre- lo felicitó cuando estuvieron solos y él se contentó de que por primera vez lo estuviera viendo como hombre y perdonándole su falta de paciencia, su irritabilidad y hasta sus abusos en casa, lo admiró. Por primera vez se sintió orgulloso al verlo importante, con el uniforme pintado en su ancho pecho y el quepí ajustado en su prominente cabeza. Pero a los pocos días, Urquizo, uno de sus compañeros, que ya lo tenía seco con llamarlo "cabeza de pelota" - al ingresar los habían pelado al coco y su cabeza se notaba aún más grande - le tiró una buena palmada en frente de toda la clase y se rió en su cara y lo llamó marica, digno hijo de Garabato.

-¿Garabato? ¿Mi padre? - contestó sin soñar que a su padre lo llamaran así. Lleno de ira se aventó contra su agresor y le colocó una patada en la canilla y un puñete en el estómago, que lo dejaron sin aire. La clase formó ruedo. Urquizo, recuperado, lo capeó como torero y, entre derechazo y derechazo, le encajó un puñetazo al pecho que casi lo desmaya. El silbato lo salvó.

- ¿Así que bien gallitos, no? A ver. ¿Quién mierda comenzó todo esto?! - gritó el suboficial Hinojosa. Con sus ojos de sapo miró a Esteban y le levantó la quijada con el puntero.

-¿Usted me cree un cojudo, cadete?

-¡No, mi suboficial!

-¡Entonces conteste, carajo! ¿Quién cree que soy? ¿Garabato? - retiró el puntero, haciéndolo chasquear al azotar el aire con furia.

La clase rió y Esteban lo miró con odio.

Hinojosa recién reconoció en él la misma frente, los mismos ojos, la falta de cuello y pecho de palomo del suboficial Cándamo. Su voz tembló un poco al preguntarle el nombre.

- ¿Cándamo? - se arregló el cuello de la camisa e incómodo desvió su atención al otro cadete - ¿Y usted, cómo se llama?- le golpeó el pecho con el puntero.

- ¡Carlos Urquizo, mi suboficial!

- Pues acá tiene una papeleta de diez puntos.

- No pues, mi suboficial... Urquizo reclamó.

- Mejor se calla sino quiere que

también lo deje sin salida, por comenzar este burdel. Y la próxima váyanse a los malacates que allí no hay silbato que los salve.

La nuca le quemaba a Esteban. Como un bólido candente la revelación todavía lo consumía en su fuego y lo hizo ver a su padre con nueva luz. Sus ojos sufridos, sus gritos, su desesperación, sus abusos, tomaron una nueva dimensión. ¿Lo podría ver cara a cara sin delatarse? Odió todo en ese momento y deseó estar de nuevo en su pueblito, en los Andes, bañándose en el río con sus amigos, lejos de la maldad de Lima.

Al salir el suboficial de la clase, Urquizo siguió fregándolo -¡Padre Garabato, hijo caca de gato!

Esteban bajó la cabeza.

El abusivo se quedó mudo al ver que la clase no hizo eco de su chacota. Aunque sus compañeros tuvieron la grandeza de no mencionar delante de él nada sobre su padre, Esteban buscó desde entonces la soledad. Tal vez por eso, ahora lo reconocía, se sintió atraído por Juan, una golondrina de nido diferente. Nadie creía que se negara a pelear por pacifista; no se ingresaba a un colegio militar para practicar mariconadas, decían. Lo que pasa es que tiene miedo, no es más que un cobarde. Pero Juan lo había convertido y llegó a creer en el mundo que su amigo soñaba y que junto con Gustavo habían ido a buscar.

Los problemas de su padre habían comenzado, o al menos se agravaron, cuando lo transfirieron a Lima. En su pueblo era amable, todo sonrisas, tardes de sábado en el campo. Recordó cuando les notificó que se mudaban a Lima.

- ¿Un ascenso? - había preguntado su madre.

- Así es. Ahora soy suboficial de primera, destacado al colegio militar en La Perla.

- ¿Y el sueldo?

- También más alto. Pero Lima es cara. Tendremos que medir el centavo.

Esteban le había contado a su amigo Billy.

- ¿Lima? Ya te jodiste. Los limeños son una cagada. Te digo: Arequipa todavía está bien: Es serrana. Pero Lima, bueno...Lima es una mierda. Esos costeños conchaysumadres te van a joder. Promete que si te llaman serrano les sacas el mismo ancho. Hagamos ejercicios para que les saques los pulmones a esos tísicos limeños.

Por un mes llenaron cada mañana con planchas, barras y carreras notando orgullosos los nacientes músculos de sus brazos y piernas.

Su padre los precedió y una fría madrugada de enero, su madre, sus hermanas y él lo siguieron en un ómnibus interprovincial. La polvareda que se filtraba por las lunas rotas lo obligó a cubrirse la boca con el pañuelo y le impidió dormir. A la hora del crepúsculo los cerros desaparecieron para dar paso a unos arenales baldíos bordeados por un mar grisáceo. El cielo oscuro y gris le dio miedo y se acurrucó en el asiento. Este paisaje desolador se le metió tan adentro que, muchos años después, cuando durante unas vacaciones vio mares diferentes, azules, con costas llenas de palmeras, se restregaba los ojos tratando de borrar esa imagen de espejismo. En su mente todo mar, como el inicial que vio, debía ser austero y desértico: Un grisáceo triste entre los ocres de arena.

"Los limeños te obligarán a mecharte", le había dicho Billy. Él sólo se había trompeado de a mentiras cuando jugaba a los vaqueros en las faldas de los cerros. Temblaba al imaginar su nariz destrozada y los dientes volando por un puñetazo. Por eso aún antes de conocerla, Lima no le gustaba. Se la imaginaba una ciudad de matones que odiaban a los serranos.

Entraron por la avenida Abancay

una mañana soleada. Nunca había visto tantos carros juntos y el asfalto le pareció una enorme alfombra negra. Cientos de propagandas colgaban de los postes y le impresionaron unos chisguetes gigantes de la pasta dental "Kolynos" que se mecían con el viento. Se alojaron en la casa de unos primos y al día siguiente vieron los Diez Mandamientos, con un Charlton Heston tan real que Moisés le quedaba corto. Lo deslumbró el lujo de la platea con sus suaves asientos de felpa y los grandes cortinajes azules de la pantalla. De allí fueron a pasear y a tomar unos helados mientras la ciudad, encendida con miles de luces eléctricas, se adormecía en la noche de verano. Días después, en el mar salino y agresivo de "La Herradura", las olas le grabaron algunas de las sensaciones que tuvo de la ciudad: agitada y triste, delicada y vulgar y con un sabor ligeramente salado.

Ese sabor debió haber sido más salado para su padre. ¿Qué le pasó a su buen humor? ¿Qué le pasaron a sus tardes en la campiña del pueblo, cuando pescaba, se bañaba con él y entre unas cervezas se reía con los amigos? Ahora llenaba la casa de carajos que hacían llorar a su madre y que los asustaban a él y a sus hermanas; al punto que se sentían aliviados cuando estaba de guardia y tenía que dormir en el colegio. Esteban extrañaba el recodo del río donde en tardes de risa e inocencia, bajo un cielo limpio y soleado rodeado de risas paternas y cuidados maternos, nacía la felicidad. Lima les había ensuciado el alma.

Por dos años vivió apiñado en una casa de callejón, estrecha e incómoda, invadida por el polvo de calles asentadas y por la bulla constante de los vecinos. Su escape era el fulbito en las canchas que colindaban con su barrio y, cuando le alcanzaba la plata, la galería de algún cine. En su primer colegio el aula estaba metida en una quinta bulliciosa y oscura donde, en un rincón, entre la pared y su pupitre, se ponía a soñar en un mundo mejor.

Al terminar el segundo año de secundaria su padre le dijo: Vas a ingresar al colegio militar. Mejor te sacas el alma estudiando porque si no ganas beca te rompo la crisma a cocachos. ¿Entiendes?

- Sí, papá- respondió asustado.

La posibilidad de tres años de internado en un colegio con historias para asustar al más macho, no le hicieron mella alguna. Salir de su casa fue aliciente suficiente para aprobar el examen de ingreso. No necesitaba ni las amenazas del padre ni las súplicas de su madre que le lloriqueaba con un - Mira hijito, en esta casa estamos apretados como sardinas, por favor, si no lo haces por ti, ingresa por mí y tus hermanas. No esperó, sin embargo, que tendría que ver a su padre que trabajaba en el mismo colegio. Pensó que de alguna forma el montón lo protegería.

No sólo sacó beca sino también el primer puesto entre los cuatrocientos cincuenta ingresados de ese año, por lo que lo nombraron brigadier general, honor que mantuvo a punta de esfuerzos. Su padre, en vez de alegrarse se encerró en un mutismo enervante. Esteban llegó a sospechar que quizás estaba envidioso de su logro. Pero ahora lo podía ver con claridad. No, su viejo no le tenía envidia; más bien, ahora lo entendía, tenía vergüenza de sí mismo, teniendo que hacerse el desentendido cuando sus compañeros se burlaban de él. Les dolía y fuerte, pero ambos guardaban silencio y trataban de ignorar lo evidente. En casa, Esteban ya no lo criticaba y más bien calmaba a su madre cuando la insultaba. Su padre era un animal herido y le tenía una mezcla de amor, rabia y piedad. Ahora, su fuga lo había terminado de matar. Se sintió dividido en partes irreconciliables. Viendo a su papa echado en el sillón, pagando su destino, metido en sus pensamientos, perdido en sólo Dios sabe que cosa, quiso pedirle perdón; pero las palabras no le salieron.

Tuvo de nuevo la sospecha de haberse escapado de una realidad infeliz y de que Juan, quien ya estaba viviendo en el séptimo cielo cuando lo conoció, lo había influenciado, permitiéndole ocultar sus verdaderos motivos en una túnica de ángel con alitas en las paletillas. La duda vino como una nube negra a atormentarlo. ¿Por qué no fue más honesto y no paró a su padre y sus abusos? Por qué no le dijo: Viejo, sé todo, como te joden, pero te quiero viejo, y no me importa ¿Entiendes? Si lo que quería era más tiempo para él, ¿por qué no soportó un par de rojos salpicando su libreta de notas? ¿Por qué no se rebeló? ¿Por vanidad, porque le gustaba ser brigadier general y que lo llamaran Cráneo? ¿O porque realmente creía en todas las cosas que habían discutido en esas noches mágicas en que compartieron sueños? Posiblemente, se dijo, nunca sabría la respuesta con absoluta claridad. ¿La tendrían Juan y Gustavo? ¿Cómo vivían su vida los demás? ¿Tenía el coronel los mismos escrúpulos que ahora lo acuchillaban?

¿O es que habían dos tipos de hombres que pese a lucir iguales en cuerpo eran diferentes en espíritu? Después de todo, se dijo, en toda la historia estaban los que eran crucificados y los que clavaban los clavos.

Detalles de los tres últimos días se agolpaban en su mente. No quería preguntarle a su padre como el coronel se había enterado de todo lo que había pasado. ¿Cómo supo lo del machete, lo de Satipo, lo que Gustavo contestó en la comisaría de Jauja? Arroyo no paraba en nada, como lo demostró cuando, injustamente, acusó a Gustavo de maricón y cabía la posibilidad de que hubiese forzado al suboficial a cantar todo; la duda de que su padre hubiese ido con el soplo para amainar su castigo, lo torturaba. ¿Acaso, después de todo, no había contestado delante del Consejo que estaba avergonzado, haciéndole perder los estribos y la dignidad; obligando a que el peso de la defensa cayera en Juan?

- ¿Puedo llamar a Juan? - dijo casi sin pensar.

- ¿Llamar a ese envidioso que te ha lavado la cabeza? ¿Estás loco? ¡Prométeme que no lo verás nunca más!- exigió su madre casi al borde de la histeria.

- Y lo mismo va con el boliviano-

se unió su padre - Ese es el más peligroso. Por algo lo apodaban sesos de serpiente.

- Mis amigos son buena gente.

- ¿No te das cuenta? ¡Esos dos te tienen envidia!

- ¿Envidia? ¿A mí? ¿Por qué?

- Porque eres más inteligente. Porque te espera un gran futuro. Hijito, créeme que han querido descarrilarte por eso. Prométeme que nunca más los verás.

Esteban meneó la cabeza. El no era el más inteligente. Sus amigos no le tenían envidia, las cosas no eran como su madre las pintaba. La mirada de doña Fernanda, clavada en él, demandaba respuesta. Ante su silencio, ella insistió.

- Promete. Si no quieres destrozarme del todo, promete.

Algo se desgarró en sus adentros cuando su voz salió ardiendo en un - Lo prometo.

- No sabes lo que pides, mujer- su padre volteó a mirarlo. Esteban lo vio desilusionado cuando, adoptando un tono más razonable, dijo - Más bien por ahora hay que unirnos y buscar otro colegio. Ojala que alguno los acepte.

- No, no quiero que los vea. Ya me has prometido, hijito. Ya has prometido.

- ¿No te das cuenta, mujer? Los han expulsado del colegio militar. No tienen adonde ir faltando un par de meses para que termine el año escolar. ¿Quieres que Esteban tenga algún futuro? Entonces mejor nos movemos para buscar un colegio, y ya.

- ¿Y por qué no lo buscamos solos? No quiero que esté con esos revoltosos.

- Será más difícil, Fernanda. Pueden ir al mismo colegio, y una vez allí, puede dejar de verlos.

- Entonces prométeme que después de que entren al colegio no te juntarás con ellos.

- No seas necia. Habrá tiempo para eso. Ojalá mas bien que el coronel no me... el suboficial calló antes de terminar la frase.

Su padre enfrentaba el infierno de tener que soportar cada día y cada hora las burlas, las miradas y las risas con que lo martirizarían en el colegio. La venganza de Arroyo podía destrozarlo, hacerle la vida insoportable. Sería una bendición que fuera transferido fuera del colegio. Soy una mierda, se dijo, luchar por metas puras y nobles no merece ese pago, especialmente cuando yo la cago y mis pobres padres son los que pagan.

- Ojalá que Arroyo no te haga nada- una tierna pena nació en su pecho.

- ¡Es un vengativo de mierda! - el suboficial dio rienda suelta a su odio.

- Estás sufriendo por mi culpa- dijo Esteban- pero quiero que sepas que te quiero.

- Yo también te quiero- respondió el suboficial- y por eso mismo quisiera discutir nuestros planes ahora. Es imperativo que un colegio los acepte cuanto antes. Hay que borrar la mancha que han dejado.

Esteban se alegró que su padre delineara un curso de acción; un poco de amor le devolvía la vida. Llamaría a doña María, planeaba su padre, se pondrían en contacto con la señora Elvira y uniendo recursos comenzarían a buscar colegios para reparar el daño. Llorar nunca arregla nada - meneó la cabeza y con amargura miró a su mujer que tenía los ojos hinchados.

- No lloraría tanto si tú nos defendieras mejor- doña Fernanda se sonó la nariz.

Ya le iba a responder cuando Esteban suplicó que no se pelearan más. - Mas bien llama a doña María, papá, antes que se haga más tarde. Ya son las seis.

Y mientras marcaba el número, el suboficial Cándamo se arrepentía de haber perdido la paciencia y herido a su mujer. Miraba a Esteban, pensando que esta vez, para hablar con su hijo, las palabras no habían sido necesarias.

CAPITULO XIV

ANTE EL BATALLÓN DE CADETES

Parado en una tarima y bajo la fina garúa de La Perla el mayor pasaba revista sobre los cadetes del quinto año que como abejorros en plan de ataque amenazaban abierta rebelión por la expulsión de su brigadier general. ¿Por qué el coronel no viene a barrer su propia mierda? sus ojos rabiosos saltaban de cara en cara, midiendo los rostros juveniles. Quieren una explicación, es natural, también hay que entenderlos, se dijo a sí mismo. Dio una tosecita que resonó en el altoparlante del campo de fútbol. Cesó el bullicio y con voz suave, casi paternal, se dirigió al batallón del quinto año - Calma, cadetes, calma. Les juro que el Consejo no los quiso expulsar, pero ellos rehusaron renunciar a sus ideas comunistas.

Se levantó un mar de silbatinas.

- ¡Silencio! - gritó enérgico y ordenó papeletas de cinco puntos al que le tocara diez o múltiplo de diez. Los suboficiales contaron en voz alta, en cada sección y la danza de los números en el silencio caía como un látigo injusto al llegar a diez, castigando a un inocente con la temida papeleta.

- Cadetes, si ustedes son razonables - el mayor levantó el manojo de papeletas y lo meció en el aire - éstas desaparecerán del mapa; pero sino se las tendrán que ver con el coronel. Ustedes saben que a mí no me gusta castigar por las puras- suavizó la voz- Y créanme que yo mismo soy testigo de que fuimos forzados a escoger entre ellos y una mancha al nombre del colegio. ¿Quieren mancillar el nombre de la promoción? ¿Quieren que la prensa nos acuse de comunistas? ¿De revoltosos?

- ¡No son comunistas! - gritó una voz y otra lo secundó.

- ¡A ver, cadete, hable cara a cara, sin esconderse como un marica! - el mayor señaló un cadete al azar - Yo no he dicho nada, mi mayor- reclamó el cadete. - ¡Cualquiera que no denuncia al marica que gritó es culpable, carajo! ¡Mejor se cuidan el culo sino quieren que se los rompa! ¿No entienden que por poco pintan al colegio de rojo?

- Ellos no son comunistas - saltó Antonio.

- Por fin le salió el valor para mostrar la cara. Bien, bien. Y dígame ¿Cómo lo sabe usted, cadete Yamada? ¿O es que sus ojos sesgados ven mejor que los nuestros? - algunas risas se levantaron y con más confianza el mayor señaló a Pepe - Cadete Hermosa. ¿No es usted amigo de ellos?

- Sí, mi mayor.

- ¡Entonces dígale la verdad al batallón!

-¡No son comunistas, mi mayor! - su voz resonó enérgica.

- ¿Qué fácil decirlo, no? ¡Pero, carajo, eso es justamente lo que se negaron a afirmar!

-¡Disculpe, pero no lo creo, mi mayor!

- ¿Que no lo cree, cadete Hermosa? - el mayor sonrió y dejó que el silencio se hiciera palpable antes de elevar su voz acusatoria - ¿Entonces dígame por que llevaban un machete? ¿Por qué se iban de frente a Satipo, conocido nido de revoltosos? Y si no cree esta evidencia, acá tengo la transcripción del Consejo que habla por sí misma- Abrió el fólder que llevaba consigo - ¡Escuchen cadetes! Esto fue lo que dijeron.

Cosme: Pensamos que Vallejo es el

mejor poeta del Perú y que es profundamente cristiano - dejó que la frase se hundiera en las conciencias. - Claro que el coronel protestó que Vallejo era un comunista y por lo tanto no podían llamarlo cristiano. ¿Y saben lo que replicó Juan Cosme, cadetes? ¿Saben? -*Que por supuesto se podía ser ateo y sin embargo tener sentimientos cristianos y que poco interesaba si Cristo era Dios* - ¿Escuchan? - *que lo importante es la doctrina del amor. Y, repetía, que ésas no eran ideas comunistas.* Pero escuchen lo que sigue, para que la indignación que veo en sus caras termine por hervir. Les juro, por mi madrecita, que si después quieren quedarse toda su vida en este campo de fútbol, podrán hacerlo sin que yo levante un dedo. Escuchen: - *Coronel: Pero, cadete, no blasfeme. ¿Qué espera que piense la gente razonable? Primero niega que Cristo es Dios y después dice que Vallejo es cristiano. Renuncie a sus ideas y se podrán quedar en el colegio.* ¿Y saben ustedes lo que respondió Cosme? ¿Saben? - miró el mar de caras húmedas por la garúa, hizo una mueca de amargura y meneó la cabeza al exclamar - *¡Que mejor los expulsara porque ellos no renunciaban a nada!* ¡Eso fue lo que respondió! ¿Entiende, Hermosa?

Y para muestra basta un botón, porque acá hay más. ¿Qué hubiera hecho usted, cadete Hermosa? ¿Dígame? ¿Darles un premio? ¿Bailar la rumba de contento? Ya ven, aún sus amigos callan- dijo ante el silencio de Pepe y finalmente concluyó: - Y les aseguro que todo lo que he leído es la verdad. Yo estuve allí. ¿Quieren ponerle semejante cola a vuestra promoción? ¿Qué los tilden de socapar a traidores a la patria? ¿Qué los recuerden por eso? No, cadetes. El nombre de la promoción es sagrado. No lo embarren ahora. Tenemos que dejar bien en claro nuestra posición.

Las cabezas erguidas de momentos anteriores comenzaron a mirar al suelo y los grupos compactos empezaron a romperse.

- Así es cadetes, el verdadero servicio a Dios es obedeciendo sus leyes, no armando revueltas para defender lo imposible. Pero antes de que vayan a sus cuadras tengo que anunciarles algo muy importante. Por razones personales el cadete Rodríguez, segundo en el cuadro de mérito, declina aceptar el puesto de brigadier general que la expulsión de Esteban Cándamo ha dejado vacante. Este honor caerá en el cadete Alberto Ledesma, tercero en el cuadro.

Silbatinas, insultos, gritos de

lemur traidor, enano, inundaron el campo de fútbol.

Está bien que se desahoguen, carajo, los traidores dan asco, tienen todo el derecho, muchachos, sigan jodiendo al mierda de Ledesma, denle fuego, pero no me lo quemen que lo necesito, pensó el mayor dando tiempo de que los cadetes volcaran su descontento. Cuando las voces amainaron volvió a tomar las riendas y ordenó -¡Silencio, cadetes! - y luego con sorna, añadió - ¿O quieren que el coronel mismo les hable?

- ¡Noooo...!

- Bien. Entonces desde este momento el cadete Ledesma es el brigadier general. ¿Entendido? - Llamó a Ledesma y éste se presentó a paso ligero. Siguiendo el protocolo le ofreció la cristina de paño negro y el cordón de mando, al tiempo que le administraba el juramento.

- Yo sé que es difícil aceptar este cambio porque Esteban Cándamo es bien querido por todos nosotros y, escuchen, digo todos- prosiguió el mayor despertando aplausos y vivas - pero ahora es otro gallo el que canta y quiero que le den una oportunidad a Ledesma. Si no, bailarán al son de la música del coronel; y la mía, ustedes bien lo saben, es valsecito criollo en comparación. Los cadetes rieron-. Por mi parte, miren, los perdono a todos -rompió las papeletas-. Y ahora, el nuevo brigadier general dará sus primeras órdenes.

Ledesma sonrió triunfal -¡Batallón, romper filas!- ordenó marcial, potente. Los cadetes obedecieron y a los minutos el campo de fútbol quedó desierto, excepto por los amigos del grupo.

- ¡Han tergiversado todo, chino! -Pepe se secó la cara

- ¡Siempre andan volteando el pastel a su favor! ¡Pintando todo con sus colores! ¡Son unas mierdas! Nunca me imaginaba que el viejo los expulsaría y menos que los acusara de comunistas.

- ¿Crees que esta tormenta nos moje? - preguntó Lozano.

- El único que se mojaría serías tú. Nosotros no tenemos nada de rojos- Raúl atacó su simpatía por la izquierda.

- No seas imbécil. A ellos ni los rojos los quisieran en su campo. Pero lo que vale es que todos estamos metidos en esta. Todos- Lozano señaló a cada uno, enfatizando.

- ¿Y qué hacemos ahora? - Raúl flaqueó- Nadie intentará defendernos. El mayor se ha metido el batallón al bolsillo.

- Una mierda el tipo. Imagínense,

como si desear lo mejor de lo mejor para el futuro embarrara el nombre de la promoción - Pepe rebosaba indignación.

- ¿Crees que realmente Juan dijo lo que el mayor nos leyó?

- ¿Acaso tenía que mentir, chino? ¿Acaso no es lo que creemos?

- Eso de dar la otra mejilla, siempre, al final, termina así. El amor nunca dará justicia. La fuerza es necesaria- dijo Lozano.

- Nuestras barbas ya están en remojo y tú no pierdes la oportunidad de lanzar tu propaganda. ¿Y sabes que? Estoy seguro que serías comunista siempre y cuando fueras uno de los jefes, porque de peón, ni de vainas aceptarías. ¿O me vas a decir que sí? Hay que ser imbécil para imponer la hermandad universal a punta de cuchillo. Eso solo lo logra el amor. Ni aún en la Unión Soviética los de arriba son iguales a los de abajo - pontificó Raúl.

- No vaya a ser que el Virolo realmente sea un guerrillero que engañó a Juan y a Esteban y de paso a ti. Ya es tiempo que digas la verdad, carajo. ¿Eres comunista? - Pepe encaró a Enrique.

- En este país acusan de comunista a todo el que quiere cambio. En vez de acusarme digan que es lo que vamos a hacer.

- Ya los expulsaron y el coronel nunca dará su brazo a torcer. No hay nada que podamos hacer. Reclamar sólo complicaría las cosas.

- ¿Pero crees que nos expulsarán a nosotros también? - preguntó Raúl.

- Si no metemos las cuatro y mantenemos la boca cerrada, no pasará nada.

- Tienes razón, panameño. Si al menos la mierda de Ledesma se hubiese negado, como Rodríguez, a ocupar el puesto de Esteban, algo hubiésemos tenido porque los compañeros se hubieran seguido encabritando. Pero el Lemur es un ambicioso.

- Ni eso hubiese ayudado. En uno o dos días todo hubiese vuelto a la normalidad. Cuando ves a tus compañeros en el matadero, te juro que terminas jurando que nunca los conociste.

- Estoy seguro que ninguno de nosotros los negaría - reclamó Antonio.

- Hablaba de los demás. Y aunque vayamos al pelotón de fusilamiento con ellos, ¿crees que nuestro sacrificio cambiaría las cosas?

- Eso no lo sé, pero sí que los cuatro podríamos reclamar. Hacer una huelga de hambre.

- El coronel nos callaría y a un

chasquido de sus dedos estaríamos patitas en la calle.

- Al menos nos comportaríamos como hombres.

- Este momento llama por cautela y no por posturas de macho. Si quieres lo ponemos a voto. Si la mayoría decide ir al matadero, yo seré el que lleve la bandera.

- No es necesario llegar a tanto. Yo sólo decía que tal vez podríamos ablandar al coronel, pero tienes razón, a ese viejo no lo ablanda ni su madre.

- Pobre Juan y Esteban. Sí que están bien jodidos. Y de remate seguro tienen las nalgas rojas de correazos.

- ¿Y qué es de Gustavo?

- Un número me sopló que esta mañana la señora Elvira lo sacó del calabozo - informó Lozano.

- ¿Los vamos a ver éste sábado? Tenemos que hablar con ellos. Ver cómo ayudarlos.

- Es una buena idea. Deben saber que los apoyamos.

Y comenzaron a planear la salida. Mientras hablaban, Raúl recordaba la primera vez que llevaron a Juan al "Joselito".

Después de la cita Pepe le había confiado a Raúl: - El problema con Juan es que es un pisado. Vaya con eso de no mecharse. Tú sabes, Bembón, que el que no se defiende, muere. Hace una semana salimos en una cita y Juan ni le pudo agarrar la mano a su chica. Yo creo que les tiene miedo. ¿Si no cómo te explicas que a los quince años todavía no tenga hembra? Yo no sé por qué Gustavo no le da una manito. El boliviano es feo pero tiene jale, aunque ahora que se está entrenando para ser ángel se ha vuelto medio marica. Al menos Esteban ha tenido su enamorada; pero a Juan tenemos que ayudarlo para que no se voltee. ¿Sabes que cuando la lechada se sube a la cabeza nos pone cojudos? Quizás es lo que le está pasando y por eso anda en las nubes. En la cita a mí me tocó una loca de atar y no pudimos hacer nada, así que le prometí a Juan que iríamos al burdel éste sábado. Claro, le hablamos a la Loretana que se ha comido más pingas nuevas que cualquier otra puta en Lima.

Cuando le dijeron que ese sábado irían al Joselito, Juan les confesó su ignorancia al respecto y ambos trataron de calmar su ansiedad, explicándole cómo acostarse con una mujer. - Mira hermano, al comienzo a todos nos pasa, siempre hay temor - le había dicho Pepe y él afirmó con la cabeza para alentar más a Juan - Después ya vas a ver como tú vas a ser el primero en querer ir. Con decirte que la primera vez me moría de miedo de no poder encontrar el hueco. Estaba sudando. Pero apenas entré al cuarto y la vi desnuda la cosa cambió y así, sin darme cuenta, ya estaba cachando de lo más rico, como dicen ustedes los peruanos, y sin saber cómo, mi pinga ya estaba metida en el hueco. Te lo juro: viene natural. No te preocupes. ¿Pero cómo no le vas a gustar? Tienes tu pepa, hasta medio rubio eres. Además son putas y eso no les importa. Si vieras los bagres que van. No seas miedoso. ¿O es que no te gustan las mujeres? Claro que te gustan, se corrigió Pepe al verle la cara ofendida. Olvídate de lo que pasó en la cita porque acá la cosa es siempre segura. Ya te he dicho.

Al escucharlos narrar sus aventuras, Juan fingía una excitación exuberante. Sus temores resaltaban cuando le decían que la Loretana era tan bonita que si no fuese puta sería "Miss Perú". Tenía miedo de confesar su vergüenza de que la chica pensara que su miembro era chiquito y medía sus erecciones entre el pulgar y el meñique, pero no se atrevía a preguntar cuan grande la tenían ellos.

El sábado por la noche lo fueron a recoger a su casa. Olía a colonia y pese a que no hacía frío, llevaba una casaca de cuero que le sentaba bien.

- Pareces un galán de tango- le dijo Pepe- hasta tienes gomina en el pelo.

- Le vas a explicar que es mi primera vez ¿no?

- Ay, hermano. Ni le voy a tener que decir que estás pito; ella es especialista en primerizos.

- Y esta noche hará una marca más en su cuaderno- Raúl le dio una palmada.

No le tuvieron que decir que ya habían llegado. Desde la ventana del colectivo escuchó el bullicio de la multitud y olores de comida atacaron su olfato. Ante un kiosco unos hombres tomaban una sopa que el vendedor anunciaba a voz en cuello. Salieron del colectivo y caminaron apresurados por media cuadra más hasta llegar a un corredor que iluminaba la calle con una luz rojiza. Estas son baratas, explicó Pepe. Juan dio una mirada, aspiró el aire. Olía a incienso - Es para ocultar otros olores- le contestó Raúl cuando preguntó para que lo usaban. Con aire de gallitos avanzaban entre el gentío. Desde una carreta llena de botellas un vendedor les ofreció emoliente caliente y a unos pasos un puesto de comida anunciaba a gritos sánguches y caldo de pollo para recuperar las fuerzas. Llegaron a un corredor de resplandor rojizo donde el incienso apenas escondía el olor picante a creosota y semen. Pedazos de piernas, partes de senos y sonrisas forzadas se asomaban por las puertas entreabiertas y Juan miró con codicia los traseros desnudos bajo la luz mortecina. - Éstas son las quinceañeras porque por quince soles te dan "servicio completo"- explicó Pepe.

Se escuchó una voz chillona "Agua pal siete". -Está llamando al aguatero- explicó Raúl - Te lavan la pinga antes y después. Es bien rico.

Entraron a un gran patio cuadrado de casona colonial, bañado por una luz también rojiza pero más clara que la de los corredores. Banderitas de papel adornaban el techo como en algunas kermeses de fiestas patrias y una voz nasal interpretaba un bolero en la rocola.

- El Joselito- anunció Raúl.

- ¿Y si nos dan una gonorrea? -preguntó Juan.

- Para eso está la penicilina- Pepe encogió los hombros.

- Además el Joselito es más seguro. Por eso cuesta más. Huele, hasta el incienso es más rico- Raúl lo tranquilizó, notando la avidez con que Juan miraba los senos llenos y turgentes cubiertos con pelusa de durazno fresco, los muslos de lianas flexibles, las caderas de curvaturas lujuriosas.

- Se ve que estás listo para vaciar toda tu leche - Pepe señaló una erección naciente que levantaba el pantalón de su amigo - Gonorrea o no, ya tienes armada una buena carpita. Seguro ya te dolían los huevos.

Juan sonrió ante el comentario y notó que los bultos en la bragueta de sus amigos eran más pequeños que el suyo.

- Ni compares, que la mía ni siquiera está parada - reclamó Pepe al pillar su sonrisa.

- Ni la mía- concurrió Raúl.

- ¿Aún viendo chicas tan lindas? - preguntó Juan.

- Si tú crees que estas hembras son buenas, espera ver a la Loretana. Tiene las mejores tetas del mundo y su culito no se queda atrás- alardeó Pepe.

Aunque no hacía frío Juan subió el cierre de la casaca y se secó el sudor de las manos en el pantalón. Una puerta granate oscuro lo enfrentó en forma directa con su miedo. Un hombre esperaba ante ella. Juan miró alrededor y se sintió inseguro ante los vientres de curvaturas apenas insinuadas, ante las miradas seductoras y coquetas y los labios entreabiertos que se asomaban por las puertas.

- Ya sabes hermano- Pepe le guiñó el ojo- exactamente como quedamos. Yo le hablo y tú entras. Nos esperas aquí cuando termines.

- ¿Y ustedes?

- Vamos a entrar adonde otras. Así terminamos casi al mismo tiempo y después nos vamos a "El Juguito"- le dio unas palmaditas en el hombro- a contarnos todo. Nos encontramos acá mismo.

Un zambo achinado, gordo y con acné, salió terminando de arreglarse la camisa. Juan estiró el cuello pero el siguiente en fila le bloqueó la visión. -Ya te he dicho que es un hembrón- repitió Pepe al notar su impaciencia. Cuando la puerta se abrió empujaron a Juan adentro y ellos fueron a ocuparse con las suyas.

* * *

- Pendejo. Te demoraste bastante - Raúl lo esperaba afuera. Luego se les unió Pepe con una sonrisa satisfecha. -Lo primero es no hablar hasta llegar al Juguito, esto merece un par de riñones al vino y unas cervezas.

Se fueron en colectivo hasta su barrio y en el restaurante, entre unas cervezas y mientras esperaban sus potajes Pepe dijo- Primero tú, Juan, ¿qué te pareció?

- Bien rico. Me trató muy bien.

- Cuenta detalles y no la hagas larga- pidió Raúl.

- Bueno, para ser franco, cuando abrió la puerta, me miró de arriba abajo, me dio miedo de que no estuviese pasando su examen y deseé que me hubiese mejor tocado una fea, sin senos ni nalgas, para que así no se creyera tanto.

- Es que la loretana es una mamacita. ¿Y?

Entonces se rió y me preguntó si era primerizo, le dije que sí y comenzó a sobarse contra mí, diciéndome que no era de vidrio, que tocara no más y que por ser mi primera vez ella misma me desvestiría. Desabrochó mi camisa, luego se quitó el sostén y sobó sus senos en mi pecho -¿Te gustan?- me sonrió coqueta. - Mucho- le dije. - Mi pinga estaba más parada que soldado en atención, lista a explotar. - Ya papito, ahora a bajarte el pantalón- y me ayudó a sacármelo. Cuando la lavó, se puso más grande y gorda. Ella parecía aún más linda en la luz roja y cuando se echó sobre mí, me sentí en la gloria y agradecí estar prisionero en la seda de su piel...

- No te pongas poeta y anda al grano, pues- lo interrumpió Raúl.

- Imagínense como me puse. Todo me latía. Ya ni me acuerdo bien lo que me hizo, sólo que fue bien rico. Después se montó encima de mí. Que lindo fue tenerla bien apretada contra mi pecho. Y abajo todo calientito.

- Ya te decíamos que te iba a cachar rico.

- Bien rico, Bembón, pero bien rápido. No serían ni dos minutos cuando paró de moverse y me preguntó: ¿Ya te has ido? Yo le contesté que no, que no me había ido a ninguna parte. Ella se rió y me dijo, pendejito, y volvió a moverse. Pero al momento volvió a parar y media amarga me dijo: No te hagas el vivo. Ya te has vaciado. Hasta tu cosa se está muriendo y yo estoy toda pegajosa. Así que se paró, me dijo que me lavara y que volviera si quería más.

- ¿No sabías lo que es irse o querías robar más tiempo? - preguntó Pepe con malicia.

- La verdad, no sé lo que me quería decir.

Los otros dos rieron. - No te amargues hermano pero da risa. Irse quiere decir si ya la habías llenado de lechada.

- ¿Y cómo sabes que te has ido?

- Sientes unas cosquillitas que te bajan por la espalda y que explotan en la verga que alocada chisguetea su lechada. ¿Nunca te has pajeado?

- No, nunca.

- Entonces debes de hacerlo. Así sabrás.

Cuando volvieron al colegio, Juan le confió a Raúl que había querido masturbarse pero que una telita en su pene le había impedido desenrollar la piel hasta abajo.

- ¿Y para que querías hacer eso?- Raúl se sorprendió.

- Para pajearme. Hasta casi la corto con una gillette, pero me dio miedo.

Conteniendo la risa Raúl le explicó que uno no se masturbaba así. Fueron a los malacates y le dijo que lo imitara. - ¿Y? - preguntó cuando terminaron. -Bien rico, hermano. - Eso es irse Juan, lo mejor del mundo, aunque sea sin una hembra.

* * *

Cuando Pepe terminó de hacer los planes, Raúl sugirió la posibilidad de que quizás sus familias los tuvieran bajo candado.

- ¿Escaparse de nuevo? No seas tonto. Más bien parece que hubieran querido que los encontraran- contestó Lozano.

- Los chaparon porque no aguanté con las cartas. De saber lo que sé ahora, las hubiera quemado y ellos estarían felices en la selva. Es mi culpa que los hayan expulsado.

- Dirás la del maldito de Arroyo- aclaró Pepe.

- Una mierda el tipo, embarró feo al comandante y les ha cagado la vida a los tres.

- Ni tanto. Encontrarán otro colegio. Pero se les va a extrañar. Este sábado hablaremos largo con ellos.

Fue más tarde que les notificaron que el coronel los había dejado sin salida por dos semanas consecutivas, por encubridores, como les notificó el suboficial que les trajo la noticia.

- Pero si yo estuve en Trujillo- reclamó Pepe.

- Eso dígaselo al coronel, cadete. Yo sólo cumplo órdenes.

- Lo hace para que no podamos verlos. Ahora van a pensar que los hemos abandonado.

- ¿Crees que la cosa pare ahí con nosotros? - preguntó Raúl.

- Ojalá. No creo que Arroyo quiera aumentar el escándalo, pero por si acaso hay que ver donde pisamos -replicó Pepe.

Pasaron el resto de la tarde apartados de sus compañeros que se habían reunido para malograrle la vida al cadete Ledesma. Un traidor de su categoría las debe pasar negras, dijo Raúl sin comprender por qué sus amigos no querían unirse para planear el calvario del nuevo brigadier general.

- Porque no sólo se debe predicar, sino también practicar el amor- le recordó Antonio.

Y ojalá tengamos cuidado de no pisar más mierda, pensó Raúl, la entrevista con el coronel pesándole. Quiso confesar todo a sus amigos, pero lo pensó dos veces. El coronel se lo había prohibido específicamente, y, si lo desobedecía su ira no tendría límites. Él ya no estaba para quijotadas. Había aprendido a no confundir molinos de viento con gigantes.

CAPITULO XV

EN LOS PERIÓDICOS

-¡Entienda, señora, el coronel tiene la última palabra; no podemos obligarlo a que honre la promesa del comandante! ¿Un abogado? ¡Eso sí que complicaría las cosas! - el suboficial Cándamo se palmoteó el muslo. ¿Qué? ¿Lo soltaron? - frunció el seño - ¡Mejor hubieran dejado que esa mala semilla se pudra en el calabozo!

- ¿Han soltado a Gustavo? - Esteban no se pudo contener.

Miró molesto a Esteban y apartando el auricular le dijo - ¿Y tú feliz, no?... meneó la cabeza y volviendo a su conversación exclamó - ¿Su hijo también? Vaya, vaya... Estos muchachos tienen la cabeza infestada, pero tarde o temprano la influencia de esa mala hierba se esfumará. De acuerdo. Ahora no queda otra que aguantarlo. Estamos bajo mira y no podemos dar puntada sin hilo.

Al terminar la llamada anunció: - Mañana a primera hora iremos a la casa de la señora María y junto con la señora Elvira iniciaremos la búsqueda del nuevo colegio. Y ustedes dos chitón la boca, especialmente tú, Fernanda; hay que andar con cuidado. Ya has escuchado que esta señora pitea peor que tren de sierra y hasta abogado quiere meter.

- ¿No sería mejor? Un abogado los obligaría a...

- ¿Estás loca? Los de arriba nos harían polvo. No sabes lo crueles que pueden ser, Fernanda. Y tú, mejor guarda tu distancia del boliviano. Entiende que no todos son como tú. Hay gente mala.

- Sí, hijito. Aún el coronel es menos desalmado que esos dos que te han inducido a escaparte - su madre lo miró suplicante.

- El coronel sólo está haciendo su trabajo. ¿Qué quieres, mujer, que les dé un premio?

Doña Fernanda lo miró con desengaño. Le dolía que aún en estos momentos su marido defendiera a los que tanto los hacían sufrir. Los militares le habían lavado el cerebro tanto o más que esos fanáticos religiosos a su hijo; ella nunca estaría de acuerdo con la explicación que le dio su marido de que en algún vericueto de la disciplina militar se justificaba la expulsión - Un abogado haría valer nuestros derechos-persistió.

- ¿No entiendes? Nos aplastarían en un dos por tres - le dijo en un tono más sosegado- Piénsalo un poco. Verás que tengo razón.

Tal vez su marido estaba en lo correcto. Solos contra el mundo y sin plata, no sólo los harían polvo sino que también el abogado se comería los pocos centavos que tenían. Calló para no darle gusto. Ahora solo quería encarrilar de nuevo a su Esteban. Era todo lo que le importaba.

* * *

El suboficial tiene razón, pensó al colgar el auricular- un abogado despertaría aún más su furia y no hay tanto dinero para dar batalla. Se sintió sola, indefensa, y añoró a su difunto José. Nadie podía consolar su miseria y no podía darse al abandono. Tenía que ser fuerte. Suspiró y tragando saliva marcó el número de la señora Elvira. Un oscuro resentimiento se agitaba contra la señora que no había impedido la fuga. Contestó una voz de ratoncito tímido. Su furia se alzó huracanada y olvidando su civilidad, la confrontó, clara y agresiva, recriminándole con amargura que con una simple llamada hubiese podido evitar su dolor. No podía entender cómo había encubierto a los muchachos y Dios juzgaría su acto de omisión que tanto daño estaba causando. Sin perder la calma, con pesar, hasta dolida, la señora Elvira pidió disculpas con tanta humildad que la señora María sintió la injusticia de su acción. - Justo cuando los otros tres muchachos hacían los últimos arreglos, metí al cadete Iriarte en mi dormitorio y lo presioné para que confesara todo - narró con su vocecita tímida - Yo llamé de inmediato a la policía, se lo juro, señora, y me dijeron que les impedirían abordar el ómnibus, que estaba haciendo una buena acción al delatarlos, que los padres me lo agradecerían. Pero evidentemente ni caso me hicieron. Doña María ya lo sabía. El cadete Iriarte había confesado los mismo ante el comandante - ¿Pero acaso no sabe como es la policía?- se quejó lastimeramente - ¿Acaso no es igual en su país? - Sí, señora mía, nuestra policía es tan igual de ineficiente - ¿Entonces porque no me llamó? Dígame, por la caridad de Dios ¿Qué le costaba? - Ay señora, créame que yo les pedí sus números telefónicos, así, les dije, en caso que tuvieran un percance podría llamarlos; pero ellos negaron que ustedes tuviesen teléfono, que gracias, pero ya todo estaba arreglado. Me mintieron malamente - ¿Y la guía telefónica? - No sabía sus apellidos y de nuevo el cadete Iriarte se portó mal conmigo, porque cuando le pregunté me dio unos falsos y por supuesto, los consulté en la guía, pero no estaban listados. - ¿Me puede decir los apellidos que le dio ese cadete? - Eran los mismos seudónimos con los que habían viajado. - En realidad hizo lo que pudo. Fue cosa del destino - dijo a guisa de disculpa.

Fue el turno de la señora Elvira para quejarse que a pesar de que ella era la apoderada legal, el coronel Arroyo le había negado la custodia de Gustavo. - El calabozo fue un trauma tremendo para el muchacho. De lo que era parlanchín ahora está que no habla, enojado hasta conmigo, señora. Es de entender. ¿Puede creer que su madre todavía no ha llamado? Gustavito se siente abandonado.

- Pobre chico. Quizás hizo todo esto para atraer la atención de su madre.

- Uno nunca sabe, señora. Debe

dolerle mucho que la madre lo ignore así.

Finalmente doña María le pidió que se encontraran en su casa, al día siguiente, para buscar un colegio. Los Cándamo también estarían. Juntos tenían más probabilidad de que los aceptaran.

Como lo acordaron, a la mañana siguiente, la señora Elvira, una mujer frágil con una pequeña joroba, de piel blanca lechosa y pelo teñido de un negro azabache brillante, entró sola a la casa de doña María. Con una sonrisa que acentuó aún más sus arrugas miró a las dos mujeres, sin saber cuál era cuál y luego desvió los ojos hacia el suboficial. Doña María se le acercó, se presentó y le estrechó la mano, agradeciéndole las atenciones que había tenido para los muchachos y sus esfuerzos para detenerlos.

- ¿Y Gustavo? - preguntó el suboficial.

- No quiere entrar- anunció la recién llegada con una voz anémica, e incómoda, explicó de nuevo - Les juro que estaba segura que la policía no los dejaría abordar. Igual son en Bolivia, ni caso nos hacen. Me da mucha pena que todo esto esté pasando. Créame. La policía debió pararlos.

- Posiblemente llegaron tarde - comentó el suboficial.

- ¿Por qué siempre tienes que defenderlos? ¿Alguna vez aceptarás que no todo lo que brilla es oro? - lo recriminó doña Fernanda.

- Casi nos bajan en una de las garitas de control- explicó Esteban, secundando a su papá - pero convencimos al cabo que nos íbamos a visitar a nuestras familias por el día de la Merced; que éramos sus devotos. Además uno de los pasajeros nos defendió a todo dar. Por eso nomás nos dejó pasar. Eso nos salvó.

- Mejor dicho los hundió - aclaró el suboficial.

- Así es, mi Gustavito está muy dolido, necesita mucho amor. Muchachos, ¿Por qué ustedes dos no van a saludarlo? Quizás al verlos se anime a entrar.

Juan y Esteban se agolparon a la puerta. -¡Ustedes se quedan acá! Si no quiere entrar, que no entre - les ordenó doña Fernanda, pero ellos no hicieron caso. Gustavo esperaba apoyado en un poste de luz. Vestía de civil, como ellos dos.

Tanto Juan como Esteban abrieron los brazos para estrecharlo en un abrazo de reencuentro, pero Gustavo los rechazó con la palma de la mano: - No me vengan con cosas, viejos, que ya amigos no somos. Ustedes me abandonaron. Yo hubiera reclamado hasta dejar sordo al maldito del coronel- se quejó con amargura.

- Perdónanos, hermano- Esteban, sin negar culpa, explicó las circunstancias que les habían impedido cumplir la promesa que le hicieron, poniéndolo al día de todo lo que les había sucedido. Juan pidió que olvidara lo pasado y que los tres se unieran para enfrentar el futuro. Gustavo no aceptó sus razones y mantuvo la mirada esquiva mientras sus amigos trataban de convencerlo - Al menos tu sufrimiento te hará más apreciado en el reino- le dijo Esteban finalmente.

- Fácil para ti decirlo desde la comodidad de tu casa. ¿Saben lo que es el calabozo? La soledad, la porquería, el moho... sus ojos chispearon odio.

- Ya pasen muchachos que no tenemos todo el día- los llamó el suboficial sacando la cabeza por la puerta entreabierta y disolviendo el helado témpano que engullía a los tres.

- Por favor, hermano. Danos un abrazo en señal de perdón. Te juro que esto no volverá a pasar- Juan le extendió los brazos nuevamente.

- Claro que no pasará. Sólo me pueden meter al calabozo un par de veces, ¿no?- Gustavo les negó el abrazo.

- Quería decir que nunca más te abandonaremos. Perdónanos.

- Los perdono por esta vez.

- Entonces pruébalo y danos un abrazo- pidió Esteban.

Y los tres se abrazaron tratando de curar sus heridas y franquear la distancia que los alejaba.

Al entrar Gustavo se limitó a saludar con una venia y recibió las miradas sospechosas de ambas madres y la francamente hostil del suboficial. Doña Elvira se acercó y quiso tomarle la mano, pero Gustavo la rechazó, fue a sentarse entre sus amigos y fijó la vista al suelo.

El suboficial agarró entre su pulgar e índice un manojo de hojas de la guía telefónica- Todas estas páginas son de colegios- dijo - hay un montón.

- Tratemos primero los católicos, son mejores que los seculares y especialmente que los estatales. La fe de los muchachos impresionará a los padrecitos y se pelearán por tenerlos. ¿No crees Gustavito?

- Como usted guste, madrina- Gustavo no levantó la cabeza.

- Yo no quiero colegio de curas- protestó Juan sorprendido que Gustavo no reclamara cuando era el que más despotricaba contra ellos.

- Tendrás que aceptar lo que

venga- le dijo doña María, regañándolo - No estamos para escoger.

- Mejor vayamos por orden alfabético - dijo el suboficial.

Una pared de evasivas, excusas, más evasivas y más excusas, se alzó entre los posibles colegios y ellos. Los tres se sintieron separados del mundo, en una cárcel invisible. La claridad del Mantaro se había convertido en bruma; su seguridad y fe, en incertidumbre. Los que antes buscaban el reino ahora estaban perdidos.

- ¡Gracias a Dios, por fin! - exclamó el suboficial después de tres horas de llamadas. Separó el auricular, lo tapó con la mano y susurrando, dijo- Acá hay uno que nos dará una entrevista. Está en el mismo centro de Lima. El director nos quiere ver en una hora.

Las madres le pidieron detalles. - Mujeres, con sólo dos meses para fin de año lo único que importa es que saquen su diploma. No se puede escoger. Demos gracias a Dios que algo nos ha caído- respondió y apurándolos tomaron un par de taxis hasta el centro de Lima que era donde el colegio quedaba.

Era una casona colonial con olor antiguo. Pasaron por un patio rodeado por un balcón bordeando el cuadrilátero del segundo piso y al entrar a la dirección del plantel los recibió el director, un hombre delgado, con ademanes nerviosos, que al sonreír mostraba un diente de oro.

El director del nuevo colegio acariciaba su bigote sin interrumpir al suboficial que sin ocultar nada enfatizó el espíritu cristiano de los muchachos, le mostró un recorte del periódico que afirmaba que se habían ido a salvar a los indios y una transcripción de las excelentes notas que los tres habían sacado por los últimos tres años. El director las examinó y finalmente sin dirigirse a ninguno en particular, les preguntó, por qué se habían escapado.

- Para meditar- respondió Juan tentativo.

- Y buscar el reino de los cielos- adicionó Gustavo.

- Están confusos, señor director- intervino el suboficial- pero son buenos. Muy religiosos, tal como dice el periódico.

- No estamos confusos. Queremos que el hombre por fin cumpla y establezca el amor en la tierra- replicó Juan.

- Es una meta muy noble. ¿Ingresarán al seminario cuando terminen la secundaria? - preguntó el director.

- No- respondió Juan- Queremos ser médicos para poner una clínica en la selva.

- ¿A lo Albert Schweitzer?

- Seguro con el tiempo cambiarán de opinión- intervino doña Fernanda.

- Ojalá más bien que nunca la cambien. Este es el tipo de hombres que necesita el mundo - El director, espigado y nervioso, se movió con agilidad en su asiento - Perdonen que no entienda, sin embargo. Si querían hacerse médicos ¿Por qué se fugaron?

- Descubrimos que el espíritu necesita más cura que el cuerpo.

- La fuga fue un acto apresurado - intervino la señora María- un impulso de juventud.

- ¿Y usted qué piensa? - el director preguntó a Esteban.

- En estos días, al menos yo, he descubierto que lo que tengo que encontrar está dentro de mí mismo. Al final, toda fuga es una búsqueda interior.

- ¿Y usted también quiere encontrar la verdad? - el director miró a Gustavo fijamente.

- Sin esa búsqueda la vida es un desperdicio- contestó Gustavo.

- Esa es una búsqueda elusiva, pero noble - el director impresionado por el idealismo que mostraban pasó por alto el aire arrogante de la respuesta; todo visionario, pensó para sí mismo, puede ser ofensivo en su franqueza - Ya quisiera que más de mis alumnos se preocuparan de esas cosas en vez de estar al día con los cantantes y las películas- dijo finalmente.

Revisó de nuevo las notas del colegio militar e impresionado por la brillantez que mostraban los aceptó en el colegio. Podían comenzar de inmediato.

Doña María llevó a Juan a un rincón y el suboficial y doña Fernanda hicieron lo mismo con Esteban. Con los labios plegados y las mandíbulas tensas, Gustavo los miraba arisco y le daba la espalda a la señora Elvira, quien ni se atrevía a abrir la boca.

En el siguiente recreo el director los presentó al resto del colegio. La acción de los nuevos estudiantes era digna de elogio, dijo desde un balcón del segundo piso que daba al patio interior donde el estudiantado esperaba en formación. Arengó para que el resto del alumnado se contagiara de ellos y se encausara por el mismo camino. - Vuestros nuevos amigos -concluyó- son modelos de idealismo y ejemplos del espíritu que debe reinar no sólo en éste plantel, sino también en la nación y el mundo entero.

Sus nuevos compañeros los miraron

con recelo, especulando sobre las influencias que tendrían para que el director los tratara tan bien. Su asombro aumentó cuando anunciaron que el padre Cruz, profesor de religión, los había invitado para que al día siguiente dieran una charla a los alumnos de quinto de secundaria en uno de los colegios más prestigiosos de Lima. Ese sábado, Juan afirmó que Jesús no se atribuía ninguna prerrogativa especial al llamarse hijo de Dios, sino que más bien estaba declarando una verdad universal. Todos éramos criaturas del mismo padre, como lo rezábamos a diario en el padrenuestro. Un alumno le preguntó entonces dónde quedaba la divinidad de Jesús. No sólo Jesús sino todos los seres eran Dios encarnado, pero la ignorancia de la carne ocultaba esa verdad - la respuesta despertó un murmullo pero Juan alzó la voz y se impuso - Todos podríamos revelar al dios dormido en nosotros si nos llenáramos de amor. Que nada se lograba ahumando a Jesús de incienso y rezándole en las iglesias si en vez de cumplir, tergiversábamos sus enseñanzas. La historia regada de odio, explotación y muerte ejecutados en nombre del amor, era testigo de que el hombre había usado su doctrina en contra de su intención original.

Ignorando la herejía sobre la divinidad de Cristo, el padre Cruz aprovechó para atacar a los protestantes que torcían la palabra divina para justificar la lascivia de sus reyes. Afirmó que la interpretación de los Evangelios, a través del Papa, era la única que transparentaba su real intención. Juan criticó entonces a cualquier iglesia que contrariando el deseo de sus fundadores no trabajaba por los desposeídos de la tierra y se interesaba más en el poder material. Las iglesias llenas de lujo y opulencia, que justificaban a los ricos y oprimían a los pobres, estaban en contra del mandato. Debían dar sus riquezas a los necesitados y en vez del boato esplendoroso en que vivían, deberían, cayado y cruz en mano, compartir la miseria de los humildes, sufrir su mismo dolor y trabajar por su liberación.

El sacerdote se puso furioso, los llamó lobos en piel de oveja que depredaban el rebaño de los justos. Terminó expulsándolos del salón.

Sin entender cómo una verdad tan evidente podía despertar tanta controversia, ellos quedaron convencidos de que en realidad no era tanto que el mundo fuese ciego, sino que más bien se negaba a ver.

Rehusaron de nuevo la miseria de ser arcilla viviente y se volvieron a unir y a embriagarse en su utopía. En ese espíritu planeaban recibir a sus amigos del colegio militar, a los cuales esperaban ver esa misma tarde, porque seguro que lo primero que harían al salir, sería visitarlos. Los esperarían en sus respectivas casas, ya que como precaución sus familias los habían aislado ese fin de semana.

Pero esperaron en vano. No recibieron siquiera una llamada de teléfono.

El lunes por la mañana, al reunirse en el nuevo colegio, los tres se sintieron abandonados. ¿Y si el coronel los dejó sin salida? ¿Pero qué les costaba una llamadita? ¿Y si no les dejaron usar el teléfono? ¿Acaso no podían tirar contra, al menos uno de ellos? ¿No nos merecemos ni eso? Gustavo dijo que a él ya nada le sorprendía porque la gente, al final, nunca hacía lo correcto sino lo conveniente. Llamaron a clase y los tres se perdieron en una explicación de física. Ya terminaba la clase cuando el director los mandó llamar. Quería verlos de inmediato.

Tenía los ojos metidos en un periódico y no los levantó al sentirlos entrar a su despacho. Sacudiendo el diario entre sus manos, preguntó: -¿Qué hay de verdad en todo esto?- Les puso el matutino en las caras.

ESCAPAN TRES CADETES DEL COLEGIO MILITAR

IBAN A UNIRSE A LAS GUERRILLAS DE SATIPO

Tres cadetes de bajo contenido moral y de muy pobre rendimiento académico - de acuerdo a información fidedigna tenían varios cursos aplazados- se escaparon del colegio militar para unirse a las guerrillas que azotan al país en la zona de Satipo.

La afiliación política al partido comunista de estos tres sujetos: Esteban Cándamo, Pedro Cosme y Gustavo Gonzales, éste último de nacionalidad boliviana, es conocida entre los cadetes. Es preocupante que la insurgencia haya hecho nido en el mismo corazón de nuestras instituciones militares y que las mentes de nuestros jóvenes sean envenenadas por doctrinas subversivas.

- ¡Es una calumnia! ¡Una gran mentira!- denunció Gustavo.

- ¡Me han cambiado el nombre! - reclamó Juan.

- ¡Yo era el brigadier general! ¡El primer cadete en notas y en conducta! - se indignó Esteban.

La mirada del director les disecaba el alma - ¿O sea que ahora hasta los periódicos mienten? - les dijo airado - ¿Cómo estoy seguro que los papeles que me mostraron no eran falsificados? Con semejantes notas y con motivos tan benignos, solo un loco los expulsaría. Debí llamar al colegio militar antes de aceptarlos. Ahora el coronel me dice que ustedes se negaron a desmentir que eran comunistas.

- ¡Por Dios que no somos comunistas!- dijo Esteban.

- Si no son comunistas, ¿por qué pagaron la gentileza del padre Cruz arruinándole la charla? Hasta insultaron a la Iglesia. Me quedé de una pieza cuando el padre me contó todo por teléfono y hasta pensé que los había malentendido. Pero ahora todo está claro. Vuestra negativa durante el Consejo, obligando la mano del coronel que les daba una salida y ahora el periódico. Eso no se hace muchachos. Mejor no mientan más- los miró con dureza - Tienen una hora para recoger sus cosas. No pueden quedarse aquí.

- ¿Nos está expulsando?

- Así como lo escuchan. ¡Váyanse!

Salieron cabizbajos de la dirección y se encerraron en la primera aula que encontraron vacía. Gustavo, ardiendo de furia golpeó a puñetazos un pupitre, lo levantó en vilo e, insultando al colegio y a los peruanos, lo estrelló contra el suelo. Atraído por el ruido, el director lo encontró llorando. Juan y Esteban lo consolaban. Se enojó ante los restos del pupitre y ordenó que se fueran antes de que llamara a la policía.

Eran las diez de la mañana de un día soleado, pero ellos se sentían abandonados en un mundo sin brillantez. Caminaron desganados por el Paseo de la República, sin importarles las estatuas de bronce o las plantas que florecían en un alarde primaveral.

- ¡Qué injusticia!- repetía Gustavo.

-¡Estamos cagados! ¿Se dan cuenta? Ahora sí que nadie nos va a aceptar y mi madre me va a inundar de lágrimas. Pobre vieja- lamentó Esteban.

- ¡Debe haber algún error! ¡No pueden publicar semejante mentira a sabiendas!- decía Juan.

Al llegar al Parque de la Reserva, cerca al teatro La Cabaña, unos patos que nadaban en un laguito de aguas verdosas les sacudió el desgano y se acomodaron en una banca. Esteban tiró un guijarro plano, paralelo a la superficie del agua, que rebotó una y otra vez.

- ¿Crees que el director haya llamado a nuestros padres? -preguntó Juan.

- Es lo más seguro- aseguró Esteban.

- Mi madre debe estar llorando- Juan hundió el cuerpo en la banca, dolido de causarle tanta pena.

- Y mi embajador debe estar mentándome la mía. ¡Guerrilleros! Se va a armar una grande- Gustavo fijó la vista en el lago.

- ¿Qué vamos a hacer? A mi padre le dará una pataleta - dijo Esteban.

- Vamos al periódico, ahora mismo. A desmentir la historia.

- Si hubieran querido publicar la verdad, primero nos hubieran preguntado. ¡Es claro que estas mierdas quieren jodernos!

- ¿Pero por qué, si ni nos conocen?

- ¿Querrán atacar al colegio? ¿O al coronel? Lo único que sé, es que las sanguijuelas de los periodistas seguirán chupando hasta que no salga sangre. Arroyo estará echando chispas.

- Es por su culpa que estamos metidos en ésta. La expulsión despertó sospechas.

- Tienes razón. El maldito se la agarró contra mí. ¿Qué diablos tenía que ver lo de Ahumada con nuestra fuga? Sin esperar respuesta Gustavo prosiguió: Les juro que no hice nada malo, cojeaba en historia del Perú, claro, ustedes se la paporretean desde chiquitos, ¿pero acaso saben los presidentes de Bolivia? Ahumada fue el único que se ofreció a ayudarme.

- Sólo bastaba que lo pidieras y nosotros...

- La verdadera amistad anticipa y ofrece.

Los otros dos se encogieron de hombros ante su intransigencia y taciturnos volvieron a arrojar piedritas en el agua, convencidos que todos los caminos se les habían cerrado. Sólo quedaba esperar. Ya era el mediodía cuando decidieron ir a la casa de Juan.

Grande fue su sorpresa cuando encontraron unos soldados esperándolos en la puerta. El coronel los quería ver de inmediato. Doña María, doña Fernanda y el suboficial Cándamo esperaban adentro, surcos de lágrimas frescas marcaban las mejillas de las dos mujeres. Ya sabían de la expulsión del nuevo colegio.

- Sabe Dios lo que el coronel hará ahora. El periódico ese ha complicado las cosas- se limitó a decir el suboficial.

- Es una mentira, papá. Tú bien sabes que no es cierto- Esteban se sorprendió de que su padre no estuviese más violento.

- Alístense que ahora mismo vamos al colegio- el suboficial se puso la chaqueta.

- Todo se va a arreglar, mamita. Lágrimas contenidas brillaban en los ojos de doña María cuando recibió el beso de Juan en la mejilla.

A doña Fernanda las lágrimas ya se le habían secado, su rostro tenía el estoicismo del dolor rebosado y apenas si inclinó la frente cuando Esteban se la besó.

Gustavo pensó en su abuelita y los ojos se le humedecieron. Nunca se había sentido tan solo y vulnerable. Dando rienda suelta a su dolor, odió a sus amigos, a sus padres, a los soldados, y finalmente, a él mismo. Juró venganza.

CAPITULO XVI

ANTE EL CORONEL

-¡Estamos metidos en una cagada mayúscula! - el coronel agitó la edición matutina del periódico - ¡Nos acusan de cobijar un nido de revoltosos! ¡De ser cuna de comunistas! ¿Entiende Ibáñez? Nos están embarrando hasta el cogote y yo no voy a permitir que estas mierdas enloden el nombre del colegio y de paso el de las fuerzas armadas.

-¡Emitamos un desmentido, mi coronel! - sugirió el comandante.

- ¿Y eso cómo va a cambiar lo del machete? ¿Lo de Satipo? ¿El reporte del capitán Carreño?

- Una serie de malentendidos, mi coronel.

- No sea inocente. La suma de esos "malentendidos" - con el índice y el medio de cada mano hizo comillas en el aire - huele a burdel. ¿Cree usted que las víboras de la prensa van a creer nuestras explicaciones? ¿Que estaban guiados? ¿Que se van a tragar la cantidad de coincidencias que hasta yo, con la mejor voluntad, no explico? Hágame el favor, Ibáñez - se sentó y apoyó la cabeza entre las manos, mientras preguntaba - ¿Y qué vamos a responder cuando pregunten qué hacíamos mientras los comunistas los reclutaban? ¿Que nos rascábamos los huevos? ¿Que nos hacíamos los de la vista gorda? ¿Que les conseguíamos manuales subversivos? Y eso que todavía la prensa no menciona el machete. Seguro están guardando esa perla para desmentir cualquier negativa que pongamos. Hasta quizás tengan fotos. ¿Le preguntó a Carreño si sus espías les tomaron alguna?

- No, mi coronel, pero el capitán lo hubiese voluntariado si así lo hubiese hecho. Permítame recalcar que si bien es cierto que hay evidencia circunstancial, no existe ninguna pieza sólida, objetiva, nada...

- No me haga reír Ibáñez - Arroyo lo interrumpió - La evidencia es de aquél que tiene un periódico para escribirla. Acá hay que dejar en limpio el nombre del colegio y matar toda sospecha, por leve que sea, de que entre estos muros se está permitiendo la extensión del comunismo. Estos idiotas nos han lanzado en medio de la arena y a mí no me gustan los reflectores. Y no pararán con nosotros. ¡No! El pez gordo es el ejército. Al chasquido de un dedo inventarán mil cojudeces y nos fregarán hasta ver sangre. Este es un asunto del Ministerio de Asuntos Interiores, que ellos hagan la investigación necesaria. Refiriéndolos limpiamos nuestra responsabilidad. El colegio no tiene nada que ocultar.

- ¿El Ministerio?

- ¿Y qué quiere? ¿El Vaticano?

El comandante resintió el tono burlón y un gesto amargo se insinuó en su boca mientras el coronel enfatizaba

- Y ahora presionaremos a estos quijotes para que renuncien públicamente a sus ideas y declaren que cayeron bajo su influencia en la privacidad de sus casas.

- Eso sería aceptar que nuestros cadetes...

- Ya no son nuestros y no sería aceptar nada, Ibáñez. Y ahora puede retirarse- ordenó imperativo sin contestarle el saludo cuando se retiró.

* * *

- Se cagan de miedo de un motín de cadetes, corren un montón de voladas. Me da pena por tu hijo, Cándamo, pero también comprendo al coronel- el suboficial Aguirre miró a doña María y doña Fernanda de reojo - Las que más pena me dan son ellas.

- No han pegado pestaña toda la noche. Le echan la culpa al coronel. Si no los hubiera expulsado, ya todo se hubiese olvidado. Te digo, compadre, estamos pasando un infierno, hasta el bizco del boliviano ya no está tan gallo. ¿Crees que Ibáñez nos ayude?

- Lo dudo. Arroyo lo acusa de haber usurpado su autoridad. Me imagino que le has dejado el culo rojo a tu hijo - le dio una mirada de reproche a Esteban que sentado en una banca al costado mantenía silencio, junto con Juan y Gustavo - Yo lo hubiese dejado sin ganas de sentarse por un mes.

- No hables muy fuerte, compadre. No es bueno que escuchen.

- Están lejos. No escuchan. Y no te pongas así, compadre, las cosas siempre se resuelven.

- Claro, para mal - el suboficial Cándamo dijo con amargura.

- Sé que como militar entiendes. Pero es otra cosa que las mujeres entiendan. Pero ¿Qué te pasa? ¿Te sientes bien? Siéntate.

- Gracias - el suboficial sudaba profusamente - Hace calor - Una opresión en el pecho le impidió respirar.

- Estás pálido. ¿Te duele algo?

- Ya estoy mejor, compadre. No es la primera vez- tomó una bocanada de aire y con el pañuelo se secó la frente.

- Es la preocupación. Tú siempre me has gustado Cándamo y por eso te voy a dar un dato que puede servirte - miró alrededor para estar seguro que nadie lo escuchara y de pronto se puso en atención. El mayor entraba a la guardia de prevención. Paseó la vista por el cuarto, ignoró a los suboficiales y a los tres amigos y de frente se acercó a las mujeres, se inclinó ante la señora María y le susurró algo. Al momento ésta se paró visiblemente alterada - A mi Juan sólo podrán entrevistarlo en presencia de un abogado - su voz resonó en toda la guardia.

- Cálmese, señora - el mayor se retiró un par de pasos- Compórtese con discreción y no grite, que no hay sordos aquí - Entonces doña Fernanda hizo eco de la señora María diciendo que su Esteban tampoco entraría solo a ninguna entrevista. No después de lo que les habían hecho. Ya estaba cansada de tanta mentira y tantas promesas falsas.

El mayor dio media vuelta y se

dirigió adonde los suboficiales. Ambos volvieron a cuadrarse y lo saludaron llevando la mano derecha a la sien.

El mayor ordenó descanso. Miró a Cándamo, midiéndolo, y, con la evidente intención de que las mujeres escucharan, le dijo que había tormenta en los círculos superiores, que él estaba tratando de ayudarlos, que ellos preferían no pelear pero, como él mismo había escuchado, las señoras hasta amenazaban con abogado. - ¿Qué dice usted? - le preguntó.

- Ayúdenos, mi mayor - el suboficial se puso en atención nuevamente y el ruido de sus tacones al juntarse resonó seco y conciso.

- Pero si eso estoy tratando y ustedes no me dejan. ¿Cómo puedo hacer algo si ni confían en mí?

- ¿Confiarle como lo hicimos con el comandante? - doña María respondió desde el otro extremo de la habitación.

- Estamos acá porque su hijo se negó a renunciar a sus ideas. ¿Es mucho pedir? - el mayor dio la media vuelta y le clavó los ojos - Tal vez las cosas sean mejor para usted con un abogado, pero no se sorprenda cuando pierda soga y cabra. Como amigo se lo estoy tratando de advertir y, como dicen, guerra avisada no mata gente - ¿Y usted Cándamo, que dice?

¿Entrevistamos a su hijo o es pelea con abogado?

- Entrevístelo- autorizó el suboficial, dándole una mirada rápida a su mujer.

- También tenemos permiso de la embajada para hablar con Gonzales- informó el mayor y dando la media vuelta, miró a la señora María y desafiante le preguntó - ¿Entonces nos veremos en la corte, señora?

Doña María quebró la voz cuando resignada, bajando los ojos y cerrando los puños, dijo en retirada- Que mi Juan vaya también.

- Muchachos, ya han escuchado - el mayor se dirigió a los tres amigos que sentados en una banca mantenían silencio - Vamos, que el coronel nos espera.

Siguiendo al mayor bordearon la estatua del héroe que se levantaba en una isla de pasto verde adornado con una cama de flores que como espejismo surgía en medio de la pista desierta y entraron a la dirección por la puerta giratoria. A ambos lados civiles tecleaban máquinas de escribir y más adentro se abrían unas escaleras imperiales con una alfombra corrediza en el medio; un par de ventiladores movían el aire estancado y cuadros patrióticos de impresionantes marcos vestían las paredes. Al subir se encontraron con un corredor elegante pero austero, con cuadros más pequeños pero de mejor calidad. La puerta de la dirección se abrió dejando ver el óleo de la muerte de Leoncio Prado en el mismo instante que unas balas le atravesaban el pecho y la taza de café volaba por el aire. El coronel se paseaba de un lado a otro, la barbilla adelantada como cortando los primeros vientos de una tormenta.

- Presente, mi coronel- se anunció el mayor acentuando sus palabras con un taconazo.

- ¡Miren lo que han hecho!- el coronel señaló el titular del diario que los tildaba de insurgentes. - No sólo los han embarrado a ustedes, sino también al colegio. ¿Esa es la forma en que pagan la educación que se les ha dado? ¿Los cuidados que han recibido estos tres años? No muerdan como víboras a la institución que tanto ha hecho por ustedes.

- ¿Y ahora nos echa la culpa de lo que usted mismo ha causado? -Esteban replicó insolente -¡Si no nos hubiese expulsado la prensa no hubiera inventado esa mentira!

- Calle malcriado - explotó el coronel - ¡A veces creo que los periódicos tienen razón! - dio unos pasos manteniendo silencio y adoptando luego un tono persuasivo, los trató de convencer - Quiero arreglar esto en buena forma pero me lo están haciendo difícil. Si no quieren malograr sus vidas, mejor renuncien a sus ideas. Acá - señaló unas hojas de papel sobre su escritorio- firmen esto y todo se arreglará. Sólo se afirma que ustedes no recibieron ninguna idea comunista en el colegio - se dirigió a su escritorio, tomó las hojas de papel y se las alcanzó.

- Tampoco las recibimos afuera - Juan rechazó la hoja.

-¿Nos quiere usted hundir por limpiar el nombre del colegio? - Gustavo siguió el ejemplo de Juan y no aceptó la hoja.

- ¿Y usted?

- Esteban no contestó pero tampoco recibió la suya.

- ¡Les va a salir el tiro por la culata! Firmen y todo se arreglará.

- Vamos muchachos- empujó el mayor- ya no hagan sufrir a sus madres- Como dice el coronel, este papel sólo afirma que ustedes no son comunistas.

- No lo somos.

- ¡Entonces firmen!

- ¿Para limpiar al colegio? Yo no firmo nada - Gustavo mantuvo la calma al negarse.

- ¿Y ustedes?

- Tampoco firmamos- respondieron

Juan y Esteban.

- No fuercen mi mano - amenazó el coronel.

- Usted haga lo que deba- Gustavo despedía odio y desafío.

- Esta decisión la llevarán a cuestas el resto de sus vidas.

- Ya llevamos el peso de lo que usted nos hizo- replicó Juan.

- No conteste así al coronel- intervino el mayor.

- ¿Acaso no es verdad? ¿Acaso no estamos metidos en ésta por su culpa?

- Acá no hay nada más que discutir. Si ustedes rechazan nuestra ayuda se tendrán que atener a las consecuencias- le hizo una seña al mayor quien abrió la puerta de la dirección. Entraron unos civiles que con eficiencia burocrática les tomaron las huellas digitales y los fotografiaron. El mayor les dio luego tres expedientes - Son las investigaciones hasta ahora hechas, con reportes de testigos oculares, llamadas por teléfono, resumen del Consejo, todo - dijo sin ver a los muchachos pero acentuando las palabras. Una firma y todo esto será interpretado en otras luces- los tres permanecieron inmutables - Bueno, más no podemos hacer. El Ministerio del Interior investigará imparcialmente los hechos y si los halla culpables una gran marca los seguirá como cola por el resto de sus vidas. Ustedes esperen acá, conmigo- ordenó a Juan y Esteban- pero usted - miró a Gustavo- tendrá que volver al calabozo. Órdenes de su embajada. Lo quieren bajo custodia.

Una renovada furia realzó el estrabismo de Gustavo, los ojos le rotaban en las órbitas como si recién hubiese bajado de una gigantesca montaña rusa - Te sacaremos pronto- Juan alcanzó a decirle mientras se lo llevaban - Iremos a tu embajada, hermano- le dijo Esteban mientras Gustavo con una súplica silente en los ojos era arrastrado por los sobacos, murmurando entre dientes - Me han traicionado de nuevo. Yo no le importo a nadie.

Los soldados arrastrando a Gustavo se adelantaron y al llegar a la guardia de prevención hicieron caso omiso a las miradas aterradas de las madres y del suboficial Cándamo. Ignoraron sus reclamos y se perdieron en el trasfondo. Se escuchó un portazo y un grito, casi un gemido, que salió gutural.

- Éste es un asunto de la embajada boliviana - explicó el suboficial Aguirre cuando tanto el suboficial Cándamo como las madres le suplicaron explicación - Vuestros hijos se irán derecho a sus casitas. No se preocupen señoras.

-¿Está seguro? - musitó doña Fernanda.

- Mírelos - señaló la puerta por donde el mayor, seguidos de Juan y Esteban bordeaban el monumento del héroe del colegio.

Ambas madres y el suboficial se calmaron y la señora María se atrevió a preguntar - ¿No pueden dejar al muchacho boliviano bajo nuestra custodia? Es sólo una criatura.

- Eso, señora, pídaselo a los de arriba, aunque dudo que se lo concedan - contestó el suboficial Aguirre.

Las dos madres corrieron hacia ellos que seguían suplicando al mayor que los dejaran ver a Gustavo. -¿No entienden que la embajada de Bolivia lo tiene incomunicado? No pueden verlo aunque yo les diera permiso- respondió el mayor.

- ¿Y no es posible que los dejen bajo nuestro cuidado? - persistió doña María.

- Imposible. No después de que se han negado a firmar una carta exculpatoria.

- ¿Negado?

- Así es. El coronel se humilló ante ellos y...

- ¿Los quiso admitir de nuevo en el colegio? - la señora Fernanda vibró con esperanza.

- No se puede llegar a tanto.

- Esa sería la única forma de matar cualquier sospecha. Mejor que no hayan firmado. Suficiente con lo que ya nos han engañado - doña Fernanda dijo desilusionada.

Cuando el mayor abandonó la guardia, las dos mujeres soltaron las lágrimas. El suboficial Cándamo las consoló diciéndole que su compadre Aguirre le había dado información importante que los podría ayudar. - Ya les contaré detalles en casa y ustedes - se dirigió a Juan y Esteban - en vez de defender a su amigote, debían de preocuparse en cómo pagar las becas.

- ¿Las becas? - preguntó doña Fernanda.

- Las han anulado. Hay que pagarlas de vuelta y con intereses, tres años enteros.

- Beca es beca. No las deben anular- reclamó doña Fernanda.

- Es el reglamento.

- Tú siempre a favor de tus jefes- respondió ella.

- Yo he echado pluma, compadre, y sin intereses, salen más de doce mil soles por cabeza. ¿Tienes tanta plata?

- Ni la décima parte, Aguirre.

- Ojalá que el dato que te he dado te sirva. En el oído apropiado puede dar oro- el suboficial Aguirre los consoló.

*   *   *

- No es más que un rumor - el suboficial Cándamo estiró las piernas sobre la mesita ante el sillón de la sala de su casa- quizás hasta una mentira que nos hunda más en vez de ayudarnos.

- Déjenos decidir eso por nosotras mismas- replicó la señora María y la señora Fernanda la apoyó- Así es, mejor cuéntanos palabra por palabra lo que te dijo Aguirre.

- Bueno, dice que hace un par de semanas expulsaron a un cadete del quinto año por estar jugando a los dados en plena cuadra.

- ¿A Fernández? - preguntó Esteban.

- ¿Cómo lo sabes? - el suboficial lo miró intrigado.

- Nadie creyó que Arroyo lo expulsaría. Hasta pensé que el parte estaba equivocado cuando lo leí frente al batallón. Pero no, era Fernández, el mismo sobrino de la esposa del presidente de la Junta de Gobierno.

- Pues la nueva es que está de vuelta en el colegio.

- ¿Es lo que te dijo Aguirre?

- Ni más, ni menos.

- ¿O sea que mientras nosotras sufríamos el mismo infierno, estos señores hacían de las suyas? - reclamó la señora María - Con esta información podríamos... dejó que la frase se balanceara y sus ojos chispearon.

- ¡Claro! - doña Fernanda, saltó de la silla y sugirió- Escribamos una carta a la tía de Fernández.

- ¡Qué te pasa mujer! ¿Te has vuelto loca? La tía de Fernández es la primera dama de la nación. ¿Quieres extorsionarla?

- Si ha usado su influencia para ayudar al sobrino, también puede usarla para salvar a nuestros hijos.

- ¿Sabes que la extorsión se paga con cárcel?

- Si tú tienes miedo, la escribimos nosotras- doña Fernanda dijo con firmeza.

- La señora ésta no se atreverá a abrir la boca. Se lo aseguro como mujer que soy- lo tranquilizó la señora María.

- Y así rescataríamos a Gustavo- dijo Esteban.

- ¡Y dale con el boliviano! - rabió el suboficial paseando la estrecha sala mientras los encaraba- ¿Qué creen que estaban haciendo cuando los fotografiaron y les tomaban las huellas digitales? ¿Ah? ¿Qué creen? ¿Que los ponían en sociales?

- ¿Los han fichado?... ¿como guerrilleros? - doña Fernanda aguantó la respiración.

- Dudo que como santos- al verlas llorar les dijo que las lágrimas no arreglaban nada.

- No lloraríamos si tú fueras más hombre- la señora Fernanda lo encaró- Por una vez en tu vida deja de ser un santurrón y sal por lo tuyo.

- ¿Y manchar nuestro nombre?

- Déjate de poses y pórtate como padre, al menos por una vez en tu vida- le respondió su mujer- Prefiero un desagüe que luche por su hijo a un manantial de aguas puras que lo ignore.

- Bueno, mujer, deja de insultar que la señora María no tiene que escuchar tus malcriadeces. Si lo que quieren es extorsionar a la autoridad, entonces eso es lo que haremos. A mí nadie me acusa de no querer a mi hijo. A ver, papel y lápiz.

- Gracias. No te vas a arrepentir.

Fueron incapaces de redactar una carta convincente. Tal vez contratar un abogado sería una buena idea, insistió doña María.

- ¿Abogados? No. Los de arriba meterían a todo el gabinete en el asunto, no aguantaríamos ni el primer asalto, créame señora, de eso no tengo duda alguna.

- Que la escriban ellos - doña María señaló a Juan y Esteban- les servirá de penitencia, que buena falta les hace.

- Cierto. Les enseñará a no ser tan gallitos y a bajar la cabeza de vez en cuando. Además nadie como ellos para explicar lo que sienten y convencer a la primera dama que no están envueltos con los revoltosos- concordó el suboficial.

Quedaron en que esa noche Juan y Esteban la pasarían juntos, en la casa de la señora María, quien prometió no quitarles el ojo de encima, escribiendo una carta que estrujara el corazón de la primera dama con miedo, compasión y justicia al mismo tiempo.

Durante trayecto en taxi Juan y Esteban permanecieron en silencio, apenas contestando con monosílabos las preguntas de la señora María; pero al llegar a su casa Juan se desbordó en un soliloquio en el que expresó la injusticia de que detuvieran a Gustavo, amenazó que ellos armarían lío al día siguiente, ante Arroyo, en la dirección del colegio; y ante la alarma de su madre, demandó que lo dejara llamar a la embajada boliviana.

La señora María, preocupada por la reacción de su hijo y dolida también por el trato injusto que Gustavo sufría, no opuso resistencia. Marcaron el número de la embajada y al pedir que los transfirieran con el cónsul o algún funcionario de autoridad, con respecto al cadete boliviano que estaba detenido en el calabozo de la guardia de prevención del colegio militar, la persona en el auricular se mostró evasiva y al final terminó por notificarles que por teléfono no se podía hacer ningún trámite, que al día siguiente podían acercarse a las premisas y previa compra de papel timbrado presentar por escrito su caso al señor embajador, por canales regulares. La indignación ante semejante respuesta los impulsó a que la señora María se les uniera y llamara a la señora Elvira. La encontró preocupadísima porque ya eran casi las cinco de la tarde y Gustavo no había vuelto todavía de su nuevo colegio. Se sorprendió que no la hubiesen notificado que estaba en el calabozo y le contó lo ocurrido. ¡Pobre Gustavito! No me explico como puede haber gente con hielo en el corazón, replicó indignada, contando que justo esa mañana había llamado a la madre de Gustavo, en La Paz. Me quedé pasmada ante la frialdad con que reaccionó a las nuevas. Me escuchó como si fuera una estatua, sin interrumpir una sóla vez, ni siquiera un sollozo, o un suspiro, señora mía y cuando terminé recién me dijo que cuando el coronel la llamó para notificarle que su hijo se había fugado, ella le contestó que le era imposible viajar a Lima y que Gustavo tendría que confrontar solo las consecuencias de su acto. También me pidió que no me metiera tanto, que para eso es la embajada, y que cuando el coronel le explicó la situación legal de Gustavo, ella lo autorizó para que el colegio se entienda con la embajada. Por supuesto que yo no quiero que el pobre chico se entere de lo que el corazón de piedra de su madre ha dicho. ¡Imagínese al pobre en un calabozo, como un delincuente común y su madre fijándose en legalidades! Aunque su madre me haya desautorizado, ahora mismo contactaré al embajador y demandaré que lo alojen en la embajada, como Gustavito se lo merece y esta noche le llevaré una sopa de pollo caliente, para darle un poco de amor al pobre chico que seguro se muere de miedo.

Cuando colgó el auricular Juan y Esteban preguntaron porque esa misma noche no sacaban a Gustavo del calabozo.

- Su libertad ya está ordenada, pero en la embajada no estaban preparados para dejarlo salir esta misma noche- mintió doña María esperanzada de que doña Elvira tendría éxito en su gestión y de que Gustavo saldría en libertad a la mañana siguiente; pero, a las nueve de la noche, la señora Elvira llamó para quejarse que el embajador se había hecho negar y en la guardia de prevención no le habían permitido ver a su Gustavito y ni siquiera habían querido entregarle la sopa. Está incomunicado, imagínese señora, sólo el personal oficial de la embajada puede verlo. Pobrecito. Aunque ahora me haya ignorado, mañana mismo obligaré al embajador que solucione éste problema, si es necesario yendo a la prensa. Al colgar el auricular, doña María sintió un peso en el pecho. Su hijo y Esteban esperaban su reporte. La verdad les partiría el corazón.

CAPITULO XVII

DUDAS

La señora María forzó una sonrisa cuando les mintió que al día siguiente soltarían a Gustavo.

- ¿De veras, mamá?

- Claro hijito -tragó saliva- ¿Acaso te mentiría? La señora Elvira me ha asegurado que mañana Gustavo estará bien acomodado en la embajada.

- Pero si esos bolivianos ni nos quisieron hablar- le recordó Juan.

- Claro. No conocemos a nadie; pero la señora Elvira es amiga del agregado militar de su país y con vara todo marcha a pedir de boca.

- Por eso nuestros países...

- Déjese de politiquería, joven Esteban. Ya tenemos suficientes problemas. Deben comprender que aunque vuestras ideas son puras, pueden terminar por hacer daño. Mejor dicho ya han hecho bastante daño. Por favor, pongan los pies en tierra, comprometan un poco y como dijo su papá, aprendan a bajar la cabeza y a no ser tan picos largos, que a nada los va a llevar. Y ahora vayan a escribir esa carta, encontrarán lo necesario en el cuarto. A ver si convencen a esa señora para que obligue al coronel a que los reciba de vuelta en el colegio.

¿Volver al colegio? Sería el mismo infierno para mi pobre viejo, pensó Esteban imaginando las burlas y maldades con que sus compañeros lo atormentarían - Yo no quiero regresar a ese colegio - dijo bruscamente.

- ¡¿Cómo que no?! No puede hacer siempre lo que quiera - la señora María meneó la cabeza en disgusto - Debería sacrificarse un poco y dejar de hacer sufrir a sus padres. Recuerde que son sólo dos meses más.

Esteban calló dolido que la señora María trajera a relucir su culpa. Cierto, si él volvía al colegio su mamá recuperaría la ilusión; pero ¿hacerlo pisoteando a su viejo? Él no se quejaría aún de las burlas más crueles, pero el dolor y la angustia y las lágrimas ocultas serían enormes. El mundo estaba al revés. Lo que la señora llamaba arrogante rebelión era en realidad el único camino de amor y compasión que podía ofrecerle en estas circunstancias.

- ¿Y tú?- le preguntó a su hijo.

- Sería un infierno- Juan dijo compungido- y no sólo para nosotros.

- ¿Qué quieres decir?

Esteban le dio una mirada a Juan. Le había leído la mente.

- Sería difícil incluso para el coronel que tendría que bajar cara ante todos los cadetes y tal vez se la agarraría peor con nosotros y nos andaría castigando y...

- ¿Y no se lo merecen? Alguna consecuencia tendrán que pagar - la señora María recién entendió lo difícil que sería para los muchachos y aunque moderó su tono su enojo salió libre - Será vuestra penitencia. ¿Acaso no querían meditar? Allí podrán meditar cuanto quieran...

- Tal vez tengas razón. Debemos pagar las consecuencias.

- Disculpen - la señora María dijo arrepentida - Me he exaltado, no debí decir eso. Como dice el refrán el camino del infierno está sembrado de buenas intenciones. Yo soy la primera en decir que ustedes no merecen lo que les están dando. Al contrario, debían de ponerlos como ejemplo. Pero no podemos abandonarnos al sentimiento. El futuro está en juego. Dos meses se pasan rápido y con no hacer caso lo componen. Pero estamos hablando como si ya los hubieran readmitido y estamos muy lejos de eso. Hay mucho por hacer. Ojalá que Dios los inspire con esa carta - les dijo dándoles las buenas noches.

Ya en el cuarto, Esteban, mirando por una ventana que daba al angosto pasadizo de la quinta en la que la casa quedaba, comentó - Me gustó que tu vieja llamara puras a nuestras ideas, no como mi padre que públicamente se avergonzó de ellas.

- Arroyo lo forzó.

- Pudo quedarse callado o mejor aún decir que estaba orgulloso.

- Tiene que mantener a tu familia, defender su puesto. Mira no más como mi madre se enojó y no había coronel que la forzara. La fuga nos obligó no sólo a nosotros, sino también a todos, incluso al coronel, a escoger camino. Perdónalo.

- Es difícil - Esteban dejó escapar su amargura.

- Si no lo haces martilleas una vez más los clavos de la cruz.

- No somos nosotros los que lo estamos clavando.

- Si no perdonas, sí.

- Entonces con la carta le hundiremos más la lanza, pues como Pedro negamos todo, y ¿por qué? ¿Dime? ¿Por volver al colegio? ¿Traicionarnos por eso? ¿Qué vamos a poner? ¿Que somos angelitos? ¿Salva indios y zampa hostias? ¿Que está bien que las cosas sigan como están? ¿Que la doctrina del amor ya se cumple a pie juntillas? ¿Dime tú si cada línea no será un lanzazo? Lo mejor es no escribirla.

- Mataríamos de pena a nuestros padres. ¿Crees que no yendo al colegio ayudaríamos en algo en la causa del amor? Tal vez nuestros padres nos entiendan mejor que nosotros mismos. Después de todo sólo nos desean una vida feliz.

- ¿Y acaso nosotros también no buscamos la felicidad?

- Pero nos salió el tiro por la culata. Nos fuimos a buscar la luz y terminamos víctimas de la intransigencia. Sembramos amor pero cosechamos discordia. Las cosas son más complicadas de lo que creemos. Hace unos días estábamos seguros que con sólo quererlo la luz del amor alumbraría al mundo, que ante su esplendor todos agacharían la cabeza, pero mira no más el laberinto en que estamos.

- Envidio a Gustavo.

- ¿Prefieres el calabozo?

- Al menos ahí no tienes que encarar a nadie ni tienes que traicionarte de nuevo.

- Más difícil es encararnos a nosotros mismos. Nuestra meta no cambia. La fuga es sólo el comienzo, la primera escena.

- Ojalá que Gustavo pueda ver luz entre tanta injusticia- Esteban se sentó en la cama- Estoy cansado y triste. Nuestros amigos nos han abandonado. Ni siquiera nos han dado una llamada. Ni leprosos que fuéramos.

- Seguro los han castigado.

- Podrían mandarnos un mensaje, darnos una llamada; o aún escaparse por unas horas para vernos y darnos su apoyo. ¿Acaso no se escapan hasta por cigarrillos? Pero yo no sé qué les critico si yo mismo les prometí a mis padres alejarme de ustedes dos. Creí tener el coraje suficiente para no gritar cuando las fieras me devoraran como lo hacían con los mártires pero encuentro que mi valentía se evaporó aún antes de verlas.

- ¿Sabes? - Juan adoptó un tono confesional - Anoche sospeché que durante la fuga realmente estuve ciego y que, en realidad, me he estado mintiendo desde el comienzo, que escogí mi camino suprimiendo mis dudas en vez de resolverlas. Quiero creer que obro por convicción; pero ahora dudo. ¿Cómo sé que no es por temor, vanidad o aún estupidez?

Esteban no estaba solo, Juan también zozobraba. Poniéndole la mano sobre el hombro, consoló a su amigo - Cuando estaba parado sobre la roca comandando al Mantaro, entendí que el reino siempre ha estado en la tierra. En ese instante mis ojos se abrieron y lo vieron en todo su esplendor. Tuve un momento de unidad. Lo que pasó antes, la puerta, la decisión, quizás fueron matizadas de arrogancia, pero las revelaciones del Mantaro fueron claras y honestas. No dudes, Juan. Esos tres días siempre serán luminosos. Al menos yo nunca dudaré de ellos. Para mí la felicidad sería tener siempre el sentimiento, la certidumbre, la luz de ese momento. Si sólo pudiéramos tener los ojos abiertos todo el tiempo, no nos estrellaríamos contra el mundo. A veces, hermano, pienso que no es que el mundo nos malentiende sino que nosotros malentendemos al mundo.

- Lo entendemos bien. Otra cosa es que no lo aceptemos y queramos cambiarlo.

- Si en el balance estuviera sólo yo, no me importaría seguir hasta el final, pero cuando ya arruino la vida de mis padres es diferente, y como tu mamá dice, la determinación puede convertirse en egoísmo. ¿No crees que antes de sacrificar a los demás, debemos primero hacerlo nosotros? Yo no quiero volver al colegio, tampoco quiero escribir la carta. Añoro las aguas del Mantaro.

- Pero ahora el mundo nos pide

definición- Juan señaló con los ojos el manojo de papeles de carta que esperaban en la mesa de noche.

- Si quisiéramos mantener el fuego no deberíamos ni considerar escribirla, pero al final quizás mi padre tenga razón y se tengan que aceptar las cosas como son. Tal vez al escribirla estemos dando al César lo que es del César- respondió Esteban.

- O negándole a Dios lo que es de Dios.

- Sé que es inmoral escribirla pero no tengo el derecho de condenar a los demás. No puedo abandonar a los que amo. La verdad es que yo no puedo tomar una decisión. ¿Por qué no lo dejamos a la suerte?

- Cara para escribirla, sello para no- dijo Juan tirando al aire una moneda que se elevó dando volteretas.

Salió cara.

Resumieron sus ideas y al escribirla destacaron el doble estándar del coronel en el caso Fernández. Terminaron casi a la luz del alba. Al meterla en el sobre Esteban dijo:

- Tu mamá tiene razón. En la vida se tiene que comprometer.

* * *

De vez en cuando esbozaba una sonrisa al leer - Está bien escrita, una madre desesperada apelando a otra madre y a su sentido de justicia. Mueve a compasión y despierta indignación al mismo tiempo; hay tacto con lo del sobrino, no la acorrala. Me gusta. La llevaré personalmente - dijo al terminar.

- Así no más no dejan entrar al palacio, mamá. Mejor la mandas por correo.

- Entonces nunca la leerá. Ya veré la forma de dársela en sus propias manos- volteó la cabeza hacía la escalera. Era el empleado con los tres periódicos que esa mañana encargó comprar. Se los pidió apurada. Revisó y descartó los dos primeros pero ante la primera página del tercero se puso lívida, pasó el bolo que tenía en la boca y esparció el diario sobre la mesa.

- ¡Dios mío! ¡Los han sacado de nuevo!

Sus fotos a medio cuerpo, en el uniforme de gala del colegio, estaban en primera plana, junto a la del coronel que sujetaba un papel en ambas manos. Le pidió a Juan que leyera, que a ella le temblaba el alma. Arroyo declaraba que en la carta que los cadetes le dejaron y que tenía en las manos, nunca se mencionaba guerrillas o comunismo y que más bien eran un mejunje de frases emocionales de alto contenido religioso. Por la excepcional naturaleza del caso había puesto ojos ciegos al reglamento y les había ofrecido quedarse en la institución; pero que ellos habían decidido dejar la vida militar por ser incompatible con la vida religiosa, aunque en su opinión tal divergencia no existía porque ambas tenían como meta servir a Dios y a la patria. No le había quedado otra alternativa que separar a los muchachos del colegio, pero nunca se los había expulsado. Se había hecho lo que ellos habían pedido.

- ¡Viejo mentiroso! - explotó doña María.

- Es una media verdad, mamá. Ofreció no expulsarnos a cambio de renunciar nuestras ideas.

- ¿Y?

- No había nada que renunciar.

- No puedo creer lo que dices - doña María cerró los ojos- ¿Pero qué les costaba...? - Al ver la cara que tanto Juan como Esteban le pusieron se arrepintió de su ligereza. - Sigue leyendo- pidió y Juan prosiguió la lectura -"La irresponsabilidad de uno de los diarios limeños, que los acusa, contra toda prueba, de bajo contenido moral y de haberse fugado para ir a las guerrillas de Satipo, obligó a que el colegio civil que había aceptado a los muchachos, los separara".

- Al tratar de limpiar el nombre del colegio, también los está limpiando a ustedes - comentó doña María esperanzada y sugirió llamar a los Cándamo para discutir el artículo. El suboficial también era de la opinión que el coronel defendía a los cadetes porque era lo mejor para el colegio. Se está ablandando y quién sabe, señora, para callarle la boca a la prensa tal vez acepte a nuestros hijos de nuevo, le había dicho y quedaron que ellos vendrían a verla lo antes posible.

En eso tocaron el timbre. Un hombre de voz profunda se presentó como reportero de uno de los diarios de la ciudad. Pedía una entrevista. Distinguido y carismático, hablaba con una naturalidad que vencía dudas. - Mi diario quiere remediar la maldad perpetrada contra los muchachos y rectificar la falsa impresión que el pasquín opositor ha causado en los lectores- dijo.

Lo hicieron pasar y tomaron un café mientras esperaban al suboficial y a su mujer. Éste, inicialmente, se negó a que Esteban diera la entrevista pero aceptó ante la presión que doña Fernanda y doña María le aplicaron -

Les aseguro que sólo quiero aclarar la imagen de los muchachos que, como ustedes bien imaginan, está por el suelo. No se arrepentirán- dijo el reportero, añadiendo que sería conveniente que él hablara sólo con los cadetes. - Bajo ningún punto de vista, no después de todo lo que ha sucedido- doña María y doña Fernanda protestaron. El reportero aceptó y Juan y Esteban toleraron la curiosidad profesional con que los trató. Preguntó mil y una cosas, anotó una que otra en su libreta y los estimuló para que fueran sinceros. - Pero muchachos, todo el mundo sabe que el área de Satipo está infestada de guerrilleros. ¿No leen los periódicos? ¿No escuchan la radio? ¿Quién les va a creer? - A sus negativas el periodista levantaba las manos en un gesto de impotencia y con ironía repetía en estribillo - En este país se puede ser de todo, pero nunca comunista; es imperdonable. Claro, yo sé que ustedes no lo son, pero los acusan. No se preocupen, yo haré lo posible por borrar esa mancha de vuestros nombres. También tomó declaraciones de doña María; quién pidió que readmitieran a los tres muchachos al colegio por ser de justicia. El periodista le aseguró que ese sería el tenor del artículo. El suboficial se limitó a declarar que a su hijo siempre se le había inculcado el amor a la patria y el respeto a las fuerzas armadas y que era una canallada que se lo acusara de subversivo.

Esperanzados con las promesas del reportero, tanto doña María como los Cándamo estuvieron de acuerdo en no usar la carta todavía.

Daba las once de la mañana cuando Juan insistió de nuevo en que su madre llamara a la embajada para averiguar sobre Gustavo. Presintiendo lo peor doña María llamó primero a la señora Elvira.

- Los de la embajada ni quisieron escucharme, señora, se quejó la señora Elvira, y el coronel no accedió a soltarlo bajo mi custodia. Parece que en Bolivia el papá de Gustavo está fichado por comunista.

- ¿Comunista? - repitió doña María.

El suboficial arqueó las cejas y doña María exclamó - ¿Pero eso que tiene que ver? Nuestros hijos no lo son. - Yo sabía - dijo doña Elvira- que era un periodista difícil de carácter, medio agitador, siempre en contra de los curas, que abandonó a su mujer cuando Gustavo era niño; pero me cae de sorpresa que digan que es comunista. Y lo peor que Gustavito todavía está en el calabozo- dijo antes de colgar.

-¡Nunca me gustó ese virolo! - explotó el suboficial cuando doña María les explicó lo que la señora Elvira había dicho.

-¡Es una calumnia! Gustavo no es comunista - lo defendió Esteban.

- Pero su padre sí. Mira cómo te han engañado, hijito- doña Fernanda lo miró con cara de fin de mundo.

- Si esto es verdad- dijo doña Fernanda -será mejor que le pidan disculpas al coronel y....

- Disculpas, no- cortó el suboficial, sorprendiendo a las dos mujeres - Eso sería aceptar. Ahora sí que nuestra última esperanza es la carta.

- ¿Crees que Gustavo nos engañó? - preguntó Esteban cuando estuvo a solas con Juan.

- Gustavo es inocente. Lo de Satipo lo sugirió el hermano Cáceres. Fue coincidencia que ahí se anden ocultando las guerrillas.

Esa noche Esteban tuvo que escuchar un sermón de sus padres. Rezó para que tanto martirio cesara y sospechando que lo tendrían castigado y no lo dejarían ver a Juan, planeó cómo encontrarse con él al día siguiente; pero sus preocupaciones fueron innecesarias ya que a primera hora Juan fue a su casa y le enseñó el diario que traía consigo - Nos han cagado de nuevo. Nunca más volveré a dar una entrevista a un periódico. Ese reportero ha distorsionado nuestras declaraciones. Le enseñó el periódico. Esteban leyó:

Cadetes acusados injustamente de Querer unirse a las guerrillas. Solo deseaban salvar indios

- Nos tilda de aprendices de curas - dijo al terminar de leer el artículo.

- Imagínate, nosotros de curas.

- Al menos hace claro que no somos comunistas. Le dará más peso a la carta.

- ¿Crees que la debemos entregar?

- Ahora es nuestra única esperanza.

* * *

Gustavo se declaró en huelga de hambre. - No creo que le caiga mal unos días de ayuno - le dijo el capitán de guardia- porque eso es lo que le tomará a su embajada arreglar el papeleo para que lo despachen a su país, fichado como un "rabanito" comunista. No se haga el inocente que usted embaucó a los otros dos simplones. Usted sabía todo.

- ¿Qué es lo que yo sabía? ¡Dígame! ¿Qué? - Gustavo perdió las cabales sospechando que para salvar el pellejo sus amigos lo habían calumniado.

- ¡Lo de Satipo, lo de los comunistas, lo de su padre; vamos, Gonzales, su embajada ya nos contó todo!

Trató de refutar las acusaciones, pero el capitán lo cortó - A mí no me diga nada. Al que tendrá que explicarle es al coronel.

Gustavo se mordió el labio y empuñó las manos. El mundo oscurecía. Se tiró en la litera. ¿Qué podía saber su embajada si él ni siquiera la había pisado desde que estaba en Lima? ¿Y qué quiso decir el capitán con lo de su padre? Aunque consideró probable que Juan y Esteban estuvieran prisioneros dentro sus propias casas, los acusó de haberlo abandonado a su suerte. - No hay amigos - murmuró dolido de que ellos no hubieran protestado por su libertad como se lo habían prometido días antes. ¿Acaso no era éste el momento para que probaran la hermandad universal? ¿De que se ofrecieran como corderos en sacrificio por el amigo sufriente? ¿El instante de entregarse?

Una frialdad descendió sobre su alma y se sintió traicionado. Su madre no le daba consuelo. Era una mujer que se había pasado la vida destruyendo todo lo que tenía al frente, ahuyentando a los que trataban de amarla, ofreciéndose como víctima al altar de la autocompasión. Y su padre lo había olvidado. Entre dientes repitió la frase de Tamayo sobre la esperanza, pero en vez de encontrar solaz la halló hueca e insípida, como hueca e insípida se le antojaba la relación que tenía con sus dos amigos. ¿Por qué lo atrajeron? ¿Acaso no fue porque vio en ellos la visión de su abuelita? ¿Todo amor y todo comprensión, todo sonrisa de ángel y pureza de alelí? ¿Cuánto se podía equivocar? Imbécil. Había querido arrancarse los ojos para no ver la verdad. Era culpable de olvidar su cuerpo y negar su propia fuerza para perseguir ideales que entronaban a los débiles y desposeídos. Pero ya no más. No más hipocresías. La tierra misma se agitaba poderosa en sus entrañas y las pasiones que había tratado de conquistar reinaban supremas. El amor no existía. Todo era conveniencia. Todo interés. Todo barro y arcilla.

Y pasó la noche entre sueños intranquilos y pensamientos amargos hasta que el alba anunció el nuevo día.

- ¡Alístese, Gonzales, que el coronel lo espera!- El sargento lo miró por la ventanilla.

- ¡Yo no salgo de aquí! -Gustavo escupió en el suelo y sólo cuando lo amenazaron llevarlo a las malas, aceptó ir. No le dieron ni desayuno ni tiempo para asearse. Arrastraba los pies al caminar. La imagen del cura camino a Concepción se le vino en mente, cuando le había contestado que estaba buscando el Reino de los Cielos; pero en vez de superación y luz había encontrado humillación y odio. Si le hubieran pegado en una mejilla, en vez de mostrar la otra ahora hubiera contestado pegando de vuelta en las dos de su oponente. ¿Por qué se había tratado de convencer a sí mismo de la superioridad de los débiles, del poder de los pacíficos, de la gloria de los puros? ¿Acaso no veía que lo que contaba era la fuerza del poder y el resplandor del oro? Dos mil años de esfuerzos se habían ido al tacho de basura porque el amor nunca había podido conquistar al salvaje que mora en el hombre. Sólo el temor podía dominarlo y obligarlo, a punta de fusil, a que si no podía amar, al menos no explotara a su semejante. He estado equivocado. Mi fuga debió terminar en Satipo, en medio de las guerrillas, luchando contra los hipócritas; sin disculpa alguna- se dijo a sí mismo.

Mantuvo los hombros caídos y las manos en posición de descanso delante del coronel y cuando éste lo acusó de que su padre pertenecía al Partido Comunista Boliviano, y "que de acuerdo a las autoridades de su país, es un agitador", en vez de avergonzarse sintió orgullo de que su padre luchara por derribar las estructuras fariseas contra las que él ahora estaba peleando. Pero de allí a que dijeran que él también era un comunista y que había engatusado a Juan y Esteban a que se le unieran para servir en las guerrillas, era otra cosa. Al revés. Contra su mejor criterio había creído los apasionados argumentos de sus amigos y hasta estuvo dispuesto a tenderse en la cruz y creer en la redención del amor.

En ese momento Gustavo escogió el camino fundado en la solidez de los fusiles y no en las sutilezas del espíritu. Él también se haría comunista. Como su padre. No cambiaría de idea pero si de medio. En vez del amor, escogería la fuerza y en vez de la caridad, la justicia. Se sintió grande, épico, vagando por el Mantaro con un fusil atravesado en la espalda y en un momento en que el coronel levantó los ojos y lo miró altivo, imaginó que un pelotón bajo su comando acribillaba su cuerpo rechoncho que, ensangrentado, se desplomaba a sus pies.

- ¡¿De qué se ríe?! ¡Su insolencia le va a complicar las cosas!- reclamó el coronel.

-¡Que me las complique!- desafió Gustavo.

- Mañana mismo lo trasladaremos al Ministerio de Asuntos Interiores. Nosotros no podemos asumir la responsabilidad de tenerlo- le notificó Arroyo asombrado por la insolencia que Gustavo mostraba.

De vuelta en el calabozo las piernas le flaquearon y Gustavo juró que algún día se vengaría del coronel.

* * *

Bajo las pocas estrellas de esa noche despejada Pepe, Antonio, Enrique y Raúl conversaban echados en el campo de fútbol, formando un cuadrilátero, con los muslos sirviendo de almohadas. Incomunicados y ya con dos semanas sin salida, prohibidos específicamente de usar el teléfono, estaban perdidos en el mar de rumores que tenían a sus amigos desde estar estudiando en un colegio de curas hasta pudriéndose en la cárcel.

Pepe sacó un cigarrillo del pliegue de su cristina, lo prendió y le preguntó a Enrique Lozano si alguna vez Gustavo le había confiado que su padre era comunista.

- Tal vez su padre lo sea, pero "sesos de serpiente" ni por broma- replicó Lozano- Además que diablos. ¿Acaso el cristianismo no es más que un comunismo por amor?

- No digas huevadas- saltó Raúl.

- Pero es verdad. En un caso te quitas los calzones para dárselos al prójimo por amor y en el otro porque algunos conchesumadres te amenazan con volarte los sesos.

- Déjense de cojudeces y volvamos al grano- demandó Pepe- ¿Qué hay de Gustavo?

- Su misma madre le tiene tanta pica que ni quiso venir a sacarlo del calabozo - Raúl pidió el cigarrillo- Él no me importa tanto pero quisiera explicarles a Juan y Esteban lo de las cartas. Esta misma noche tiraré contra.

- ¿Te escaparás? ¿Y si te agarran?

- Me agarran- Raúl se encogió de hombros.

- Yo trataré de ver a Gustavo. Él también debe saber que no lo hemos olvidado- dijo Enrique.

*   *   *

Esa noche Raúl recapacitó. Explicarles lo de las cartas no resolvería nada, por lo que no valía la pena escaparse. Pero al caer dormido soñó que unos cadetes forzaban a sus amigos dentro de unos féretros negros y con sogas los bajaban en unas fosas profundas. Las paladas de tierra resonaban en la madera como golpes de muerte. El coronel Arroyo lo acusaba apuntando con el índice: "¡Iriarte, usted es un asesino, un asesino!" y él suplicaba, "¡No los entierren, ¿no ven que están vivos?!" Su desesperación ya llegaba a las lágrimas cuando las cartas volaron desde su bolsillo hasta las manos de su padre, y, sus amigos, como explosiones de luz, emergieron de los ataúdes. Despertó falto de aire y con el corazón martillando y decidió que tenía que hablar con sus amigos, resolviera o no las cosas.

Salió de la cuadra. La noche estaba clara. Bordeando los muros llegó a los malacates y se encaramó sobre el techo. Miró alrededor. Todo estaba quieto, el chirriar de los grillos y el zumbar de los carros que se deslizaban por la avenida La Paz rompían el silencio. Miró a ambos lados de la sierpe de asfalto que se internaba en los descampados y apenas apareció un trecho libre de carros, saltó. Cayó de pies, pero de inmediato se echó panza al suelo y reptó unos cuantos metros como si estuviera en campaña, hasta que las sombras lo protegieron. Entonces se levantó, corrió hasta el paradero de los colectivos y tomó uno a San Miguel. Fue de frente a la bodega donde los compraban cigarrillos.

- ¿Cuántos paquetes quieres? - le preguntó el dependiente.

- Uno. Pero primero quiero hacer una llamada.

- ¿A tu hembrita? Que sea rápida. Estamos por cerrar.

Contestó doña María. - Disculpe la hora, señora, tal vez no se acuerda de mí- dudó Raúl, contento de que en vez de gritos y lloraderas le contestara con calma. Explicó que el coronel los tenía consignados y le pidió que le permitiera hablar con Juan. - ¿Pero por qué no, señora? Sólo un minuto no más-, pero doña María se negó rotundamente.

- ¿Al menos puede darle un mensaje? Dígale que estamos pensando en ellos, que no los hemos abandonado y que el pobre Gustavo sigue en el calabozo- hablaba nervioso, chequeando de reojo por suboficiales, pasándose la mano sobre el pelo rebelde-. No se olvide de mencionarle mi nombre. Me he escapado del colegio para hacer esta llamada- confió antes de colgar.

Salió de la bodega y paseó por el malecón. El mar lamía la playa rocosa y la noche sin luna lo asemejaba a una manta negra y quejumbrosa. Al volver al colegio la noche se tornó neblinosa y la humedad se condensaba en su piel. El mar, agitado, se estrellaba contra el acantilado en lo que le pareció un lamento de profunda tristeza. Encontró a sus compañeros con las caras largas. El coronel tenía a Gustavo incomunicado y amenazaba con severos castigos al que desobedeciera su mandato. Tuvo la seguridad que la mamá de Juan no le daría el mensaje. Sus amigos lo creerían un traidor.

CAPITULO XVIII

PAQUETITOS IGUALES

Soldados de uniforme azul y rojo, con una melena de cola de caballo colgando de sus cascos metálicos, protegían la puerta principal del Palacio de Gobierno, cuyos barrotes negros rematados en puntiagudas lancetas doradas le daban un aire de prisión - Parece una cárcel lujosa- murmuró doña María para sí palpando la carta, consciente que no tenía margen para error alguno. Se preguntó dónde dentro de ese colmenar de paredes de piedra blanca y elegancia de otro siglo estaría la primera dama. El agua de la pileta al costado suyo le salpicó la cara; se secó con el pañuelo, se arregló el pelo con la mano, miró hacia la catedral y se persignó pidiendo ayuda. Las piernas le flaquearon cuando se levantó.

Era media mañana y el sol apretaba cuando cruzó la Plaza de Armas. Al llegar a la puerta principal ignoró a los soldados inmóviles a ambos costados e intentó franquearla.

- Por aquí no pasa nadie - uno de los soldados la bloqueó.

- Tengo un mensaje importante para la primera dama.

- Ésta no es entrada de civiles.

- Mi recado es muy importante - lo empujó con determinación y cruzó el umbral.

- ¡Retroceda o la arresto! - el soldado le puso el fusil sobre el pecho y ordenó a un segundo vigía que llamara al sargento de guardia.

La frialdad metálica del rifle en la quijada hizo saltar su corazón. Le rezó a su marido y cerró los ojos esperando lo peor.

- Mejor se retira sin causar problemas - abrió los ojos ante la voz áspera del sargento. Le sostuvo la mirada y determinada le dijo - Tengo un recado muy...

- Ya se le ha informado que nadie pasa por aquí - la interrumpió.

- Entonces no se sorprenda cuando los periódicos la publiquen y se arme la grande. Este es un pez muy gordo. Puede evitar todo dejando que yo misma ponga esta carta en manos de la primera dama-. El sargento la midió con la vista, dio la media vuelta, ordenó al soldado que la mantuviera en cheque y se alejó hasta perderse en el amplio patio de piedra.

Volvió con otro militar. Bien

plantado. El pelo canoso se asomaba a ambos lados del quepis. Desprendía un olor leve a lavanda. La señora María le contó los galones. Eran cuatro.

- ¿En qué la puedo servir? - preguntó el mayor.

- ¿Puede primero ordenar que retiren el arma de mi pecho?

A una seña del mayor el soldado obedeció y volvió a su puesto.

- Gracias. Tengo una carta importante para la primera dama.

- Mándela por correo- contestó el mayor.

- Cientos la inundarán cada día y es muy importante que ésta la lea ella misma. Tengo que entregársela en sus propias manos.

- Nada que no sea correo diplomático pasa por aquí.

- Es muy importante...

- Lo siento. Yo no hago las reglas. Sólo las cumplo.

- Entonces la tendrá que leer en los periódicos.

- ¿Sabe lo que está usted diciendo? - el mayor le fijó la mirada.

- Lo que estoy diciendo es que por ahora este asunto se puede resolver fácilmente. Sólo tiene que dejarme entregar esta carta en sus mismas manos. Si no, créame, a la primera dama no le gustará la que se va a armar cuando ciertos hechos se hagan públicos - dijo jugándose el todo por el todo.

El mayor la examinó: Sus ojos castaños denotaban determinación y su cara ovalada y de belleza extranjera era convincente. Creíble. Podía ser problema.

- ¿Ciertos hechos? - preguntó con un dejo de amenaza.

- Trato de evitar un escándalo; es decir, si usted me deja; porque si no, en honor a la verdad tendré que declarar que fue usted el que me bloqueó el acceso. Y no creo que le vaya a gustar enfrentar la ira de la primera dama.

- La que se puede arrepentir, y mucho, es usted. Intento de extorsión se paga caro. Cárcel, señora, y por largo tiempo, por si no lo sabe.

- Si me arresta he dejado instrucciones de entregar la carta a los periódicos. ¿Entiende?

- No creo que usted entiende lo que le acabo de decir...

- El que no entiende es usted. Al menos consulte con sus superiores.

- Démela - le señaló unas bancas en la guardia de prevención - Espere allí.

La señora María lo vio perderse en una de las magníficas puertas del palacio. Rezó en silencio a su José, que la ayudara. El miedo de que todo terminara en desastre le quitaba el aire.

Su ansiedad aumentó cuando lo vio volver con cara de pocos amigos. El gobierno no aceptaba amenazas de nadie, le dijo severo - Mis superiores han decomisado su carta, evidencia de su intento de extorsión. Por ser mujer le están dando la oportunidad de irse como si nada. Pero si abre la boca, se la verá con la policía.

La señora María tambaleó al levantarse y el mayor la sostuvo del codo.

Ella llorosa se humilló - Ayúdeme, por favor. Tiene que ver esa carta.

- Me es imposible, señora- el mayor suavizó la voz.

El edificio convertido en un monstruo lóbrego y amenazante la engulló en sus entrañas.

- Váyase y olvide lo que ha pasado acá - el mayor la ayudó hasta la calle.

Lo miró con amargura - Nos veremos pronto- murmuró para sí y se alejó del Palacio. La batalla estaba perdida. Tomó un taxi y durante el trayecto la ciudad pasó borrosa entre sus lágrimas.

-¡Nosotros también tenemos derechos! ¡Debemos contratar un

abogado! - doña Fernanda explotó al enterarse.

- Fue una salida muy riesgosa el amenazar divulgarla por la prensa. Tiene suerte de estar aquí - comentó el suboficial Cándamo.

- Los políticos odian la prensa- rabió doña Fernanda - Seguro ya tenemos sombras siguiéndonos. Hay que actuar rápido.

- ¿Qué quieres hacer mujer?

- Lo que tenemos que hacer. Buscar a ese Reátegui y que saque la carta en su periódico. Hay que denunciar a esta camada de ratas.

- ¿Reátegui?

- El mismo que escribió el primer reporte que los tildaba de misioneros.

- ¿Envolvernos con ese señor de nuevo?- se quejó la señora María - ¿Acaso se les puede confiar algo?

- A estas alturas no me importa meterme con el mismo diablo, si es que eso nos ayuda - replicó la señora Fernanda - Ese hombre hará lo que nosotros queramos porque redunda también en su interés.

Decidieron que el suboficial Cándamo fuera al colegio de inmediato, agarrara a Reátegui, del cogote si fuera necesario, y le sacara el teléfono de su tío.

El suboficial encontró al cadete Reátegui disfrutando de su recreo y sin darle mayor explicación lo llevó a la privacidad de su oficina, donde éste reclamó su inocencia; juró que él no había abierto la boca para delatar a sus amigos y que sólo Dios sabía de dónde su tío se había enterado de todo.

- Nadie lo culpa, cadete. Es más, queremos darle a su tío otra noticia de primera plana. ¿Puede darme su teléfono?

- Más bien si quiere lo contacto para que él los llame si está interesado-. El suboficial le dio el teléfono de la señora María.

El periodista arregló una cita para ese mismo día.

Era un hombre cincuentón, con una calva incipiente y canas plateándole las sienes. Vestía con elegancia y no dejaba de fumar cuando, en la sala de doña María, el suboficial le explicó lo sucedido. Cuando le pidieron que publicara la carta que forzaba la mano de la primera dama, se paró, cruzó las manos detrás la espalda, tosió y mirando a la señora María le dijo: - Tuvo suerte que no la metieran adentro, señora. Publicarla es ponerse la soga al cuello. Primero que, si no lo tienen ya, tendremos por encima al servicio de inteligencia y de allí nadie puede garantizar lo que pase. Aunque yo lo quisiera, que aclaro, no quiero, mis jefes nunca lo permitirían pues en el mejor de los casos nos cerrarían el periódico... Más fácil es buscar otro colegio.

- Tendría que ser en otro país, pues acá nadie los quiere recibir. ¿No conoce usted gente en palacio? - la señora María lo miró con desafío.

- Por supuesto. Un montón. Es una de las áreas que cubro - alardeó - y por eso mismo, para ser honesto, tengo que cuidar no solo su retaguardia sino también la mía. Usted no sabe cómo son las cosas arriba. ¿Piensa usted que la primera dama se va ablandar al leerla? ¿Que va a mover cielo y tierra para corregir, como diría Cervantes, este entuerto? No, señora. Lo primero que hará es poner el grito en el cielo y su marido, que le recuerdo es el presidente, actuará de inmediato. Créame, esa carta es dinamita. No quiere que explote en sus manos.

- ¡La leerá!- afirmó doña María resuelta.

- Yo me lavo las manos. Nunca he escuchado de ustedes, ni los conozco ¿De acuerdo?

- Pero yo sí a usted. Y le aseguro que no me importa repetir delante de otros todo lo que aquí he escuchado- amenazó la señora María.

- No se ponga así, señora. No es que yo no entienda la injusticia cometida ni me compadezca de su dolor. Acuérdese que yo no los acusé de comunistas. Dije que se iban a salvar a los indios. ¿No es cierto, muchachos? - volteó a mirar a Juan y Esteban - Solamente la trato de proteger, y también, no lo niego, protegerme. Pero si están tan empecinados de que la lean arriba, hay una forma.

- Diga usted.

- Armar barullo, pero tiene sus riesgos.

- ¿Armar barullo? ¿Con cuatro pelagatos?

- Hablo de una manifestación, señora, una manifestación de unas cincuenta personas, fuera de ustedes. ¿Entiende? En la misma puerta de Palacio.

- ¿Cincuenta personas? ¿De dónde las sacaríamos? - el suboficial preguntó irónico.

- Hay organizadores. No sólo ponen la gente sino también las pancartas. Son muy disciplinados. Si quiere les doy el nombre de uno de ellos y su número de teléfono. Díganle que soy yo el que los manda. No cuesta mucho.

- Aunque sean todos nuestros ahorros - dijo doña María.

- Les repito, tiene su peligro, pero no hay otra opción.

*   *   *

Los mercenarios repetían consignas y armaban escándalo a las puertas del palacio. Transeúntes curiosos se arremolinaban bloqueando el tráfico. El mayor mandó al sargento de guardia a que demandara el permiso de manifestación y la señora María contestó, como le habían instruido los organizadores, que lo que estaban haciendo era un reclamo y no una manifestación y para reclamos nadie necesitaba permisos.

El militar no quiso discutir y le preguntó a boca de jarro - ¿Es sobre la carta que trajo usted hace un par de días?

- Exacto. Y si no se me recibe dentro media hora, como ya le dije a su mayor, los periódicos tendrán una copia y ustedes sufrirán las consecuencias de haberme negado el paso.

Al poco tiempo apareció el mayor que la había recibido días antes y la invitó a discutir el asunto en un lugar más privado.

- No hay nada que discutir. Como ya le dije, dele la carta que me confiscó a la primera dama y prometo que aceptaré la decisión que ella tome.

- No me obligue a llamar a la policía- el mayor le dijo con dureza.

- Llámela- ella lo desafió -Créame que no pasarán ni diez minutos y mi esposo entregará una copia a la prensa.

- ¿Su esposo? ¿No cree que él debería estar acá en vez de escudarse en sus faldas?

- Agradezca que le supliqué que no viniese porque si no ya le hubiera roto los dientes- doña María pidió perdón a su difunto José por usar su memoria de esa forma.

- No crea que esta chusma va a cambiar las cosas. Reconozco varias caras. Son regulares. Este truco ya nos es bien conocido.

- La chusma no cambiará nada pero la prensa sí. Se arrepentirá usted cuando el escándalo reviente.

- Si la primera dama le niega acceso, me promete que...

- Si me da prueba de que la decisión es de ella, le prometo lo que quiera- un destello de esperanza iluminó su cara.

El mayor le pidió que esperara y, después de un tiempo, volvió y le informó que la esposa del presidente accedía a darle una entrevista siempre y cuando la manifestación se disolviera de inmediato. Le dijo que tenía muy buena suerte, que las cosas generalmente nunca sucedían así.

* * *

Muebles de caoba y techo labrado en estuco y pintado de oro adornaban la sala donde el mayor la dejó esperando después de escoltarla adentro del palacio. La mullida alfombra roja absorbía el ruido de sus tacones y dos espejos en las paredes opuestas, enmarcados en pan de oro, le devolvían su imagen una y otra vez. Temía que la hubieran aislado sólo para arrestarla. A los minutos el mayor volvió con otro militar, también con canas en las sienes, chaqueta entallada de lino blanco en la que brillaban botones dorados. Sin dar su título la interrogó. La dejaron sola de nuevo, casi por una hora. El temor de que la primera dama reaccionara violentamente le causó desasosiego, al punto que se arrepintió no haber escuchado las razones del suboficial Cándamo.

Cuando la vio entrar acompañada de otro oficial que ella asumió debía ser un edecán, su corazón le martilló el pecho. Era una cincuentona bien plantada y de sonrisa amigable. La mujer le tendió la mano, mostrándose amable y la señora María, después de un momento de duda, le extendió la suya obligándose a la mejor sonrisa que en esas circunstancias le pudo salir. Luego la primera dama la invitó a pasar a un despacho recubierto con planchones de caoba rojiza y brillante. Olía a aceites finos. Una foto de medio cuerpo del presidente en su uniforme de general, con una banda roja y blanca cruzándole el pecho, dominaba la habitación. La primera dama se sentó en una silla de espaldar ancho, labrada en cuero repujado, adornada con un escudo peruano trabajado en madera, y luego le ofreció asiento. La señora María, apenas se sentó, fijó la vista en un crucifijo de marfil que adornaba el escritorio.

- Es una reliquia de la colonia- comentó la primera dama al notar su interés.

- Ojalá que su luz nos guíe- dijo doña María persignándose.

La dignataria le sonrió - He leído su carta- la sacó de una gaveta y le dio una mirada- Realmente es una injusticia lo que se ha hecho con estos cadetes. Imagínese, expulsarlos por querer servir a Dios y salvar a nuestros indios. Eso de guerrilleros es un invento de los diarios que, créame, no respetan a nadie y con tal de dañar al gobierno sacan mentiras de donde sea. Claro que me identifico con lo que usted dice sobre ese cadete que fue readmitido al colegio después de ser expulsado por jugar dados en las cuadras. Pero no sabemos si su expulsión fue, para comenzar, justa. Tal vez influyó la calumnia de algún envidioso. Lo mismo que les está pasando a sus muchachos. Evidentemente se ha cometido una injusticia que puede y tiene que ser remediada. Me alegra mucho que usted haya venido a mí, aunque entiendo que no le fue fácil. Si pudiera, créame que andaría por las calles escuchando lo que la gente pide, pero eso está fuera de mi control; usted comprende, razones de seguridad. ¿Sabía usted que ese cadete al que acusaron de jugar a los dados viene a ser un pariente mío?

Doña María negó con la cabeza.

- Me lo imaginaba. Seguro los de la oposición quieren usar este incidente para avergonzar al gobierno y a nuestras gloriosas fuerzas armadas. Pero Dios es sabio y ha permitido que usted haya llegado aquí a demandar la justicia que este gobierno no le niega a nadie. Deme dos días para hablar con el coronel, estoy segura que hallará una solución una vez que tenga todos los hechos en mano.

Doña María intentó besarle las manos, pero ella se las retiró - No lo haga, por favor. Sepa usted, señora, que estoy obrando por justicia. Le recuerdo que todo depende del coronel. Muestre esta tarjetita en la guardia - le extendió una- y la próxima vez la dejarán pasar de inmediato.

Nunca el sol le pareció tan benéfico ni el día tan esplendoroso como cuando abandonó la elegancia del palacio. Las caras de doña Fernanda, el suboficial, Juan y Esteban primero ansiosas, pegadas a las negras barras de metal de la cerca, se tornaron radiantes al verla salir con la sonrisa de un día súbitamente aclarado por el sol.

- Todo fue a pedir de boca- les dijo mientras les contaba los detalles. Tomaron un taxi y ni siquiera la cacofonía de las bocinas ni las humaredas de los carros la molestaron. Ya en casa, con bullente entusiasmo narró la entrevista otra vez y desparramó alabanzas sobre la esposa del presidente.

A los dos días, cuando volvió al palacio, la primera dama le dijo- El coronel está de acuerdo con que la mejor forma de acallar las maquinaciones de la prensa enemiga es readmitir a los cadetes; después de todo, al acusar a los muchachos lo hacen también a las Fuerzas Armadas y por ende al gobierno. Pero hay que aceptar que readmitirlos después de tanta conmoción no va a hacerles ningún bien ni a los cadetes ni al coronel. Usted ya se imagina: burlas de los compañeros, animosidades de los oficiales y sabe Dios qué otras cosas más tendrían que soportar sus cadetitos. La solución de transferirlos al colegio militar de Arequipa, tiene más sentido y, claro, si ustedes están de acuerdo, es la que favorecemos. Así los muchachos todavía terminarían su secundaria en un colegio militar, eliminando más tarde preguntas embarazosas. Por supuesto las becas les serían adjudicadas nuevamente. Yo le aconsejo como madre y amiga que acepte esta propuesta, sé lo que ha estado sufriendo estos últimos días y le digo, es lo mejor. ¿Sabe señora por qué los expulsaron del colegio civil donde fueron a parar? Porque ya los habían fichado como revoltosos. Pero no se preocupe que también eso se arreglará. Tendrán que ir al Ministerio de Asuntos Interiores donde se levantará un acta que certifique que todo fue una equivocación mayúscula. Gracias a Dios que se le ocurrió venir, porque si no los muchachos iban a llevar una equis por el resto de sus vidas. Hay, sin embargo, complicaciones con el cadete Gonzales. Tendrá que ser extraditado a su país ya que no se puede pasar por alto cierta evidencia en su contra.

Imaginando la volcánica indignación de Juan y Esteban quienes, por camaradería se negarían a aceptar el arreglo si es que no incluía a Gustavo, lo defendió aduciendo que sería peor seguirle dando sospechas a la prensa, porque entonces, señora, tendrán razón en pensar que se estaba permitiendo el comunismo en el colegio y espérese después la lluvia de preguntas, especialmente por la demora de las autoridades, cerca de tres años, para identificar a un subversivo en su mismo seno. La única solución es que los tres vayan a Arequipa- le dijo enfática.

Finalmente quedaron en que ambos lados discutirían el asunto y que al día siguiente se reunirían de nuevo para tomar una decisión final.

* * *

Juan y Esteban se negaron rotundamente a cualquier arreglo que no incluyera a Gustavo aduciendo que los tres se fueron y los tres seguirían juntos.

-¡Están locos! Son unos imbéciles para querer unir sus destinos con ese bizco - gritó el suboficial Cándamo. La señora Fernanda, con un par de lágrimas, le pidió a Esteban que transigiera por ella. También la señora María le lloró a su hijo. Pero ellos persistieron. Si no transferían a Gustavo al colegio militar de Arequipa, ellos tampoco irían. Juan insinuó que quizás su mamá no había abogado lo suficiente por su amigo.

-¡Tú no vas a dudar de mí, mequetrefe atrevido!- la señora María lo miró incrédula.

- Yo no sé qué pasa con nuestros hijos- sollozó la mamá de Esteban mientras el suboficial, sacudiendo a su hijo del brazo, le dijo- ¡Tú sí que te vas a Arequipa aunque no quieras! ¡Al diablo con lealtades estúpidas!

- ¡No papá! ¡Sin Gustavo, no iré! ¡Cuando sea viejo no quiero avergonzarme de mi vida o de mis hijos! - le replicó con furia. Su padre palideció, bajó los ojos y quedó callado. Esteban lo vio tan frágil y arrepentido que quiso pedirle disculpas, pero no pudo.

La noche fue amarga. La señora María apenas pegó los ojos y en un momento le pareció ver a su difunto esposo José asegurándole que todo se resolvería bien.

Al día siguiente la señora María le comunicó a la primera dama que la decisión de su hijo y la del cadete Cándamo era que se incluyera a Gustavo en el arreglo y le suplicó que lo hiciera de inmediato, por teléfono, porque estaba segura que el coronel no se atrevería a negarle nada. Era el curso correcto de acción.

- Lo haré no sólo por ser de justicia, sino porque me cae usted muy bien- La dignataria abandonó la sala y la señora María le suplicó a Dios con todos sus santos durante la media hora que tuvo que esperarla. - Está hecho- dijo la primera dama, con una sonrisa, al volver. - El cadete Gonzales también irá a Arequipa.

Al día siguiente en el Ministerio de Asuntos Interiores, Juan y Esteban no vieron a Gustavo y tampoco les quisieron dar información alguna sobre él. Después de tomarles huellas digitales y fotos, les limpiaron el nombre de un porrazo, dejando constancia que en el Perú la justicia se reparte a todos en paquetitos iguales.

A instancias de Juan, su madre llamó de inmediato a la señora Elvira. - Sí. Ya lo sé, señora mía - le informó ésta, indignada - Ésta mañana, después de unos papeleos embarcaron a Gustavito en un ómnibus. Iba escoltado por dos soldados. Imagínense, como si al pobre chico le quedaran ganas de escaparse de nuevo. Seguro que los muchachos suyos lo encontrarán ya en Arequipa.

Contentos de dejar detrás su nueva notoriedad, ansiosos por encontrarse con Gustavo y agradecidos de que en Arequipa nadie los conociera, Juan y Esteban partieron al día siguiente.

* * *

Los gemidos de una mujer llamaron la atención. -¿Y ahora qué voy a hacer?- preguntaba la voz desconsolada - me han robado todo mi dinero, no sean tan malos que me están dejando en la calle, apiádense de mí y cuando nadie los vea, devuélvanme mi plata que yo no diré nada.

Algunas toses sincopadas se interponían a los sollozos interrumpidos por el ruido del motor, que en primera, sufría una subida por los arenales de Nazca. Al llegar a un plano el motor se acalló y los lloriqueos cobraron más fuerza. Juan estiró el cuello - Es jovencita. ¿Qué va a ser sin nada de plata en

Arequipa?

- Si le damos ciento cincuenta soles, nos quedaríamos con cincuenta. ¿Qué dices? - Sugirió Esteban.

- Hagámoslo, en nombre de Gustavo.

Tiraron suertes para ver quién le entregaba el dinero. Le tocó a Esteban, quien enrolló tres billetes de cincuenta soles y se los puso al bolsillo. Al anochecer, el ómnibus estacionó frente a un restaurante, a la vera de la carretera. Olía a frituras. Ambos estaban hambrientos pero decidieron no cenar. Después de estirar las piernas volvieron al ómnibus. La mujer tampoco había salido a comer y unos cuantos pasajeros merendaban con pan y frutas dentro del ómnibus.

Juan transitó el pasillo hasta su sitio. Esteban, fingiendo casualidad se paró en la segunda fila, le cuchicheó algo a la muchacha y le alcanzó el dinero.

-¿Qué se ha creído usted, sinvergüenza? ¡Soy pobre pero honrada! - chilló la mujer. Esteban se ruborizó y tartamudeó - No es lo que cree, nosotros sólo queremos ayudarla- pero ella continuó - Así no más no se ofende a la gente. ¿No hay aquí un caballero que ponga a este mocoso malcriado en su sitio? - Esteban balbuceó un perdón que hizo estallar a la mujer en un ataque de histeria. Se alejó acribillado por las miradas y murmullos de los pasajeros y al llegar a su asiento se empujó contra el respaldar, queriendo desaparecer. El jadeo del motor no cubrió del todo las acusaciones que a voz en cuello la mujer lanzaba contra él - Él mismo me robó. ¿Como sabía que eran ciento cincuenta soles si yo nunca dije la cantidad?

Juan desde su asiento respondió - Coincidencia no más. Es todo lo que podíamos dar.

- Sí, seguro que van a dar por dar, ladrones. Primero roban y después con la misma plata hacen propuestas deshonestas. Si no se hubieran arrepentido y devuelto mi dinero los denunciaría a la policía.

- A veces pienso que es mejor dejar que el mundo se vaya al mismo carajo- Esteban se encogió de hombros.

A la mañana siguiente bajaron a ocupar el baño y a tomar agua como todo desayuno. La señora de los lamentos atacaba un plato de huevos fritos con tostadas. Se sintieron traicionados, pero Esteban dijo que quizás el mundo estaba un poquito mejor porque el amor que habían sembrado no tendría más remedio que crecer.

Llegaron a Arequipa a media mañana

y desde la lejanía del taxi vieron el edificio del colegio por primera vez. Se alzaba en la falda de una colina a cuyos pies se extendía la ciudad con su blancura de piedra sillar brillando al sol y cuya espalda estaba flanqueada por el volcán Misti, al que Esteban había visto por primera vez al pasar con su madre camino a Lima. A medida que serpenteaba la subida, vieron más y más de la ciudad blanca resplandeciendo a sus pies y la campiña cortada por las aguas del río Majes refulgiendo al sol de la mañana.

Al llegar comprobaron que en vez de muros, el colegio estaba rodeado por una acequia de unos dos metros de ancho. Una arboleda perfumaba el aire seco. Comentaron que más parecía un hotel de turistas. Estaban felices de que por fin verían a Gustavo y en confesión de almas, compartirían todo lo vivido mientras estuvieron aislados. Entonces, inspirados por el paisaje que los rodeaba se enfrascarían en profundas reflexiones, tal como lo habían hecho en el club de periodismo y su hermandad volvería a florecer con más fuerza y mayor entendimiento. Lo presentían en sus huesos.

CAPITULO XIX

AREQUIPA

Un cabo los examinó con curiosidad, chequeó sus carnets de identidad y con un dejo cantado notificó al sargento de guardia que, sentado en la guardia de prevención, alargaba el cuello para verlos - Son los otros dos limeños, mi sargento.

- ¿Están tan rabiosos como el de ayer?

El cabo puso el antebrazo ante la boca de Juan - ¡Al menos éste no muerde, mi sargento!

El sargento se acercó arreglándose los pantalones - ¿Así que ustedes son los que hablan con Dios? - meneó burlón la cabeza y soltó una risa corta - Bueno, bueno, de ustedes no sé, pero estoy seguro que el boliviano es enamorado del mismo diablo.

- Contesten al sargento, cadetes - presionó el cabo ante el silencio de los recién venidos - ¿El boliviano está o no enamorado del diablo?

- No, mi sargento- replicó Juan.

- Y entonces ¿por qué mierda hace tantas cojudeces? Parece un perro rabioso. ¿No es cierto, cabo?

- Sí, mi sargento, hasta baba bota.

- Número- el sargento señaló a un soldado sentado en la banca de la guardia - Guíelos a su cuadra y después que se instalen preséntelos al capitán del quinto año.

Era ya la media tarde cuando con sus pertenencias al hombro atravesaron el patio principal.

- ¿Qué es lo que ha hecho mi amigo? - preguntó Esteban.

- Llegó echando espuma por la boca, ya lo dijo el sargento, como perro rabioso. Anda insultando a medio mundo, cadete.

Juan y Esteban cambiaron miradas.

- ¿Y dónde está ahora?

- Yo que sé, cadete, seguro que en las aulas, si es que no se ha escapado.

- ¿Escapado?

- De aquí todo el mundo se escapa. ¿Ven esa arboleda? - señaló una a su mano derecha- por allí se "tira contra", basta un saltito sobre la acequia y listo.

- En Lima tirar contra no es tan

fácil- dijo Esteban - Muros altos rodean el colegio y si te chapan te friegan.

El número se encogió de hombros y explicó que en Arequipa ni siquiera era necesario escaparse ya que daban permiso a todo el que lo pedía, para ahorrarse el rancho, añadió con picardía.

Pasaron por el comedor, las aulas y justo donde terminaba el bosquecillo, encontraron las cuadras.

- Los han asignado a la quinta sección. Queda por allá- el número señaló a la distancia. Juan y Esteban lo siguieron y al entrar en la amplia estructura notaron, a diferencia de su cuadra en Lima, que todas las ventanas tenían vidrios. La luz de la tarde y el vibrante aire serrano daban una frescura que contrastaba con la triste nubosidad de La Perla; pero las sendas hileras de camas camarote, el par de armarios, al centro del pasadizo, donde descansaban fusiles cruzados en X y los catres pintados de plomo, eran tan espartanos como en Lima. Esteban escogió la litera de arriba dejando la de abajo para Juan.

-¿Y cuál es la cama de nuestro amigo?- volvió a preguntar Esteban.

- Fue asignado a la primera sección, con los más viejos- contestó el soldado.

Después de asearse fueron a ver al capitán.

- Así que ustedes son los que causaron semejante lío- increpó el capitán acariciando la punta de su bigote. Acá van a tener que cuidarse de andar con tonterías, porque a la primera, ¿entienden?, yo mismo les corto los cojones-. Les hizo claro que con él no funcionaban las influencias, aún las de Lima. -¡Yo soy bien recto y no me acuesto con nadie! Y díganle a su amiguito ése - trató de recordar su nombre pero al final lo llamó - "el boliviano"-, que si no se calma lo voy a enterrar en mierda.

- ¡Sí, mi capitán!- llevaron la mano a la sien derecha y hicieron sonar sus tacones en saludo militar.

- Tienen libre hasta que terminen las clases. El rancho es a las dieciocho horas. ¡Retírense cadetes!

Fueron de frente a la arboleda que trepaba la falda de una colina. Su verdor bajo el cielo azul claro y las montañas que se levantan detrás, lograron despejar la brumosa melancolía que traían de La Perla. Una acequia corría a su costado y remojaron los pies en ella. A lo lejos, el río Majes deslizando su espejo de aguas perezosas en el valle, les hizo recordar la majestad del Mantaro. Hablaron sobre Gustavo y concluyeron que era de esperarse que estuviera hosco y malhumorado por todo lo que había sufrido.

A eso de las cinco de la tarde, cuando las clases terminaron, salieron del bosque y se mezclaron con la muchachada en el patio principal, esperando el toque de rancho. Varios cadetes los rodearon. Gustavo no aparecía entre el mar de cabezas. Esteban le preguntó a uno que le daba una media sonrisa, si lo había visto.

- No y tampoco quiero verlo - le respondió - Ese limeño se cree la gran cosa.

- No es limeño, sino boliviano.

-¡Lo mismo da! ¡Ya se jodió con nosotros! ¿Ustedes son los otros dos? - Levantó la cabeza con desafiante altivez - Pues para aclarar las cosas han de saber que este colegio es mucho mejor que la mierda de donde ustedes vienen.

- Hasta ahora nos gusta bastante.

- Y los arequipeños somos mejores que cualquier limeñito de porquería.

- Por si acaso, nosotros no somos limeños, sino serranos, como ustedes.

- Arequipa no es sierra- replicó el cadete, repitiendo la porfía de los arequipeños que afanosos de librarse del estigma de ser llamados serranos insistían que la ciudad, a más de dos mil metros de altura sobre el nivel del mar, era la costa más alta del mundo.

- Bueno, al menos, limeños no somos.

- Pero sí los que hablan con Dios- replicó el cadete con sorna y luego con curiosidad preguntó -¿O es que de verdad son guerrilleros?

La corneta llamando a rancho los salvó de contestar. Los cadetes se echaron a la carrera. Al llegar a formación Juan y Esteban no encontraban su sección, así que el capitán de año, viéndolos perdidos ordenó que se pararan a un costado suyo. Se dirigió luego al batallón - Estos dos cadetes, más el que llegó ayer, son sus nuevos compañeros, transferidos del hermano colegio militar de Lima. Trátenlos como tales, como hermanos, como debemos tratarnos los militares estemos donde estemos. Pero también demuéstrenles que tenemos los cojones bien puestos y que los arequipeños somos buena gente con los buena gente y peor que mierdas con los mierdas.

El batallón vivó. -¡Ésa es la quinta, cadetes!- el capitán señaló una sección y ellos, exagerando su marcialidad y con una precisión adquirida por la práctica, se incorporaron en la formación.

- Y ahora, los que tienen permiso

pueden abandonar el colegio. Regreso exacto a las 22 horas, recordó el capitán usando el tiempo militar.

Una multitud de cadetes abandonó las filas camino a la puerta principal y el resto, a la orden de marchen, ingresó al comedor. Como en Lima, cada mesa sentaba a diez, cuatro en los lados, el jefe de mesa en la cabecera y el cadete que servía los potajes a los pies; pero en ese momento sólo había de tres a cinco cadetes en cada una de ellas y las largas hileras, arregladas en seis filas, tenían tantos huecos que el comedor lucía semidesértico.

Mientras comían, los cadetes arequipeños los miraban de reojo hasta que finalmente uno de ellos se atrevió a preguntar -¿Y qué les dijo Dios?

- Nunca nos habló. Sólo tuvimos una señal para irnos a meditar a Jauja- contestó Esteban.

- ¿A meditar o a unirse a las guerrillas?

- Eso fue un malentendido.

- ¿Por qué no los apodamos "Los malentendidos"?- sugirió un cadete gordo.

La mesa celebró el nuevo apodo con risas y gritos. Cuando por fin callaron, Juan aceptó que el apodo les caía a pelo.

- Ustedes sí que son raros.

Cualquier otro, en vez de agradecer al "Porky" por su pendejada, ya le hubiese sacado la mierda. Los limeños tienen otra fama.

- No somos de Lima. Somos serranos.

- Qué bien que no sean limeños - un cadete les ofreció la mano, presentándose como Luis Paredes, brigadier general. Tratando de adivinar cuál de ellos era su competencia, les dijo - Justo los asignaron a esta mesa porque dicen que uno de ustedes era el brigadier general en el otro colegio.

- Es él, un verdadero cráneo, seguro tan inteligente como tú- Juan señaló a Esteban.

- Oye Paredes, sería cojonudo que faltando unos meses no más para que termine el año, estos recién llegados te quiten el puesto- lo fastidió uno de sus compañeros.

- Acá las notas deciden. ¿Tienen algún veinte? -saltó Paredes.

Esteban explicó que en Lima calificaban sobre cien y no sobre veinte, que tendrían que convertir las notas, tratando de no contestar. Paredes, midiendo a Esteban, pensaba, con semejante cabeza, llena de bultos, seguro debe tener cerebro de elefante. ¿Y si me gana? No, qué va, sacarse un 18 es bien difícil. Yo me los llevo de encuentro. A ver, 18 sería como 90, calculó en silencio.

- Ojalá que así sea, por ti, Paredes, que esto va a ser pelea de abeja reina. No caben dos en la misma colmena- replicó el cadete.

- Veremos- dijo Paredes. Luego preguntó qué mosca le había picado al bizco que se creía el rey del mundo y que aprovechando que era un hombrazo que hasta barba dura ya tenía, abusaba a diestra y siniestra.

- Es buena gente. Denle tiempo. Lo han tratado peor que a un perro.

- No insultes a los perros, compadre- dijo otro cadete.

- ¿Saben dónde está?

- De franco. Pasó la noche afuera y dicen que volverá esta noche- respondió Paredes. Más relajados Juan y Esteban conversaron con sus nuevos amigos, sorprendidos por la gran cantidad de permisos que habían visto.

- Cuenten los pedazos de carne, la fruta, los panes, y encontrarán todo medido, cinco en esta mesa, en vez de diez. Acá te dan permiso de salida siempre y cuando lo saques con veinticuatro horas de anticipación, para que no comas el rancho, pero si lo comes y quieres salir, entonces tienes que tirar contra y mejor que no te chapen, porque allí sí que te cuelgan por cagarle el negocio al coronel- explicó un cadete.

Un crepúsculo esplendoroso los recibió al salir del comedor. El cielo arequipeño, en un alarde de colores, los arrobó al punto que, perdidos en su magnificencia, ambos añoraron la inocencia del viernes cuando decidieron la fuga.

El anticipado gozo del reencuentro se convirtió, para Juan y Esteban, en ansiedad. Esperaron a Gustavo afuera, sentados al pie de un árbol, en el bosquecillo que colindaba con la cuadra de la primera sección y desde donde tenían una vista amplia del patio principal. Necesariamente tendría que pasar por ahí. La luz lunar resaltaba el sillar de la ciudad blanca, que más abajo, a la distancia, delineaba sus calles con temblorosas luces eléctricas.

* * *

Los cadetes regresaban de la salida conversando y gesticulando animadamente, algunos trastabillaban en franca ebriedad, otros cantaban desorejados y otros reían. Los suboficiales brillaban por su ausencia ya que las salidas con permiso no eran castigadas. Juan y Esteban, sin descuidar su vigilancia, seguían en sus elucubraciones en medio de la arboleda, arrobados por el arroyuelo. Creyeron reconocer a Gustavo sólo para descubrir que era algún otro cadete con la cara cubierta con una chalina, ya que la noche era fría. Fue cuando la luna ya estaba en lo más alto, cerca a la medianoche, que lo distinguieron atravesando el patio principal. Su perfil cortaba la claridad nocturna con determinada fuerza. Inclinaba el torso como si caminase contra un viento huracanado, cuando en realidad apenas si corría una brisa. Lo siguieron con la vista, tratando de descubrir algún cambio, pero sus ademanes bruscos eran naturales, especialmente cuando estaba enojado. Y enojado, lo sabían muy bien, debía de estar.

Salieron de su escondite y le cortaron el paso.

Al verlos, Gustavo dio un paso atrás. Olía a cerveza.

- ¡Gustavo!- Esteban le puso la mano sobre el hombro - ¡Por fin juntos, hermano!

- ¡Caramba! ¿Finalmente los angelitos han venido a rescatarme? - Gustavo los rechazó con un gesto brusco, zafándose del medio abrazo de Esteban - ¿O estoy imaginando todo esto en mi borrachera?

- ¡No imaginas, hermano! ¡Somos nosotros!

- ¡Pues váyanse al mismo carajo, par de traidores!

- ¿Traidores? Estás equivocado, hermano.

- ¿Yo? ¿Equivocado? ¡Háganme el favor!

- Al menos escucha...

- ¿Escuchar qué? - Gustavo murmuró dolido- ¿Otra historia más? ¡Váyanse al diablo!

- No seas así. ¡Sí ni sabes lo que pasó! -Esteban le suplicó - ¡Al menos escucha!

- En el calabozo las orejas me dolieron de tanto silencio. ¿Dónde estuvieron los gritos, las protestas que me prometieron? Dejaron que me encanen de nuevo... ¡Son unas grandes mierdas!

- No, Gustavo. La verdad es...

- La verdad es diferente a las pavadas que ustedes creen. En el calabozo escribí esto. Cerrando los ojos declamó con una voz pastosa:

Siempre imaginé que la verdad era una doncella

Que vertía palabras de amor en mis oídos.

Pero cuando la tuve al frente descubrí,

Que era una tigresa que devoraba

mis entrañas.

- Es cierto. La verdad muerde.

- Entonces ya sabrán que lo del reino es puro engaño.

- ¡No, Gustavo! ¡No digas eso! El reino es verdadero. No puedes renunciar así no más a todo lo que creemos. ¿Y la puerta? ¿Y el Mantaro? - Esteban hizo una pausa y en voz baja siguió - ¿Y Juan? ¿Y yo?

- Todo ilusión y engaño. Sino pregúntaselo a Juan. ¿Acaso no fue él quien nos quiso convertir en ángeles? Claro que apenas las cosas se nos voltearon, sólo pensó en salvar su pellejo. Ahí sí que decidió que mejor era ser Judas.

- No seas injusto- Esteban defendió a Juan- Nos estás hiriendo.

- ¿Y que quieren? Toda ruptura saca sangre.

- ¿Ruptura? ¿No te importamos nada?

- Mejor te avivas un poco, Esteban. ¿Hasta ahora no te has dado cuenta que tú sólo has sido una presa para nosotros? ¿La que Juan o yo teníamos que ganar?

Esteban contuvo la respiración y apretó los puños -¡No te entiendo, carajo!- las palabras se escapaban por entre sus mandíbulas tensas. - ¡Si no estuvieses tomado, te mandaba un buen puñete!

- ¡Hazlo! - al presentarle la cara, Gustavo trastabilló. Juan lo sostuvo del brazo, pero Gustavo, furioso, se apartó gritando que no necesitaba ayuda de nadie.

- Es injusto que te la agarres con Esteban, especialmente cuando estás más borracho que una cuba. Si quieres hablar conmigo, vamos a la arboleda- lo retó Juan.

- ¡Mira, mierdita! ¡No te las des de profeta conmigo y ándate al mismo carajo!

- ¡No sabes lo que dices! - protestó Esteban- Hemos arriesgado el pellejo para que puedas estar aquí, en éste colegio, y como pago nos insultas a tu gusto. Nosotros tenemos que aguantarte todo, pero tú...

- Miren, viejos - Gustavo arrastraba las palabras pesadamente, como si las hilara una cadena invisible - Yo ya estoy cansado de tanta pavada. Quiero irme a dormir- y sin más ceremonia los empujó y siguió adelante, con paso incierto.

- ¿Qué crees?- preguntó Esteban a Juan cuando Gustavo se perdió en la oscuridad.

- Algo se ha roto esta noche - Juan dijo con tristeza - Volvamos al bosquecito y esperemos que salga el sol.

Y pasaron el resto de la noche meditando, conversando, doliéndose del intercambio con Gustavo, de su súbito y feroz alejamiento. Cuando la luna descendió en el horizonte y la aurora pintó el cielo arequipeño, sonó la diana. Esteban se desperezó y mirando el amanecer dijo - Gustavo se ha asustado al confrontar la tigresa que lo esperaba dentro de su cueva. Yo tengo miedo de entrar a la mía y encontrarme cara a cara con ella. ¿Te das cuenta, Juan? Quien ve a través de ojos ajenos se niega la posibilidad de ver con los propios. Y nosotros, bueno, al menos yo, he visto con muchos ojos: Los de Cristo, los de Buda y los de Vallejo, los de mis padres, mis profesores y amigos, los del pasado... ¿Me pregunto cuáles son mis ojos propios?

- Quizás fuiste a Jauja para encontrarlos.

- Tal vez. Como dijiste, al final toda fuga es un viaje interior. Termina confrontando nuestros demonios. Quiero creer que en el Mantaro la visión fue mía y que sí, que allí vi con ojos propios. ¿Y tú?

- También.

Descendieron callados hasta el patio principal, esperando que llamaran para la formación del rancho. Su primer desayuno en Arequipa tuvo un sabor a cenizas y mientras lo tomaban buscaban al amigo que seguro, en una de las mesas de la primera sección, se sentía traicionado. De sol luminoso Gustavo se había convertido en nubarrón de tormenta.

* * *

Estaban conscientes de que un abismo cada vez más profundo se abría entre ellos. Ni siquiera la belleza de la campiña lograba aliviar la tirantez de la relación. La agresividad de Gustavo crecía día a día. Así que a la semana lo pararon y le contaron con detalle todas las peripecias que padecieron, incluyendo los mecanismos por los que habían logrado ser transferidos al colegio militar de Arequipa. Gustavo escuchó con una sonrisa cínica y declaró que él creía que lo habían hecho por beneficio propio solamente; pero si querían que les diera las gracias, a él no le importaba hacerlo porque era caballero bien nacido y al decir esto, con evidente burla, les hizo una venia. También les confesó que había descubierto cuán ciego podía ser el hombre. Creer en la hermandad universal y en el amor equivalía a creer que los chanchos vuelan.

- Si lo que dices es cierto ¿Por qué entonces te uniste a nosotros? ¿Por qué te fugaste?- preguntó Esteban.

- Ustedes no están listos para escuchar la verdad; pero les prometo que algún día les demostraré que el amor no existe y que todo es conveniencia. Mi respuesta no les va a gustar nada.

- Si no nos gusta, no nos gusta, y se acabó la jarana- reclamó Esteban- Así que puedes decirnos lo que quieras ahora.

Gustavo los miró con aire de superioridad, irritando a Esteban que explotó diciendo - Nosotros sí tenemos que perdonarte tontera y media; perdonarte lo de Ahumada, tus insultos, aún que nos ocultaras que tu padre es un comunista, pero tú ni siquiera escuchas nuestras razones...

- Ser comunista no es pecado y lo de Ahumada fue una gran mentira- Gustavo lo cortó con ira.

Cuando Juan intervino, Gustavo lo interrumpió y volcó su ira contra él: - Eres una mosquita muerta que te las das de santo cuando todo el mundo puede ver la cola de demonio que llevas entre las piernas - le dijo -

Te vistes con el manto de la pureza para ocultar tu podredumbre y todavía tienes el descaro de tratar de "enseñarnos" y "guiarnos". Eres el peor.

Y se alejaban cada vez más heridos.

Esteban disculpaba la agresión de Gustavo y pedía que Juan no hiciera caso a sus insultos. - No sabe lo que dice, hermano- le decía. - No, Esteban - contestaba Juan - A lo mejor soy más arrogante de lo que creo y sólo he estado creyendo ver con los ojos del amor.

- ¿No ves que Gustavo está haciendo contigo lo mismo que hizo conmigo en el Mantaro? ¿Te acuerdas cuando cojeaba? No fue porque me corté el pie sino porque me puse piedras dentro de los botines. Si quieres hacer algo de penitencia no te hará daño, pero hermano, no le hagas caso.

Después de esos hirientes encontrones evitaban a Gustavo; pero como los polos opuestos de un imán, se volvían a buscar sólo para terminar confrontándose e hiriéndose de nuevo. Por mutuo acuerdo decidieron no discutir la fuga con nadie y guardar un decoro civil ante los arequipeños que los veían con ojos torvos y vigilantes, más que nada por la hosquedad de Gustavo. Mayor fue el rechazo cuando se descubrió que las notas que traían los recién venidos eran tan altas que, al promediarlas, hasta Gustavo le ganaba a su brigadier general. Luis Paredes repitió los cálculos una y otra vez, y siempre, los números ponían a los tres antes que él. Parece que en Lima regalaran puntos, rabiaba, acá sacar un 18 es una hazaña y nunca nos dan un veinte porque los profesores creen que eso es saber más que ellos. Estos compadres tienen noventa y ocho y cien en casi todos los cursos. Perderé en un segundo todos los honores que me he ganado en tres años de esfuerzo. Me están robando mi beca, mi futuro brillante. ¿Y que dirán mis padres? ¿Y mi Mechita? Mi Mechita sobre todo. Sólo si sacan doces en los exámenes del tercer trimestre podría mantener mi puesto, pero eso va a ser difícil, son unos cráneos.

El temor de Paredes se confirmó al verlos salir sonrientes de los exámenes y la brillantez de sus días dio paso a un cielo nublado y tormentoso. La publicación de las notas, justo el sábado, después de regresar de campaña y antes de la salida, le quitó toda esperanza. Aún Gustavo estaba por encima de él en el cuadro de mérito. Sin hacer comentario alguno, se bañó y se puso el uniforme de salida, esperando que las once de la mañana, la hora de la salida, llegara cuanto antes. Tenía que ser fuerte y no traicionarse cuando comandara el batallón. Todos pegarán sus ojos de águila en mí, cualquier temblor de voz, cualquier paso en falso y me jodo, se repetía una y otra vez. Al menos mantendré la dignidad. Mi Mercedes me protegerá. Mi madre se morirá de la pena, siempre para hablando a sus amigas de lo orgullosa que está de mí y de cómo espera la clausura para verme con diploma, espada de honor y la beca, sobre todo la beca. Pero mi Mechita, tan linda, con su pelo largo, su cuerpito de ángel y su boquita de caramelo, entenderá porque es buena y me quiere. Ella es diferente. No le importará que yo ya no sea brigadier general, de eso estoy seguro, porque ella me quiere por lo que soy.

Pensó cancelar su salida para no tener que darle las nuevas a su madre, pero sus compañeros considerarían eso un signo de debilidad. Además quería ver a su Mechita; no valía la pena sacrificar la misma gloria por lo que los limeños le habían hecho. Mejor era tomar el toro por las astas y sonreír por afuera aunque sangrara por dentro. Trató de convencerse a sí mismo que realmente no le importaba que le quitaran el puesto, pero en el fondo sentía que el destino le jugaba una pasada de las peores y en su fuero interno culpaba a los tres limeños que habían venido a destruirle la vida.

CAPITULO XX

PAREDES

Comandaba al batallón general, antes de la salida. Lleno de rabia se decía en sus adentros "No Luis, no les des el gusto, aguanta hasta el final; después, cuando estés sólo, vaya, pero no ahora, que no se te quiebre la voz, valor". Se sintió contento que la voz hubiese salido enérgica, sin traicionar su tormento, cuando finalmente dio la orden de romper filas. Siguió con la vista a los cadetes que se dispersaron y después de un momento inició su camino a casa. Al franquear la puerta principal se atrasó hasta que los últimos cadetes se perdieron colina abajo, a pie, pues la cercanía de la ciudad hacía innecesario el uso de ómnibus.

Masculló su rabia durante el

trayecto y al llegar a su casa ya tenía los ojos húmedos.- ¿Qué tienes, hijito? Déjame chequear si tienes fiebre - su madre le preguntó alarmada poniéndole el dorso de la mano en la frente. Mintió que le dolía la cabeza. Su madre abrió un cajón y sacó una aspirina - Está bien que estudies tanto pero también tienes que descansar de vez en cuando. Vamos, tómate esta aspirina-. Resignado se tragó la aspirina - Ya sé - su mamá lo consolaba- que es mucha presión pero sólo son unos meses más. Bien vale el esfuerzo. Saltaré de alegría cuando te den tu diploma y tu beca. Te los mereces. No sabes lo orgullosa que me haces.

Pobre vieja, pensaba, si supiera en la que estoy, no espada de honor, no beca, todo al tacho de basura, la vida es perra; pero se forzó a sonreírle para no matarle la ilusión. Sólo unas cervezas ahogarían esta pasada del destino. Se puso ropa civil, almorzó el churrasco encebollado que su madre le preparó y salió a pasar su sábado. Apenas pudo se metió al bar "Los amigos", donde el dueño, más amigo y confesor que tendero, se hacía el de la vista gorda y le servía tragos.

- Nunca tomas tanto solo- lo miró sorprendido cuando pidió otra cerveza,

-¿Qué es lo que pasa? ¿Te has peleado con tu hembrita?

- Ni Dios lo quiera. Lo que pasa es que unos limeños de mierda me han venido a quemar la torta.

- Los limeños son unas cagadas. Agarra un par de amigos y masácralos en un callejón.

- No seas pendejo - puso el vaso sobre la mesa y se limpió la espuma de la boca. - Lo peor es que los putas no tienen la culpa. Hasta son mis amigos - pensó por un momento y añadió - Por lo menos dos de ellos, porque el tercero sí que es una cagada.

- ¿Entonces de qué te quejas?

- Yo mismo no lo sé. Sólo que ahora quiero chupar. ¿O es que ni eso puedo hacer?

- Toma todo lo que quieras, compadre, que es más negocio para mí - le palmoteó el hombro.

Fueron dos horas y seis cervezas más tarde cuando salió del bar medio tambaleante. El eco de la melodía tristona que silbaba rebotaba en la angosta calleja, bordeada a ambos lados con casas de sillar blanco. Al llegar a la Plaza de Armas con sus arcos coloniales y su monumento central herido por el cielo crepuscular, se sentó en una banca. Allí había conocido a su Mercedes de ojos negros como la noche y cabellera hasta los hombros. Estaba vestido de civil y la piropeó al verla. Ella le dio una sonrisa y él se aventó y le habló. Recordó cómo abrió los ojos cuando le dijo que era el brigadier general del colegio militar. Me encantaría verte en tu uniforme, le pidió ella coqueteando y él le prometió volver uniformado al día siguiente. Mercedes fue toda sonrisas al verlo engalanado como un pavo real, luciendo su chaqueta azul marino de botones dorados y cuello cerrado, en la que a la altura del hombro y bordeando el brazo derecho, un cordón amarillo entretejido con uno rojo lo anunciaba brigadier general y cadete de honor. Acariciaba el cordón con sus dedos espigados y se reía y lo miraba coqueta. Ya eran tres meses que se amaban y cada fin de semana declaraban su devoción al amparo de las sombras, prodigándose las caricias que sus cuerpos exigían.

Ay, Mechita, dijo lloriqueando para sus adentros, me enamoré de ti esa misma tarde en que te vi, aquí, en ésta misma plaza, quebradita, bonita, mismo dulcecito. Soy un imbécil que en vez de estar contigo, bajo nuestro arbolito, gozando de tus besos, estando en el mismo cielo, acá estoy borracho y llorando. ¿Y qué va a pasar cuando me veas sin cordón, Mechita?

¿Te perderé? Te gusta acariciarlo y decirle a tus amigas que soy brigadier del colegio militar para ponerlas verde de envidia. ¿Me mandarás a rodar, Mechita? No. Tú nunca harías eso.

Miró su reloj. Las seis de la tarde. Apuró el paso y ascendió por una calle angosta, de pendiente empinada. Al llegar al portón azul donde vivía su amor, silbó la contraseña convenida. Mercedes estiró la cabeza a través de la puerta entreabierta y miró de derecha a izquierda. Paredes, escondido detrás de uno de los árboles que por allí crecían, dudó un momento antes de mostrar la cara.

-¿Dónde te has metido? Te estoy esperando toda la santa tarde - se empinó juguetona para darle un beso de bienvenida, pero de inmediato retiró la cara- Apestas a cerveza. Claro, como prefieres tomar con tus amigotes...

- No es eso, Mechita. Por favor, no es eso. Es que...

- No vengas con excusas...

- No es excusa, te lo juro- le acarició la cabellera con manos temblorosas- ¿Me quieres, Mechita? Dime la verdad. A veces tengo miedo que...

- ¿Entonces por eso te has tomado

tus traguitos?- sonrió complacida- Claro que te quiero, tontito. Ven, dame un besito, te perdono todo.

Luis se apretó contra ella. - Espérate- lo separó Mercedes. - Acá nos pueden ver- y lo guió adentro del portón, a un lugar más oscuro, protegido por la fronda de un árbol. Detrás del añejo tronco sus cuerpos se estremecieron con la gracia de juncos en la brisa, uniéndose, reptando, acomodando sus curvaturas en una comunión de caricias. - Te amo- murmuraba Mercedes entre los besos apasionados que Luis le daba y él, en la gloria, redoblaba sus esfuerzos y le susurraba al oído que ella era su diosa y su reina.

- ¡Mercedes! ¿Dónde estás?- El miedo los paró de un golpe. La madre de Mercedes los espiaba desde una de las ventanas de la casa. Mercedes se arregló el vestido y el miedo mató la erección de Luis.

- Ya vamos, mamita- Mercedes disimuló su agitación al mostrarse de cuerpo entero.

La señora invitó a Luis con voz dulzona - Haz pasar a tu amiguito que para eso tienes casa, hijita.

Lo trataron de lo mejor - ¿Una coca-colita, joven?- La tomó de un golpe, la garganta seca por la borrachera. No demoraron en llenarle el vaso nuevamente. La señora le decía a Mercedes - Una chica de respeto recibe a sus amiguitos en casa- y miraba a Luis con coquetería. -La gente es muy maliciosa y bien sabes, hijita, que leche derramada ya no se puede recoger.

- Ay mamita, pero si no hemos hecho nada- Mercedes reclamaba ofendida.

A los minutos la señora halló una excusa para dejarlos solos.

- Cuidado que nos espía por el hueco de la cerradura- le cuchicheó Mercedes y en vez de sentarse más juntos, como solían, se separaron. Fue entonces que Luis volcó su corazón contándole los detalles de su problema.

- ¿Y por eso te emborrachaste?

- Es que no sé que le voy a decir a mi mamá. Se le romperá el corazón.

- A mí también me molesta, claro, porque te quiero.

- ¿Pero de veras que no te importa que ya no vaya a ser brigadier general?

- ¿Acaso sabía que eras cadete cuando te conocí?

- Justo estaba pensando en eso. Eres un ángel Mechita.

- Deben ser bien inteligentes, ¿no?

Paredes sintió que el mundo se le

caía encima al asentir.

- El bizco parece bravo. ¿Sabes que yo estuve en La Paz hace dos años? - dijo Mercedes.

- Sí. Me contaste.

- Pero los otros dos parecen medio tontitos, ¿no?

- Son buena gente. Más bien no sé como pueden ser amigos del boliche. Hasta es más viejo.

- Sea lo que sea yo a ti te he de querer siempre- Mercedes coqueteó. - Esta noche estuviste de lo mejor. Me hubiera gustado que fuéramos a nuestro escondite en el río. Yo espere que te espere mientras tú te emborrachabas como un idiota. Me has dejado con todas las ganas.

- Si quieres, Mechita, podemos ir a un hotel.

- No digas tonterías que me ofendes. Yo me guardo para mi noche de bodas.

Y esa noche Luis se alejó feliz, adorando aún más a Mercedes que fuera de ser toda una dama había demostrado que lo quería por ser él mismo - Tarde o temprano será mi esposa- se prometió. Llegó a su casa con una sonrisa y sus padres se contentaron que ya no tuviera jaqueca.

- Está bien que te eches una parrandita de vez en cuando- le dijo su padre con un guiño y su madre asintió con una sonrisa aprobatoria. Luis estuvo feliz, Mercedes lo quería y el que no le importara que perdiera sus honores probaba la profundidad de su amor.

*   *   *

Ese sábado, Juan recibió una encomienda. Además de algunos víveres que su madre le mandaba, en una carta llena de consejos encontró cuatro billetes de cincuenta soles, para tus gustos, hijito, decía.

- Qué suerte, justo ahora que más lo necesitamos. Podemos invitar a Gustavo a comer fuera- le dijo a Esteban.

Fueron a buscarlo, seguros de que como ellos, por falta de dinero y conocidos, estaría pasando esa tarde de sábado en el colegio. Lo encontraron tirado en su litera, en la cuadra de la primera sección. Escribía en un cuaderno y al verlos se limpió los ojos con el pañuelo, cerró el cuaderno, se sentó al borde de la cama y les preguntó qué querían.

- Hablar sobre un asunto del colegio.

- Hablen entonces y después, ¡afuera! - los ahuyentó agitando su mano derecha.

- Seguro ya sabes que estamos encima de todos los arequipeños en el cuadro de mérito- le dijo Esteban pasando por alto su agresividad - Pensamos que es injusto quitarle el puesto a Paredes.

- Yo no le estoy quitando nada a nadie.

- Sería justo pedir que se nos ponga a los tres en un cuadro de mérito aparte, así Paredes se quedaría con los honores de brigadier general, ganados con tanto trabajo.

- Mis notas son mis notas. Yo no pido nada.

- Nosotros dos no vamos a aceptar que nos nombren brigadier general y tú quedarás siendo el primero.

- ¿Yo brigadier general? - un brillo travieso iluminó sus pupilas... calló por unos segundos y luego arrugó la frente, se mordió los labios y explotó con furia. -¡Claro! ¡Ustedes siempre haciéndose los santurrones y dejándome a mí como una mierda! ¡Ahora se hacen los buenitos! Por Paredes piensan en todo, pero cuando yo me cagaba en el calabozo ni me dieron una gota de agua.

- Trata de entender, ¿quieres? Además ya te hemos pedido perdón varias veces. ¿Por qué no hacemos las paces? Vamos al Rinconcito Gaucho, a comernos unos churrascos y tomarnos un mate- invitó Juan.

- Y además a escuchar las zambas que tanto nos gustan. Ahí podrás decidir lo de Paredes con más tranquilidad. Vamos. No te hagas de rogar- se acopló Esteban- su mamá le ha mandado doscientos soles.

- Es mejor que estar encerrado en este colegio de mierda- gruñó Gustavo más animado -Pero no soy injusto como ustedes piensan. Sólo realista.

Esa tarde, al compás de sus zambas preferidas, mientras tomaban mate con sorbetes de plata, como si fueran gauchos, creyeron que el abismo que los separaba había comenzado a cerrarse. Gustavo pidió que le tocaran "*Paisajes de Catamarca*" y "*Mamá Vieja*", y melancólico, acompañó en voz baja a los solistas. Se sabía las letras de memoria. Esta música me trae recuerdos de mi niñez, dijo. Alardeó sobre un par de conquistas que estaba haciendo en Arequipa, ahora que ya no creía en ser monje.

- Entonces todavía crees en el amor.

- Sólo en la encamada.

- Hace unas semanas no hubieras hablado así.

- Entonces me estaba engañando. Pero yo de esto no quiero hablar que compañeros seremos, pero amigos ya no.

Fueron luego a un bar y entre unas cervezas discutieron lo de Paredes - Debe estar sintiéndose un bruto de primera- dijo Gustavo- por mí que se quede con todo.

Tomaron hasta entrada la noche. Gustavo, ya medio borracho, insistía que pronto les demostraría que el amor no existía y que en este mundo todo era conveniencia.

- Y también concha- Esteban se irritó- Porque bien que te gustó que Juan te invitara.

- ¡Yo no le pedí que lo hiciera!

- Gustavo tiene razón. Él no pidió nada- medió Juan. Gustavo se levantó furioso, recalcando que prefería estar solo - ¿Y lo de Paredes?- preguntó Esteban cuando ya salía del bar.

- Puede quedarse con su puesto. Yo cumplo mi palabra.

Con los ojos fijos en los vasos semivacíos, Juan dijo - Nunca pensé que terminaríamos así.

- Ni yo tampoco- Esteban llenó los vasos y ambos se quedaron hasta acabar la botella que recién habían abierto.

* * *

El domingo por la noche, Paredes,

al volver al colegio encontró a los cadetes de su año en conato de rebelión. No podemos permitir que unos recién llegados vengan a hacerte esto - le dijo uno de sus amigos - Si vieras cómo nos ha caído la noticia. Todos te apoyamos y te ayudaremos a reclamar tus derechos - y volcando los tradicionales odios regionales en los tres amigos que, sólo por venir de Lima ya eran culpables ante sus ojos, soltó una serie de insultos contra los limeños.

El apoyo de sus compañeros le devolvió la esperanza. Me quieren, se dijo sí mismo, son buena gente y esa noche soñó que Mercedes lo esperaba en su escondite del río y él llegaba a verla con su uniforme, su cordón y su espada de honor. Mientras la besaba en el cuello, ella alababa la espada y acariciaba el filo con el índice, antes de que ambos se despeñaran en el torrente agitado de su pasión.

El lunes por la mañana durante la formación para el desayuno, el capitán ordenó a Gustavo, Esteban y Juan que pasaran al frente del batallón y les dieran cara a los cadetes. Se cuadraron a un costado de Luis Paredes quien, pálido, esperaba que anunciaran su desgracia.

- Quiero notificar al batallón de cadetes que debido al problema generado en el cuadro de mérito... el capitán comenzó con voz enérgica pero una silbatina le impidió continuar. Cuando el batallón calló, prosiguió:

- Me gusta que sean leales. Yo también hubiera silbado de rabia por lo que creen que voy a decir. Pero no, cadetes. No es lo que creen. Porque Esteban Cándamo, Juan Cosme y Gustavo Gonzales son hombres de honor. Estos tres caballeros, porque eso es lo que son, caballeros, me han comunicado que consideran injusto ser incluidos en el mismo cuadro de mérito con el resto de ustedes. En el colegio militar de Lima se inflan las notas y un dieciséis nuestro es un veinte para ellos. Si no fuera por los promedios que traían de Lima el cadete Luis Paredes seguiría siendo brigadier general. Por lo tanto los tres han renunciado a cualquier honor que sus notas los hagan merecedores. Estarán en un cuadro de mérito separado. Por ser de justicia he aceptado su pedido y estoy seguro que el coronel director lo aprobará. Este acto no sólo merece nuestro respeto sino también nuestra aclamación. ¡Tres vivas por ellos!

Un estruendo se elevó del batallón. La palidez de Paredes se tornó en sonrisa. Miraba a los tres limeños con cálida ternura. El capitán ordenó que los amigos se reintegraran a sus secciones y se prosiguió al rancho.

En el comedor Paredes abrazó a Esteban y a Juan y les dijo - Para demostrarles que los arequipeños sabemos dar gracias, quiero invitarlos a un almuerzo en mi casa, a ustedes tres.

- Aceptamos con gusto. Pero sería mejor que tú mismo invitaras a Gonzales.

- Por supuesto. Ahora mismo voy para su mesa.

Volvió al momento. - Entonces ya saben, este sábado en mi casa. Gustavo me ha dicho que está antojado de un chupe de camarones y mi madre hace uno de chuparse los dedos.

La situación de los tres en el colegio cambió de inmediato. Les mostraron una amabilidad generosa y los trataron con deferencia. Juan y Esteban, quienes después de su último encuentro no habían visto a Gustavo, rogaban para que éste no saliera con una de las suyas en medio almuerzo.

- Yo creo que toda esta nueva atención que nos dan le está haciendo bien- observó Esteban días más tarde- Rodearse de nuevos amigos lo anima-. Pero ambos pasaron el resto de la semana con una vaga intranquilidad. El espíritu rebelde de Gustavo se agitaba reclamándoles imposibles y acusándolos de injusticias que ellos no podían aceptar.

El almuerzo fue un éxito. Gustavo alabó el chupe de camarones y repitió el plato. De la comida peruana era lo que más le gustaba. No supo cómo agradecer cuando los padres de Paredes les sirvieron unas salteñas. - Luisito nos ha contado que usted es de La Paz- la madre le sonrió zalamera- y sabemos cómo se extraña la tierra. También les prepararon un ají de camarones que sacó alabanzas de los amigos y que hizo sonreír a la señora Paredes con una alegría contagiosa, tanto que su marido decidió que los muchachos, aunque menores, podían libar el almuerzo con una chicha que tenía guardada para este tipo de ocasiones y que fue apreciada por ellos como la mejor que habían probado.

Gustavo se comportaba con encanto, como cuando sus llagas no existían todavía. Habló de La Paz y de lo lindo que era Arequipa, la mejor ciudad del Perú, lo que provocó que el señor Paredes le palmoteara el hombro, llenándole nuevamente el vaso de chicha - Así se habla muchacho, porque eso no es más que la pura verdad- dijo complacido. Gustavo sonreía todo el tiempo, pero cuando sus miradas se cruzaban Juan y Esteban sentían el brillo encendido de su resentimiento.

El patio de la casa de los Paredes colindaba con el río. Terminado el almuerzo, Juan y Esteban pidieron permiso para pasar un rato allí. - Vayan muchachos- los animó el señor Paredes- Y lleven su chicha. Acá yo estoy conversando con Gustavito. Yo me quedo para que el sol no me queme la calva - se rió. - Luisito, si quieres acompaña a tus amigos- le dijo a su hijo.

- Quiero terminar de escuchar la historia que Gustavo está contando.

En el patio, Juan y Esteban se sentaron en una roca bordeada por las aguas y mirando la corriente, Juan dijo - Creo que la atención lo está sanando del daño que le hizo el calabozo.

- Pero sigue con esas miradas contra nosotros. Como si tuviéramos la culpa de lo que le pasó.

- Hacer la paz con el mundo es buen comienzo. Quizá después la haga con nosotros.

- Yo ya no lo puedo mirar como antes. Es difícil seguir queriéndolo- dijo Esteban.

Luis Paredes se les acercó momentos más tarde - Me arrepiento de haber juzgado a Gonzales tan rápido. Es bien buena gente- les dijo y prometió que después de tomarse unas cervezas les presentaría a su

Mercedes. Se despidieron de la familia y un poco subidos por la chicha se fueron al bar en que habían estado tomando con Gustavo el sábado anterior. Era temprano todavía y casi no había comensales. Gustavo seleccionó "Mama Vieja" en la rocola y después de pedir cuatro botellas, se puso a acompañar a los cantantes.

- ¿Te hace acordar a tu vieja?- Paredes le preguntó cuando la pieza terminó.

- Más bien a mi abuelita- con los ojos brillosos, se puso a cantar solo, quedito y con sentimiento:

"Yo sé que por las noches
Desde esa estrella me mira.
Usted se fue para el cielo
Y mi alma llora y suspira".

Y conmovidos, Juan y Esteban coreaban en voz apenas audible, junto con él:

"Mamá vieja,
Yo le canto desde aquí
Esta zamba
Que una vez le prometí
Zambita a ser la primera
Pa' que se acuerde de mí".

Y ya medio entre copas Paredes

dejaba escapar un par de lágrimas por el dolor de su amigo Gustavo.

Al caer la noche Luis anunció que ya era hora de ir a ver a Mercedes. Caminaron abrazados por las calles iluminadas por tenues luces eléctricas. Cuando Paredes silbó la contraseña Mercedes le abrió el portón, sorprendida de verlo con sus amigos.

- Bienvenidos. Luisito me ha hablado tanto de ustedes que parece que ya los conozco. Tú debes ser Esteban, y tú Juan, ¿no? - Fijó sus ojos en Gustavo - ¿Sabes que yo estuve en La Paz?

- Así me ha contado Luis.

- Una ciudad maravillosa.

- Como Arequipa.

- Qué galante eres- Mercedes sonrió.

- Y no sólo eso- confió Paredes- pero hace poco cantó una zamba argentina que me hizo soltar un lagrimón.

- Cántala de nuevo- pidió ella.

- Me da pena desmentir a Luis pero tengo una voz de gallo. Pero sólo lo desmiento en eso, porque en todo lo demás tiene razón. Usted no es sólo la chica más linda de Arequipa, sino la más linda que yo he conocido.

- No te pases de galante, hermano- protestó Luis.

- Más bien deberías estar orgulloso de que me alabe- lo defendió Mercedes. -Luis me cuenta que ustedes escriben poesías. Alguna vez quisiera escucharlas.

- Son medio filosóficas- contestó Juan.

- Serán las de ustedes -cortó Gustavo-. Las mías son de amor.

- Recítame algo. Aunque sea una cortita- pidió ella.

Gustavo miró la luna que se asomaba por entre la copa del árbol testigo de las caricias enamoradas de Luis y Mercedes y declamó:

El fuego atormentado de mis besos
Encenderá tu alma apasionada
Y arderá la noche solitaria
Con claridad de amor iluminada.

Entonces la luna, enamorada de nosotros,
Con su tímida luz nos besará la cara.

- ¡Qué linda! exclamó Mercedes. ¿A quién se la hiciste?

- Se me acaba de ocurrir- dijo Gustavo halagado con la admiración despertada.

- Me gusta mucho- lo alabó Paredes - Especialmente eso de que la luna nos besará enamorada, ¿no Mechita? - le guiñó el ojo y viró la cabeza hacia el árbol que escondía sus pasiones.

- Así es, amor.

- ¿Y a ustedes? ¿Les gustó?

- Bien hecha- juzgó Juan.

- Apasionada y ardiente- Esteban hizo una pausa.- Como tú.

- Es que ahora estoy inspirado- Gustavo le sonrió a Mercedes, la que sonrojándose, se apuró en decir. - Pasen a mi casa. Les invito una gaseosa.

Luis se la pasó alabando la generosidad de los amigos, su poder creativo y su inteligencia. Luego se declaró el hombre más feliz porque su Mercedes era sólo para él y tal como lo había dicho su amigo, el poeta Gustavo, hasta la luna los miraba con envidia.

Mercedes correspondía con efusión las hipérbolas amorosas que Luis, en medio de su borrachera, le lanzaba; pero las miradas que se cruzaba con Gustavo hicieron que Juan, apenas halló oportunidad, le preguntara a Esteban si creía que Gustavo estaba enamorando a Mercedes y ésta le correspondía.

- Parece. Y él otro ni cuenta que se da.

La mamá de Mercedes al despedirse les ofreció la casa - Jóvenes, yo sé lo que es estar solos en una ciudad que no es la suya y ustedes se han portado tan bien con Luisito. Además- se dirigió a Gustavo- ya me han dicho que es usted un poeta.

- No es para tanto, señora- respondió Gustavo.

- Cómo que no. - protestó Luis - Cualquiera no compone semejante poesía con sólo mirar la luna.

- Así es- dijo Esteban- para eso se necesita un talento especial.

Ya en la calle, Luis caminaba abrazado de Gustavo, contándole lo mucho que quería a Mechita y lo feliz que se sentía que fueran ahora tan amigos, como los tres mosqueteros, con... ¿cómo se llamaba el amigo de los mosqueteros? - volteó a preguntarle a Juan y Esteban que caminaban detrás de ellos.

- D'Artagnan- respondió Esteban.

- Tu segunda intención fue evidente con eso de los talentos especiales. Tal vez no debiste decirlo.

- Sólo tú y quizás él, entendieron. Pero nadie más. Eso te lo aseguro. Paredes está en otro mundo. Y la verdad, yo creo que es tiempo que Gustavo escuche algunas verdades- respondió Esteban.

Cuando Paredes se despidió, Gustavo siguió caminando solo, evitando a sus amigos quienes también lo ignoraron sin intentar romper el hielo. Al llegar al colegio, entraron a sus cuadras sin darse las buenas noches. Parecían enemigos.

CAPITULO XXI

RUPTURA

A la semana siguiente de la reunión en su casa, Paredes miraba con sospecha que todos los días Gustavo escapara del colegio después de la comida para regresar ya bien entrada la noche. Acechaba con preguntas a Juan y a Esteban, tratando de averiguar por qué Gustavo lo evitaba -No sé qué le pasa - les decía- pero después del almuerzo creí que era mi pata del alma y ahora ni me da la cara. No sé en que lo he ofendido. Tal vez he dicho algo en mi borrachera, pero francamente no me acuerdo haberlo insultado ni a él ni a los bolivianos. ¿Les ha dicho algo? ¿No? Entonces cuando tengan la oportunidad, háganme el favor de averiguar lo que le pasa. ¿Y saben adónde va cuando se escapa? Creí que no tenía conocidos en Arequipa.

Juan y Esteban le contestaban con evasivas. Tampoco sabían lo que le pasaba, pero se estaba comportando así también con ellos, le aseguraron. Asumían que era por todo lo que le había pasado en Lima.

- Debió ser muy duro- Paredes lo compadecía - tres veces en el calabozo. Dice que se sintió abandonado y que ustedes lo traicionaron. ¿Es verdad?

- Eso dice, pero te juro- replicó Esteban - que las circunstancias no permitieron que cumpliésemos nuestras promesas. Cuando nos invitaste, nosotros pensamos que tanta atención y cariño le iban hacer bien. Debemos tener paciencia. Gustavo está dolido todavía.

En el proceso Paredes se enteró de los pormenores de la amistad que los unía. Juan y Esteban necesitaban hablar y encontraron en él a una persona receptiva. Inevitablemente la conversación terminaba en la fuga. Paredes no podía entender lo que les había pasado. Preguntaba:

- ¿Pero lo de la puerta fue real o ustedes se imaginaron todo?

- Real- afirmó Esteban reviviendo el fervor que sintieron ese viernes - Los tres éramos un sólo espíritu pidiendo que nuestra paz no fuera violada y, sin previo acuerdo, prometimos que si la puerta no se abría nos iríamos a buscar el reino. El que la puerta permaneciera cerrada fue sólo consecuencia de una fuerza que rompió los límites del tiempo y del espacio.

- Todavía no entiendo - confesaba Paredes.

- Tendrías que haberlo vivido- le respondía Esteban inflamado de misticismo- Penetramos en una burbuja donde todo era llama de amor, perfección y pureza, perdón y claridad. Lo existente era uno. Éramos parte pero también todo.

- ¿Y cómo llegaron a eso?- Paredes los miraba boquiabierto, sorprendido no sólo por lo que decían sino también por el lenguaje que usaban. Si los compañeros los escuchan- pensaba- se morirían de risa.

- Para mí comenzó el día en que descubrí que muchas de las preguntas que me hacía, ya habían sido formuladas hacía miles de años. Junto con Juan, Gustavo y otros del grupo discutíamos todas las noches nuestras inquietudes. Inflamados de amor, supimos que la respuesta al misterio está siempre ante nuestros ojos. Borrachos de claridad, danzando en la transparencia de las cosas, liberados de nuestras ansiedades y de nuestros cuerpos, descubrimos un plano de existencia en el que todo estaba conectado en una gran red cuya trama más minúscula era importante. Todo era señal y todo entendimiento. Todo aceptación, nada deseo- Esteban parafraseó las frases de un libro de yoga que estaba leyendo.

- Si es así, ¿por qué se escaparon?

- Teníamos miedo que el mundo turbara nuestra visión. El egoísmo y el temor ciegan y vuelven brutos. Creímos que irnos a meditar era la mejor forma de vencerlos.

- ¿Creyeron? ¿Y ahora?

- Toda fuga es un viaje interior que termina confrontando los demonios que en nuestra ignorancia vestimos de ángeles. Se descubren cosas y todo termina siendo menos cierto.

- ¿No habrían estado leyendo muchos libros raros? Yo creo que lo que hicieron no tiene lógica alguna: Primero dicen que no debe haber deseo y luego afirman que se escaparon porque deseaban perpetuar lo que habían encontrado. ¿Entienden?: Deseaban. Son ustedes mismos los que han usado la palabra que querían desterrar de su vocabulario. Yo creo que estaban confundidos. Sin deseo no hay vida. Vivir es desear. Decir que la liberación es la ausencia del deseo, es simplemente un error.

- Nos referimos a otro tipo de vida- contraponían los amigos, sin saber cómo vencer los argumentos de

Paredes.

- Pues yo sólo conozco ésta. Pero volvamos a Gustavo. ¿Cómo se hicieron amigos?

- Por ese tiempo Gustavo andaba deprimido porque decía que nadie en el Perú lo entendía y él extrañaba su tierra, especialmente a su abuelita.

- ¿La que le recitaba esa frase de la esperanza? Ya me tiene turulato. La mete a cada rato.

- Exacto. Bueno, cuando me la dijo la primera vez yo le contesté que acababa a conocer a un tipo que soñaba con crear un mundo nuevo, de amor, de esperanza. Lo lleve a ver a Juan y, a los pocos días, Gustavo declaró que había encontrado en nosotros el espíritu de su abuelita. Era la señal que estaba buscando en su vida. Fuimos celebración y gozo, exhuberancia y creencia. Unidad. Por eso lo de la puerta, Luis, fue sólo el incidente que rebasó nuestro vaso. Sin saberlo ya vivíamos en el reino. La serpiente apareció cuando tratamos de hacerlo consciente.

Luego Esteban se expandía en los detalles de los tres días en el Mantaro y subrayaba el tratamiento que Gustavo había recibido después de que los habían traído de vuelta.

- El pobre tiene razón de estar tan enojado.- Paredes no ocultaba su indignación ante el tratamiento sufrido por Gustavo, pero no entendía que después de lo que les había hecho Juan y Esteban lo siguieran justificando.

Algo le ha pasado en el calabozo, le aseguraban ellos, tal vez una revelación.

- Pero el día del almuerzo me dijo que él ya no creía en esas ideas. Anda diciendo que el amor no existe. Para mí que está loco al decir semejante pavada. Y entonces que es mi Mercedes. ¿Sueño?

Paredes terminaba alabando a su Mercedes, declarando que él ponía la mano en el fuego por ella. La belleza de su amor le había enseñado la lealtad y la confianza. Ella era la encarnación de todo lo bueno y deseable en este mundo y, sólo por eso, él nunca creería en matar el deseo, porque el deseo por su Mercedes era lo más sublime y bello del mundo, sin ella la vida no valía nada.

* * *

Queriendo estirar el dinero que les quedaba hasta la próxima remesa,

Juan y Esteban decidieron quedarse en el colegio el fin de semana.

- No sean así - les suplicaba Paredes, dándoles una invitación de último momento -los sábados mi mamá se esmera en la cocina. Vamos, anímense.

Pero ellos adujeron que tenían que estudiar y que quizás podrían pasar el domingo en la tarde en su casa.

- No sé como aguantan estar adentro. Ahora mismo ya estoy deseando la noche y aunque la luna ya está menguante, seguro que todavía nos besará la cara a mi Mechita y a mí - decía feliz.

A eso de las ocho de la noche Juan y Esteban se sorprendieron cuando lo vieron de vuelta, embriagado y con claros signos de haber llorado. Apenas los vio se acercó y con voz entrecortada les confió que se había peleado con su enamorada. Esa tarde su Mercedes estaba lejana, sus besos fueron fríos, dijo lloroso- y cuando le pregunté qué le pasaba, me vino con que tal vez yo no la quería tanto como decía porque nunca le había escrito poemas. Le juré que la amaba con toda el alma, que lo que pasaba era que yo no sabía escribir como Gustavo. Me dijo que sí la quería, debía aprender. La poesía de Gustavo se le ha metido entre ceja y ceja y dice que el que yo no le haya escrito ni siquiera una, es señal de que no la quiero lo suficiente, que el verdadero amor inspira. ¿Y quién te ha dicho esa pavada? le pregunté; ella se quedó callada, pero les juro que sospeché del boliviano, me puse celoso y la acusé de estar coqueteando con él. Entonces me tildó de ser un imbécil que no entendía a las mujeres y que sólo la estaba usando para mis besuqueos. De nada sirvió que le jurara que la amaba más que a mi vida. Le prometí escribirle varias poesías para que se amistara conmigo. Por eso, hermanos, he venido a pedirles que me escriban todas las que puedan, para que mañana le recite algunas. Nunca les debí presentar a mi Mechita, sabiendo lo sensitiva que es ella. ¡Tienen que ayudarme! ¿Lo harán?

- Bueno. Escribiremos unas cuantas- prometió Juan.

- Vamos, comiencen de inmediato, unas que la hagan llorar.

- No se puede escribir bajo presión; mañana, a primera hora, te las tendremos listas- contestaron ellos y lo convencieron que se fuera a dormir a su casa.

- ¿Crees que Mercedes se haya infatuado así por un poema? - preguntó Esteban apenas se quedaron solos - ¿No será que Gustavo la está enamorando? ¿No habrá pasado las noches con ella toda esta semana?...

- Gustavo nunca haría eso, especialmente después de lo bien que Luis lo ha tratado- lo defendió Juan.

- Tienes razón. Soy un malpensado. Simplemente imposible. Estoy juzgándolo mal.

Produjeron un manojo de poemas que consideraron mediocres y hasta cursis - Son un horror- declaró Esteban y sugirió copiar unos del libro de literatura, cosa que al final consideraron muy riesgosa pues Mercedes los podría reconocer. Uniendo esfuerzos compusieron cinco que ellos consideraron aceptables y ya entrada la madrugada, se fueron a dormir.

El domingo, Paredes, todavía agitado, revisó rápidamente los poemas - Estos le van a gustar- sonrió satisfecho escogiendo los tres que ellos consideraban inferiores - Pero no creo que estos dos le agraden, son muy secos- rechazó los que a ellos les parecían los mejores. -Si ahora sólo me los quisiera escuchar- suspiró con pesadumbre.

- Claro que lo hará. ¿Acaso no te los ha pedido?

- No les quise contar, pero anoche cuando nos peleamos me dijo que ya no quería verme la cara y me tiró el anillo que le regalé en su santo.

- Vas a ver que después que se

los leas te va besar bajo el árbol, como antes.

- ¿Leerlos? Ni cojudo, hermanos. Me los tengo que aprender de memoria.

Y en vez de salir, el resto del domingo se quedaron ayudando a Paredes memorizar tres de los poemas y entrenándolo a declamarlos. Al dar las cinco de la tarde se despidió de ellos para ir a ver a su Meche; pero esa misma noche volvió al colegio furioso y apenas los vio bramó enardecido: - ¡Yo lo mato, carajo! ¡Esa mierda de Gonzales estaba con mi Mechita! ¡Me está poniendo cuernos! ¡Me está robando mi amor! Los vi con mis propios ojos. Me faltaba una cuadra para llegar cuando vi que la mierda del boliviano, parado en la puerta de la casa, coqueteaba con mi Mechita. Las tripas se me anudaron cuando ella lo hizo entrar y cerró el portón. Mal que bien que la luz de la sala se prendió y desde donde yo estaba pude ver que la madre de Meche no los dejó solos. El bizco de mierda salió a la hora, más contento que un payaso, silbando por la calle. Me dieron ganas de mandarle un puñetazo, pero me contuve porque no lo vi hacer nada. De pura pica ni siquiera fui a ver a Meche y, por supuesto, no pude recitarle los poemas.

- Tal vez fue una visita inocente.

-¿Verdad que sí? - Paredes exclamó esperanzado.- Yo creo en mi Meche. Seguro que la mierda de Gustavo no tenía nada más que hacer y la fue a visitar-. Pero a los minutos Paredes se exasperó- ¡No puedo esperar una semana metido en este colegio! Mi Meche va a creer que después de la pelea de anoche yo no quiero nada con ella. Mañana mismo la iré a ver. Acompáñenme por favor, desde lejos aunque sea, para darme valor mientras le hablo.

- Pero mañana es lunes ¿Piensas escaparte?

- Acaso no nos escapamos hasta para comprar fósforos y nunca pasa nada. ¿Me ayudan?

- Bueno- le respondieron - Te acompañaremos.

* * *

Los arcos coloniales iluminados por el sol poniente proyectaban imágenes de otro siglo sobre los tres amigos que caminaban tensos. Al entrar a la calle de Mercedes, Paredes comenzó a silbar una tonada. - Son las cinco y media- vio su reloj- Seguro que mi amor ya está en casa.

Esteban divisó una pareja abrazada

bajo el árbol testigo de los amores de Paredes. Codeó a Juan, quién aguzó la vista y comprendió de inmediato la razón por la que Esteban cayó al suelo agarrándose el tobillo derecho, quejándose de habérselo lastimado.

- ¡Ay caramba! ¡Me he doblado el pie! ¡Me está doliendo mucho! -lloriqueaba.

Paredes y Juan se agacharon para examinarlo y apenas Juan se lo tocó, Esteban gritó de dolor.

- Mejor para un taxi, hermano, y volvamos al colegio. Creo que me lo he roto.

- A mí me parece que no está roto-Paredes manoseó el tobillo- Ni siquiera está hinchado. ¿Te duele mucho?

- Un montón.

- Entonces mejor será ir al hospital. Necesitarás una radiografía-sugirió Paredes.

- ¡Sí! ¡Sí! Vamos al hospital -apuró Esteban.

Paredes levantó la cabeza y fijó la vista en el árbol de sus amores-Mechita tendrá que esperar una horita más- suspiró. Entonces su respiración se aceleró, achinó los ojos y gritó alocado - ¡Me has engañado, Cándamo! ¡Eres una mierda! ¡Estás alcahueteando al boliviano!- y saltó, echándose a la carrera en dirección a la casa de

Mercedes.

- ¡Detenlo, Juan!- Esteban se paró sin problemas y corrió tras Paredes.

-¡Aguanta, Luis!- Juan le bloqueó el paso.

-¡Son ellos, carajo! -Paredes lloriqueó- ¡Te juro que son ellos!

-¡Estás teniendo visiones! ¡Allí no hay nadie!- ambos lo sujetaron.

-¡Y todavía se menea como una puta! ¡Yo los mato, mierda! ¡Yo los mato! - con la furia de los celos y el despecho se zafó de los amigos y embistió en dirección al árbol. Mercedes y Gustavo se escondieron detrás del portón.

-¡Vas a hacer el ridículo! ¡Al menos salva tu dignidad!- Juan le estrujó las solapas de la casaca al alcanzarlo, a unos metros del portón. Paredes cayó llorando en la vereda, repitiendo dolido -¡Es una puta! ¡Una reverenda puta!

Los amigos lo levantaron y lo ayudaron a alejarse del lugar de la traición. - ¡Vamos a chupar!- Paredes recobró su furia dolida. -¡Quiero estar bien borracho cuando los mate!

- No vas a hacer nada de eso- lo apaciguaron-. No vas a malograr tu vida por una mujer.

- ¡Pero ustedes sí la cagaron por una idea! ¡Una mujer vale más que todas las ideas! - reclamó y se puso tan intransigente que no tuvieron otra que acompañarlo al bar, donde lloró su miseria a moco tendido. Despotricaba contra el mundo y repetía a manera de estribillo ¡El boliviano de mierda tiene razón, carajo, el amor no existe! Se puso tal borrachera que lo tuvieron que llevar a un hotelucho para que durmiera la mona y se despejara en algo. Se fue en vómitos al entrar a la habitación y por tres horas Juan y Esteban soportaron el olor avinagrado que invadió el cuarto y las quejas del mal pago de Mercedes con las que Paredes entrecortaba su agitado sueño.

Cerca a la una de la madrugada llegaron al colegio casi arrastrando a Paredes por entre la arboleda. Lo metieron en su cama y lo dejaron roncando.

* * *

Bajo la luz lunar los dos amigos se dirigieron a la cuadra de Gustavo. Lo encontraron sentado en su litera, alumbrando su cuaderno con una minúscula linterna. Sin levantar los ojos, les dijo:

- Los esperaba-. Apagó la linterna

y cerró el cuaderno de notas. Vamos a la arboleda que les gusta. Ha llegado el momento de la verdad- su voz penetraba burlona e hiriente.

Fueron callados, en fila india, Gustavo de guía, Esteban en el medio y Juan cerrando el cortejo. Al llegar al bosquecillo buscaron un claro, cerca al arroyuelo.

- Acá, junto al riachuelo, como en el Mantaro- se burló Gustavo.

La luna pintando el lomo de las hojas, los senderos plateados escurriéndose por los claros y el rumor del arroyuelo y de la brisa hubieran sido más que suficientes para levantarles el espíritu en cualquier otra ocasión; pero el comportamiento tormentoso de Gustavo hizo que la noche les pareciera más oscura y amenazante y que toda su belleza no fuese apreciada.

- Casi enloqueciste a Paredes. No debiste hacer eso- comenzó Esteban.

- Paredes puede volver con esa mocosa cuando quiera. A mí ya no me interesa.

- ¿Qué es lo que te pasa? - le preguntó Juan-. Ya no te reconocemos.

- Habla por ti mismo, en singular. Esteban tiene boca propia.

- Yo estoy de acuerdo con Juan- Esteban apoyó a su amigo-. Lo que has hecho no tiene nombre.

- ¡Ah! me olvidaba. Tengo que estar de acuerdo. Justo como en Jauja, los tres metidos en una mente única. Comprensión y decisiones comunes. Tres en uno. Por fin encontramos la solución al misterio trinitario- se mofó Gustavo.

- No te burles.

- Pero si no me burlo. ¿Acaso no somos superiores? ¿Los escogidos? ¿Benditos por los rayos del amor? ¡Tarados! ¡Miren no más a Mercedes! ¡El amor se conquista con una poesía! - elevó la voz - ¡Así de fácil!

- ¡Eres un enfermo!

- ¿Y ustedes no?

- ¡Ya es tiempo de decirte unas verdades!- lo encaró Esteban.

- El que se las tiene que decir soy yo- replicó Gustavo.

- Te escuchamos entonces- le dijo Juan.

- ¿Saben por qué se escaparon? No me vengan- se respondió a sí mismo- con que para buscar la luz y la verdad. Esa fue la excusa. Yo me escapé porque mi mundo era cruel y sin sentido, o al menos eso creía, y quise huir de él. Me uní a ustedes porque quería capturar de nuevo la benevolencia de mi abuela, sin comprender que su mundo ilusorio, si no agonizaba en la esperanza, ya estaba muerto. En el calabozo, mientras a ustedes los consolaban sus familias, yo descubrí que la única forma de dar sentido a la vida es luchando. Es mejor limpiar nuestras taras con un fusil en la mano. Ahora mismo el Che Guevara está en mi patria, robando glorias ajenas. Debería liberar su propio país y dejar Bolivia para los bolivianos, para tipos como yo.

- Hablas como guerrillero. ¿Nos has estado engañando todo este tiempo?

- No tanto a ustedes como a mí mismo. Igual que ustedes se engañaron malamente. Tú, Esteban, ¿acaso no te escapaste porque todo el mundo molestaba a tu padre? ¿Y tú ya no aguantabas? Claro, siempre es más bonito explicarlo por la hermandad universal, hincharse de vanidad como un pavo, creerse superior. Esconderse detrás de la mentira. ¿Y tú, Juan, acaso no eras un abusado? ¿Quién mierda no se sentía con derecho a joderte día y noche? ¿O ya no te acuerdas de las pataditas, los puñetes, tu colchón en los urinales? Y tú todo hipócrita escondiendo tu cobardía en tu pacifismo y todavía sacando provecho. Qué iluminado, ni que mierda. La verdad, y tú lo sabes, es que te faltan los huevos para una buena pelea. Deja de cubrirte con ese manto de pureza que me das náuseas.

Vuelve a la tierra y si quieres redimirte, hazlo como hombre, con un fusil. Dar la otra mejilla es la opción de los cobardes.

- No, Gustavo, más bien de los valientes. La única digna del hombre- dijo Juan.

Gustavo soltó un ruido entre rugido y risa.

La luna ya caía en el horizonte y la estrella matutina aparecía en el cielo. Apacible, casi susurrando, como hablando consigo mismo, Juan levantó la cara y se dirigió a Gustavo - Cuando te conocí intuí que eras la parte de mí mismo que nunca acepté. Mi contrapeso en la balanza. Somos fuerzas opuestas. Eso explica nuestro deseo de unidad y también nuestro antagonismo. Como bien lo dijiste luchamos por Esteban y libramos nuestras batallas en afán de convencerlo. Quizá nos mentimos todo el tiempo, pero tú sabes que durante la fuga los tres descendimos a nuestras almas. Ahí pudimos ver. Tú has encontrado tu verdad; Esteban la suya y yo, la mía. Tú estás escogiendo tu camino. Por eso te respeto. Yo estoy escogiendo el mío. Esteban tiene que escoger el suyo. Dejemos que lo haga en paz.

Esteban los miró a ambos - Los dos están equivocados. Yo soy una fuerza tan poderosa como cualquiera de ustedes. Rehúso ser un peón en vuestro juego, un títere manipulado por vuestros hilos.

- Pero eso es lo que has sido - lo enfrentó Gustavo- y ahora que tienes que escoger no cometas el mismo error. Bájate de tu nube y besa la tierra conmigo.

- Yo escogí desde el comienzo, Gustavo. El que se equivocó fuiste tú, al usar la belleza del reino para tus propósitos. Perseguías a tu abuelita y por eso no te diste cuenta que en vez de ir al encuentro de ti mismo, te estabas alejando. Te perdono porque no sabes lo que haces.

- Ya me tienen turulato con eso de que en el fondo del hombre siempre anida el amor. Si así fuera el Reino de los Cielos ya existiría en la tierra, pero ¿saben por qué todavía no existe, ni existirá nunca? ¡Porque el hombre es una mierda! ¡Por eso, Esteban! Y todo lo demás son cuentos de hadas. Todo lo demás. Yo, tú y Juan somos unos hipócritas. Aparentamos lo que no somos, ni seremos. Éste es el momento de la verdad. Hay que ser honesto. Yo me iré a Bolivia a luchar por los míos. Sabe Dios, Esteban, lo que tú harás si sigues creyendo que los chanchos vuelan. Libérate de Juan. ¡Libérate!

Gustavo se alejó hacia las cuadras y los amigos no lo detuvieron. Esteban paseó la vista sobre el horizonte y dijo casi para sí mismo: - Así como el día comienza con una insinuación de luz, nuestras almas despertaron con sólo un rayo de añoranza. Crecimos y bajo la luz del mediodía nos dolimos al ver nuestras vidas consumidas en rencillas y peleas, en envidias y avaricias. Por eso nos fuimos. Quisimos encontrar amor y dárselo al mundo. Nuestros motivos e intenciones fueron nobles. Gustavo ha anunciado la ruptura un poco tarde. Para mí, confieso, comenzó en la misma fuga, cuando tuve el entendimiento que en vez de respetar nuestra revelación la usé para escaparme de mis problemas. También tú la trataste de explicar como consecuencia de tus circunstancias. Y acabamos de ver el infierno de Gustavo. Pero rehúso explicar lo mejor de mi espíritu como consecuencia de mis fallas. Lo mejor mío no es una excusa, Juan, sino una realidad. Seremos culpables de inmadurez, tal vez hasta de soberbia, culpables de haber usado algo sagrado por conveniencia propia y por eso tendremos que pagar las consecuencias. Pero al menos yo no niego ni nunca negaré. Creo en la vida del espíritu, creo en lo que quisimos llevar a cabo y quiero que sepas que, desde mi punto de vista, no me importa cómo me vino el regalo de este entendimiento. No me importa si el que me despertó fuiste tú, Gustavo, o perico de los palotes. Lo que me importa es que después de haber conocido lo mejor de mí mismo, no estoy dispuesto a abandonarlo. Yo creí con plenitud y ahora que la fe se me ha resquebrajado, quiero creer de nuevo. Una vez que conoces, es imposible olvidar.

Juan miraba al horizonte mientras Esteban hablaba. Cuando terminó dejó que el silencio los cubriera por un momento y, después, buscando los ojos de su amigo le dijo que la luz del mediodía, al menos a él, lo había cegado. - Yo pienso - concluyó- que debemos volver a nuestra resolución inicial de hacernos médicos para poner una clínica en la selva. Allí trabajaremos con menos soberbia para aliviar la miseria.

- Quizás ése deba ser nuestro camino- contestó Esteban.

Sus mundos habían perdido la inocencia y se hundían en la noche. Los primeros rayos de luz rompieron las tinieblas y los dos quedaron contemplando, desde la arboleda, el comienzo del nuevo día. El sol nacía fresco y ellos vieron el amanecer con ojos diferentes, seguros de que el amor tendría siempre oportunidad en esta tierra.

Y Arequipa brilló con nueva luz.

www.ingramcontent.com/pod-product-compliance
Lightning Source LLC
Chambersburg PA
CBHW020943310726
48980CB00001B/27

* 9 7 8 1 8 8 2 5 2 8 6 1 5 *